HOOFDSTUK EEN

"Nero," fluister ik luid. Ik wurm me uit zijn omhelzing en schud hem door elkaar. "Word wakker."

Zijn ogen schieten open en focussen zich dan op mijn gezicht terwijl hij in een zittende positie overeind schiet.

Hij moet mijn paniek hebben opgemerkt.

"Had je weer een nachtmerrie?" vraagt hij eisend.

Eventjes afgeleid knipper ik met mijn ogen. "*Weer* een nachtmerrie? Wanneer heb ik de eerste gehad?"

"Weet je het niet meer?" Hij steekt zijn hand uit en wrijft over mijn achterhoofd alsof ik een kat ben. "Je was midden in de nacht aan het jammeren en zachte kreten aan het uiten. Het heeft me twee keer wakker gemaakt."

Serieus, nachtmerries? Hoe komt het dat ik me niets herinner?

Had ik misschien van de aanstaande Apocalyps gedroomd voordat ik mijn wakkere visioen had? Maar nee. De op dromen gebaseerde visioenen waren verdwenen toen ik bewuste controle kreeg. Het moeten doodgewone nachtmerries zijn geweest — en in vergelijking met de grimmige werkelijkheid verbleken ze waarschijnlijk.

Nero laat zijn hand zakken. "Wat is er dan aan de hand?"

Ik haal diep adem en vecht tegen de drang om zijn hand terug te leggen waar hij lag. "Ik heb net twee nachtmerrieachtige visioenen gehad."

"Visioenen?" Hij fronst. "Wat voor visioenen?"

Ik haal nog een keer adem en vertel dat Tartarus — de extreem krachtige Cognizant die zich met hele werelden kan voeden — naar de aarde komt voor een all-you-can-eat-buffet.

"Ik heb allebei mijn ouders als gedroogde omhulsels zien liggen," zeg ik met een bevende kin. "Iedereen die jij en ik ooit hebben gekend zal sterven."

Nero staart me aan, steekt dan zijn hand uit, trekt me tegen zijn krachtige borst en slaat zijn armen stevig om me heen. Hoewel het rustgevend is, kalmeert zijn aanraking me niet — vooral als ik me realiseer dat hij eigenlijk niets op mijn verhaal zegt.

Ik had op een reactie als "laten we snel naar de aarde gaan en iedereen redden" gehoopt.

Hij streelt mijn rug en kust mijn slaap. "Weet je zeker dat dit geen nachtmerrie was?" mompelt hij en hij blijft me aaien alsof ik een chinchilla ben.

Ik trek me terug. "Natuurlijk weet ik het zeker."

Hij bestudeert me en knikt dan. "Oké. Gezien de omstandigheden moest ik het vragen."

"Ik was klaarwakker en zo nuchter als wat," zeg ik met opeengeklemde tanden. "En het waren twee visioenen achter elkaar. Ik weet zeker dat deze Armageddon het echte werk is." Ik spring overeind, pak mijn kleren, trek ze woedend aan, en stop dan het poortzwaard in de achterkant van mijn broek.

"Oké dan." Nero staat op, zonder zich druk te maken over zijn naaktheid. Niet dat hij kleren heeft, hij is in zijn drakenvorm hierheen gevlogen. Hij komt naar me toe en zegt, "Ik wil dat je me precies vertelt wat er gebeurde nadat ik de aarde had verlaten. En met name hoe je uiteindelijk een vampier bent geworden. Je hebt het er in het kasteel kort over gehad, maar ik wil —"

"Wat?" Mijn neusgaten trillen. "Ik vertel je dat de aarde op het punt staat te worden vernietigd, en jij wilt dat ik je een kampvuurverhaal vertel?"

Zijn kaken spannen zich aan. "Ik moet elke variabele overwegen."

"En ik moet weten wat ons actieplan is," zeg ik scherp.

"Dus als ik het goed begrijp," Nero leunt naar voren, "vind je het *niet* verdacht dat Tartarus zo snel na dat gedoe met Lilith en Nostradamus verschijnt — twee mensen die door hem geobsedeerd zijn?"

Ik staar hem aan. "Ik heb niet de kans gekregen om daar over na te denken."

Nero trekt zijn wenkbrauwen op, blijft koel wachten, en ik geef met een zucht toe. Ik vertel hem alles, te beginnen met hoe de chorts Felix aanvielen en hoe ze mam en pap zouden hebben vermoord als ik niet zelf naar hen toe was gekomen. Als ik bij het deel kom waar ze me hebben gemarteld, ziet Nero's gezicht er zo angstaanjagend uit dat ik het gevoel krijg dat de chorts geluk hebben dat ze al dood zijn. Vervolgens vertel ik hem over de herinneringen van Nostradamus en zijn zoektocht om zijn familie te wreken — die door Tartarus zijn vermoord — en dat hij Lilith heeft voorspeld dat Tartarus haar ondergang zal zijn.

"Toen heeft Felix zijn kracht gebruikt om Liliths telefoongesprekken voor me te achterhalen, en kwam ik erachter hoe het zat," zeg ik tegen het einde. "Zij was degene die de chorts op me af heeft gestuurd, en ik ben als gevolg daarvan een vampier geworden. Kunnen we nu actie ondernemen? We moeten —"

"Nadenken voordat we 'actie ondernemen'," zegt Nero. Overschakelend naar het Russisch, voegt hij eraan toe, "Zeven keer meten, één keer knippen."

"Ervan uitgaande dat er iets te knippen is na al het meten," mompel ik en ik herken het spreekwoord uit een van de leerboeken die ik onlangs heb bestudeerd.

"Wil je proactief zijn? Waarom vraag je niet aan je zienerskrachten wat er gedaan moet worden?"

"Wat dacht ik ervan als ik wat?" Ik staar hem aan.

"Als ik zieners raadpleeg, vertel ik ze mijn doel en kijken ze naar de toekomst om een manier van handelen te vinden die het doel in kwestie kan bereiken."

"Oh." Ik bijt op mijn lip. "Ik heb nog nooit zoiets directs geprobeerd."

"Doe het dan nu," beveelt Nero, terwijl zijn blik naar mijn lippen gaat.

"Prima." Ik sluit mijn ogen en doe mijn best om genoeg te kalmeren om in Hoofdruimte te springen.

Het kost me een paar seconden om de noodzakelijke staat van focus te bereiken, maar zodra ik dat doe, merk ik dat ik zweef en ben ik door visioensvormen omgeven.

Vormen die niet interessant lijken, omdat het deuntje dat ze uitzenden aan liftmuziek doet denken.

Deze saaie visioenen kunnen niets te maken hebben met Tartarus. Als ik moest raden, dan voorspellen ze waarschijnlijk dat Fluffster over ons jaarlijkse budget voor keukendoeken praat, of dat Felix het erover heeft waarom hij van zijn favoriete computeralgoritme houdt.

Maar als dit niet is wat ik nodig heb, hoe kan ik dan doen wat Nero zei? Hoe vertel ik mijn krachten dat ik een visioen wil zien van iets dat de komst van Tartarus naar de aarde zal voorkomen?

Nou, aangezien al het andere in Hoofdruimte vaak de essentie van concepten en mensen omvat, waarom probeer ik dat dan niet?

Op de een of andere manier.

Ik zweef erheen en doe mijn best om tot de kern van het probleem door te dringen. Ik kanaliseer het verdriet dat ik voelde toen ik de lege omhulsels van mijn ouders zag. Voor de goede orde, voeg ik ook mijn ergernis over Nero eraan toe dat hij niet meteen in actie kwam, en mijn ontzag voor de enorme omvang van de taak die me te wachten staat.

Hoewel ik niet zeker weet wat ik doe, lijkt het te werken. Er verschijnen nieuwe vormen om me heen, en ze zijn net zo verontrustend als dat de anderen saai waren. De muziek die ze uitzenden laat me me afvragen of ik op het punt sta om een toekomst te zien waarin ik persoonlijk in een ritueel om Tartarus te laten verdwijnen elk pluizig katje op aarde vil.

Of dat ik soep maak van Fluffster en Lucifur.

Laat het aan het lot over om iets goeds — zoals het voorkomen van een Apocalyps — in iets slechts te veranderen.

Metaforisch trillend zweef ik een tijdje rond, onzeker of ik de betreffende vormen durf aan te raken.

Nou, daar valt nu niks aan te doen.

Ik moet het weten.

Ik verzamel mijn moed, reik naar de dichtstbijzijnde vorm en bereid me voor op het ergste.

HOOFDSTUK TWEE

Ik word wakker van het geluid van bekende stemmen.

"*Batman v Superman* zou op de sites voor filmrecensies nog steeds een hogere score moeten hebben," zegt Ariël ergens vandaan. "Zelfs de laatste Matrix-film — je eigen minst favoriete — heeft hogere beoordelingen."

"Waarom moet je altijd *The Matrix* erbij betrekken?" gromt Felix. "Dat is omdat je nog steeds jaloers bent dat de eerste *Matrix* betere scores heeft dan elke *Batman* ooit?"

"Ik ga daar niet meer op in," zegt Ariël, en ik kan haar oogrol bijna zien. "Je moet het er in ieder geval mee eens zijn dat *Armageddon* — een film waarin Ben Affleck ook te zien is — geen hogere score zou mogen hebben dan *Batman v Superman*."

Het woord Armageddon stuurt een schok van

adrenaline door mijn systeem, waardoor de restanten van mijn sufheid worden verdreven.

Ik ga rechtop zitten en wrijf in mijn ogen.

Felix en Ariël kijken me allebei met bezorgde uitdrukkingen op hun gezicht aan. In koor zeggen ze, "Hoe voel je je?"

"Ik heb betere dagen gehad," zeg ik, terwijl ik probeer uit te zoeken waar we zijn.

Er staan in de saaie kamer geen meubels naast mijn bed, en er zijn geen ramen. Het ruikt ook vaag naar medicijnen, dus misschien is het een verpleegsterskantoor of een ziekenhuiskamer?

Met een luide knal breekt de grijze deur achter mijn vrienden in scherven.

Een paar centimeter van de grond zweeft Lilith — mijn biologische moeder en, op een van de Andere Werelden, een kwaadaardige godin.

Met ogen die veranderd zijn in spiegels, vliegt ze naar binnen.

Ariël draait zich om.

"Ga daar staan en beweeg je niet," beveelt Lilith met een honingzoete stem.

Ariëls lichaam spant zich aan als de glamour haar in een etalagepop verandert.

"Jij ook," zegt Lilith tegen Felix, die meteen in een standbeeld verandert.

"Goed gedaan," zegt ze tegen mijn vrienden voordat haar ogen weer normaal worden en ze mij aankijkt. "Sasha, lieverd, hoe voel je je?"

"Wat doe je hier?" Ik spring van het bed en staar haar aan.

"Ik ben hier om te kijken hoe het met je gaat." Haar gelukzalige glimlach laat haar hoektanden zien. "Je welzijn is erg belangrijk voor me."

"Ja, tuurlijk. Dat is waarom je de chorts hebt gebeld en ze hebt verteld dat ze me naar Raspoetin moesten vragen. Ga je nu doen alsof je niet had verwacht dat ze me zouden vermoorden?"

Haar glimlach verdwijnt spoorloos. "Ik werkte samen met een ziener, wat betekent dat ik wist dat je zou veranderen. Elke moeder wil dat haar kinderen hun ware potentieel bereiken. Je zou me hiervoor moeten bedanken."

"Uh-huh, natuurlijk. Heel erg bedankt. Gefolterd worden was geweldig."

Lilith fronst en zweeft naar beneden totdat haar voeten de grijze linoleumvloer raken. "Als je een ondankbare snotaap gaat zijn, dan ga ik ermee stoppen om een aardige moeder te zijn."

Ik staar haar onbegrijpelijk aan. Alle mensen die ze voor mijn ogen zo genadeloos had vermoord, alle pogingen om mij de gewonde chorts te laten afmaken — dat was haar *aardige* versie?

"Het is veel om te verwerken," lieg ik en ik besluit dat ik niet wil dat ze de charme stopt.

Maar het is te laat. Ze vernauwt haar ogen en zegt, "Aangezien je me zonder reden lijkt te haten, zal ik je een reden geven — en je in het proces zoveel sterker maken." Ze kijkt naar Ariël, dan naar Felix en zegt, "Iene, miene, mutte."

Een vreselijk voorgevoel groeit in mijn maag als haar blik op Felix landt.

"Dat is dan geregeld," zegt ze met een roofzuchtige glimlach. "Ik wil dat je *deze* doodt."

Ik staar haar stomverbaasd aan, maar ze staat daar verwachtingsvol — alsof ze echt denkt dat er een universum is waarin ik mijn vriend zou vermoorden, alleen maar omdat een psychopaat me dat heeft gevraagd.

"Luister," zeg ik, terwijl ik meer acteer. "Ik ben niet ondankbaar, ik wil alleen —"

"Heb ik het niet duidelijk genoeg gezegd?" Ze wrijft over haar kin. "Wat dacht je hiervan? Ik *beveel* je zijn hart eruit te rukken."

Het woord '*beveel*' ramt als een vrachtwagen in mijn hersenen, en ik heb het gevoel alsof ik val.

Het is alleen dat ik niet echt val. Het is mijn vrije wil en de kern van mijn bewustzijn die ergens diep van binnen verbannen wordt.

Een milliseconde nadat de vreemde sensatie over me heen kwam, heb ik het gevoel dat ik opgesloten zit in een geheime ondergrondse bunker in mijn eigen brein — en mijn lichaam begint met een zombieachtige vastberadenheid te bewegen.

"Goed zo," zegt Lilith. "Ik weet dat dit in het begin lastig kan zijn."

Van diep in mijn ballingschap, wil ik dat mijn mond

schreeuwt van afschuw, maar er komt niets langs mijn lippen.

Wanhopig probeer ik mijn lichaam tot stilstand te brengen, maar dat werkt ook niet.

Voordat ik kan verwerken wat er gebeurt, gaat mijn rechterhand in een marionetachtige beweging omhoog, en duikt dan met een snelheid en kracht waarvan ik niet wist dat ik er toe in staat was in de borst van Felix.

Hoewel Felix onder invloed van glamour is, schreeuwt hij van de pijn, maar slechts voor een seconde. Dan zakt hij bewusteloos om mijn hand heen in elkaar.

Wat ben ik aan het doen? Wat is m'n lichaam aan het doen? Hoe kan dit gebeuren?

"Nee. Stop alsjeblieft!" is wat ik zou schreeuwen als mijn mond zou werken.

Onbewust van mijn eigen wil, grijpt mijn lichaam het niet langer kloppende hart van Felix, rukt het eruit en gooit het voor Liliths voeten neer.

Wat overblijft van Felix stort in een bloedende hoop vlees op de vloer.

In het diepst van mijn geest schreeuw ik van angst en verdriet — maar mijn lichaam staat daar gewoon, kalm als een steen.

"Heel goed," zegt Lilith. "Nu, als je beloning, kun je die drinken." Ze knikt naar Ariël.

Dit is een van de nachtmerries waar Nero het over had. Dat moet het zijn. Het is gewoon onmogelijk dat —

Mijn lichaam springt naar Ariël.

Ik heb moeite om eruit te komen, maar mijn tanden gaan Ariëls keel binnen en haar bloed overspoelt mijn systeem met onwelkom, onheilig plezier.

"Eet je eten op," beveelt Lilith — en tot mijn schrik blijft mijn lichaam drinken totdat Ariël geen bloed meer kan geven.

"Klaar om te gaan?" Lilith grijnst naar me terwijl Ariëls dode lichaam op de vloer naast die van Felix instort.

Ze draait zich om en loopt naar de deur en mijn verraderlijke lichaam volgt.

HOOFDSTUK DRIE

Ik ben terug in de drakenwereld, in de krater die Nero en ik gisteravond aan de rand van de bosweide hebben gemaakt. Ik heb een piepende ademhaling — wat betekent dat ik weer de volledige controle over mijn lichaam heb.

"Wat is er gebeurd?" Nero pakt mijn armen. "Gaat het?"

"Het was een visioen," zeg ik, naar adem snakkend. "Een vreselijk, afschuwelijk visioen."

"Wat heb je net gezien?" Nero's blik boort zich in me. "Wat moet er gebeuren om Tartarus te stoppen?"

Tartarus stoppen.

Ik was zo overweldigd door de gruwel die ik net heb gezien dat ik ben vergeten dat het visioen me moest vertellen hoe ik een Apocalyps kon voorkomen.

Maar hoe kan de dood van mijn vrienden me helpen met —

"Sasha." Nero's blik wordt donkerder. "Praat met me."

Mijn hart gaat tekeer als een woestijnrat in een rad, ik vertel Nero razendsnel wat ik net heb gezien.

Terwijl ik doorga, beginnen Nero's limbale ringen als een gek te groeien. "Toen je het in het kasteel over Lilith had, had ik me al zorgen gemaakt over dit scenario," zegt hij grimmig als ik klaar ben. "Ze heeft je haar bloed gegeven om een verwekkerband te creëren toen je veranderde."

Een verwekkerband.

Natuurlijk.

Waarom heb ik hier niet eerder aan gedacht?

Lucretia had het bloed van Gaius gedronken, en toen ze in een vampier veranderde, kon hij haar dwingen zijn bevelen uit te voeren — dat wil zeggen, totdat we hem hadden gedood.

Ik had aan het verwekkerding moeten denken zodra ik veranderde, maar ik was te druk met het redden van Nero's leven en daarna met van mijn beloning te genieten.

Ik wrijf gevoelloos over mijn nek. "Dus Lilith heeft macht over me. Ik moet haar bevelen uitvoeren."

"Ja, maar ze moet echt met je praten om die kracht te gebruiken," zegt Nero dreigend — en ik kan me bijna voorstellen dat hij Liliths tong eruit zal rukken om ervoor te zorgen dat dat niet gebeurt.

Het is alleen dat hij niet per se zou slagen. Met alle kracht die Lilith heeft verworven door aanbeden te worden op haar wereld, kan ze hem doden als hij voor mij probeert in te grijpen.

Alsof hij mijn gedachten leest, gromt Nero, "Stop met eraan te denken. Wat je voorzag, zal niet gebeuren. Ik zal haar niet bij je in de buurt laten komen. Ik zie de aarde liever sterven."

Aarde.

Dat was ik bijna vergeten.

Toen ik mijn zienerskrachten had gevraagd hoe ik iedereen kon redden, hadden ze met 'word Liliths slaaf' geantwoord.

Maar waarom?

Hoe kan dat helpen?

Misschien heb ik me niet goed op de vraag gericht?

Dit rechtvaardigt een second opinion. En indien nodig een derde. En een vierde.

Ik probeer terug te gaan naar Hoofdruimte, maar de focus komt niet. Ik moet te gestrest zijn.

Met veel moeite adem ik diep in en concentreer ik me weer. En dan weer.

Bij de vijfde poging, geef ik mijn nederlaag toe. Het is geen stress. Ik heb geen zienersap meer omdat ik net twee visioenen heb gehad van de gerichte-tijdsperiode-variëteit — en die verbruiken extra veel. Maar —

Voordat ik de gedachte kan afmaken, doet Nero een stap terug, glanst van energie en verandert in zijn drakenvorm.

Wauw.

Hij steekt voorzichtig zijn klauw uit, grijpt me vast en zet me op zijn enorme rug. Dan, zonder zelfs maar een 'zet je schrap' te brullen, springt hij de lucht in en suist naar het kasteel.

Als ik gevoelig was voor hartaanvallen, dan zou ik er hier en nu eentje hebben. Op een drakenrug rijden is op een rustige dag al stressvol, en gezien hoe bang ik al ben, voelt mijn hart aan alsof hij uit mijn ribbenkast zou kunnen springen en me in het gezicht zou kunnen slaan.

In een oogwenk passeren we het slagveld — wat opgeruimd is, vooral dichter bij de ingang van het kasteel waar Nero landt.

Pozoj — de draak met de haviksneus van laatst — is er om ons te begroeten. Hij kijkt kalm toe hoe Nero me naast zich neerzet en weer in zijn naakte zelf verandert.

Het is een teken van mijn extreme angst dat het uitzicht slechts een lichte tinteling van warmte in me oproept.

"Dit is Sasha," gromt Nero naar de andere draak. "Let op haar. Ik moet me opladen." En in een waas van beweging verdwijnt hij het kasteel in.

"Het is leuk je te ontmoeten, Sasha," zegt Pozoj. "Claudia heeft me net over je verteld."

"Is dat zo?" Ik stabiliseer mijn ademhaling. "Goede dingen, hoop ik."

"Ik heb hem verteld hoe onder de indruk ik was," zegt Claudia terwijl ze het kasteel uit stapt, met een glimlach van een megaton op haar gezicht. "Ik heb hem ook verteld hoe blij ik ben te weten dat mijn broer al die tijd in goede handen is geweest."

"Oh, uhm... hij was niet in mijn handen." Ik spring van voet tot voet. "Over je broer gesproken, weet je waar hij net heen is gegaan? Er is iets wat we moeten bespreken en —"

"Van zijn nieuwe schat aan schatten aan het genieten, denk ik," zegt Pozoj met een vleugje weemoed. "Je hebt hem gehoord. Hij zei dat hij op moest laden."

"Op moest laden?" Ik kijk naar Claudia en dan terug naar Pozoj. "Wat betekent dat?"

"Hoeveel weet je over draken?" vraagt Claudia en het valt me op hoe dicht ze bij Pozoj staat en dat ze er allebei uitzien alsof ze elkaars hand willen aanraken. Claudia is duidelijk aan het socialiseren geweest toen Nero en ik weg waren.

"Ik weet dat Nero grote verwondingen kan genezen door op aarde op zijn schat te gaan liggen," zeg ik. "En dat hij daarna meer energie en minder slaap nodig heeft."

"Klopt, maar opladen is veel meer dan dat," zegt Claudia. "Alles wat ons maakt tot wat we zijn, wordt verbeterd. Bewegingssnelheid, reactietijd, uithoudingsvermogen —"

"Ik moet echt met hem praten," zeg ik, maar ik kan al raden waar dit heen gaat.

"Je wilt een draak die op zijn schat zit niet storen," zegt Pozoj zakelijk, wat mijn bezorgdheid bevestigt.

"Geef mijn broer in ieder geval een paar uur de tijd," zegt Claudia. "Daarna zal ik je zelf naar hem toe brengen."

"Maar ik heb haast," zeg ik. "Ik ben een ziener en —"

"Een ziener en een vampier?" zegt Claudia terwijl zowel zij als Pozoj met hernieuwde interesse naar me kijkt.

"Ja," zeg ik, me afvragend hoe boos ze zouden zijn als ik ze bij hun kragen zou pakken en ze een door elkaar zou schudden om mijn gevoel van urgentie duidelijk te maken. "Kun je me nu naar Nero brengen?"

"Het spijt me," zegt Claudia. "Ik wil hem niet van streek maken nadat we ons net hebben herenigd."

Ik kijk naar Pozoj.

"Ik weet niet waar de keizerlijke schatkist is," zegt hij. "En nog belangrijker, ik ben niet suïcidaal."

"Goed," snauw ik. "Kun je me op zijn minst naar de Cognizanten van de aarde brengen?"

"Met alle plezier," zegt Claudia en ze pakt Pozoj eindelijk bij de hand. "Volg ons."

Ze loopt het kasteel binnen, sleept de mannelijke draak achter zich aan, en ik haast me om ze bij te houden.

Terwijl we lopen, begint Claudia met Pozoj te flirten, en ik ontdek dat hij van de rijkste, nobelste drakenfamilie op deze wereld is — wat waarschijnlijk de reden is waarom Nero hem in het conflict van gisteren een veiligere positie had gegeven. Na een tijdje blokker ik hun geklets in een andere poging om Hoofdruimte te betreden.

Zonder succes.

Nou, ik heb geen visioen nodig om de nabije

toekomst te voorspellen. Ik kan dit op basis van gebeurtenissen uit het verleden doen.

Om te beginnen, om me veilig te houden, zal Nero me waarschijnlijk willen opsluiten en de sleutel weggooien. En misschien is het een zeldzaam geval waarin ik hem dat laat doen. Als ik niet naar de aarde ga, dan kan ik Felix en Ariël niet doden.

Ervan uitgaande dat ik ze op aarde heb vermoord.

Natuurlijk zijn er andere, veel betere manieren om dat visioen te voorkomen. Ik kan bijvoorbeeld ziekenhuizen en andere medische voorzieningen vermijden — en dat is precies wat ik ga doen.

Ik kan *niet* naar de aarde gaan. Hoewel mijn zienerskrachten uitgeput zijn, vertelt een krachtige intuïtie me dat als ik het Tartarus-probleem niet persoonlijk probeer aan te pakken, mijn ouders zo goed als dood zijn.

Nu is de belangrijkste vraag: zal Nero me helpen om de komende Apocalyps te voorkomen?

Hij had gezegd dat hij de aarde liever ziet sterven dan dat hij mij aan Lilith geeft.

Is het mogelijk dat hij tevreden zal zijn om hier te regeren, op zijn drakenwereld, en de bewoners van de aarde de dreiging zelf af te laten handelen?

"Daar zijn ze," zegt Claudia terwijl we een grote eetzaal binnengaan die lawaaieriger is dan een nachtclub.

Aan een gigantische tafel in het midden zit bijna iedereen die met Nero was meegegaan om hem met die grote gevechten te helpen. Alleen de reuzen — Colton uitgesloten — en de centauren zijn niet aanwezig.

Iedereen smult van gevarieerde lekkernijen, behalve Vlad, die een vloeistof drinkt die verdacht veel op bloed lijkt.

"Sasha," roept Kit opgewonden uit en ze verandert in mij. In mijn stem zegt ze, "Ik vroeg me al af of Nero je had ingehaald." Ze wiebelt suggestief met haar/mijn wenkbrauwen en ik vecht tegen twee behoeften: blozen en Kit verstikken.

"Geen tijd voor roddels," zeg ik, terwijl ik mijn toon met zoveel mogelijk urgentie doordring. "Ik heb informatie waar iedereen van de aarde van op de hoogte moet zijn."

Vlad, Kit, Colton, Albina, de grote weerwolfkerel, de dame die dieren kan beheersen, en de misschien-elf kijken me met variërende mate van nieuwsgierigheid aan.

"Het is Tartarus," zeg ik luid. "Hij komt naar de aarde."

De kamer wordt doodstil.

Nu ik ieders aandacht heb, vertel ik ze wat ik had gezien, en — ik kom ter plekke op een kwaadaardig idee — ik eindig met, "Nero is jullie een gunst verschuldigd voor jullie hulp hier op de drakenwereld. Als het je iets interesseert wat er met je thuisbasis gebeurt, vraag dan vandaag nog om die gunst en eis dat hij jullie helpt om het te redden."

Zo. Zelfs als Nero eerst niet van plan was om te

helpen, dan zal hij het moeilijk krijgen om dat nu niet te doen.

Iedereen begint tegelijkertijd vragen te stellen, en ik probeer ze waar ik kan te beantwoorden, wat niet veel is.

"Luister," zeg ik na wat aanvoelt als een uur van heen en weer gaan. "Elke minuut die we hier doorbrengen met praten, is een minuut minder voor de aarde."

Iedereen zwijgt, ze wachten duidelijk tot ik ze vertel wat de volgende stap moet zijn, en ik heb geen idee.

"Je had me moeten vertellen dat je gesprek met Nero letterlijk wereld veranderend zou zijn." Claudia pakt mijn elleboog. "Laten we naar de schatkist gaan — hij kan me wat met zijn chagrijnigheid."

"Geweldig," mompel ik. "Laten we gaan."

Vlad, Kit en de rest staan op om mee te gaan, maar Claudia schudt haar hoofd. "Hij zal mij of Sasha geen kwaad doen, maar iemand anders zou te veel risico nemen," legt ze uit.

De andere Cognizanten gaan weer zitten en beginnen met elkaar te praten.

"Weet je *zeker* dat Nero me in dezelfde 'niet kwaad doen'-groep heeft zitten als jij?" vraag ik aan Claudia terwijl we door een gang rennen en een wenteltrap bereiken die naar beneden gaat.

"Ik heb gezien hoe hij naar je keek." Claudia rent zo snel de trap af dat ik zelfs als vampier moeite heb om haar bij te houden. "Ik ben er vrij zeker van dat hij je geen kwaad zou doen. Niet heel erg. Waarschijnlijk." Een verdieping later voegt ze eraan toe, "Misschien moet je mij het woord laten voeren voor het geval dat."

"Goed idee," zeg ik, mijn maag knijpt zich samen met een slecht gevoel.

"Oh, en je moet weten dat de schatkist zich buiten de kasteelmuren bevindt," zegt ze een paar verdiepingen later. "Wat betekent dat hij in zijn drakenvorm zal zijn."

"Perfect," mompel ik. "Een boze Nero in drakenvorm. Wat zou er in vredesnaam mis kunnen gaan?

HOOFDSTUK VIER

DE TRAP BLIJFT MAAR NAAR BENEDEN GAAN, SCHIJNBAAR naar het midden van de planeet. Eerst zijn de muren om ons heen het kenmerkende zilverkleurige obsidiaan van het kasteel, dan veranderen ze in rotslagen.

Het lawaai begint wanneer de lagen van bruin naar zwart overgaan. Het klinkt als een draak die in de verte brult.

Terwijl we verder afdalen, realiseer ik me dat het gebrul geen gebrul is, maar de drakenversie van snurken.

Voordat ik het Claudia kan vragen, versnelt ze. Ze neemt vijf tot zes treden tegelijk in elke sprong totdat we een muffe en koude grotachtige opening bereiken die naar een andere, veel grotere ruimte leidt.

"Wauw," zeg ik.

"Ja," antwoordt Claudia. "Het is een tijdje geleden dat ik deze plek heb gezien."

Diamanten, goud, platina, onbetaalbare

kunstwerken — er is hier zoveel rijkdom en bling dat het pijn doet aan mijn ogen.

Nero's schatkamer is slechts een kleine bedrieger vergeleken met deze uitgestrektheid. Omgerekend in contant geld, kan deze schat meer dan tien jaar van het BBP voor een middelgrote natie zijn.

Boven op alle buit ligt Nero in zijn drakenvorm — het lijkt alleen of hij groter dan normaal en majestueuzer is.

Het gesnurk komt van hem, en op deze afstand is het bijna oorverdovend.

"De aarde staat op de rand van de afgrond en jij doet een dutje?" zeg ik luid. "Serieus?"

Nero blijft snurken.

Claudia trekt haar kleren uit, loopt dan over meer dan een miljoen dollar waarde aan goud en verandert zelf in een draak.

Nero geeft geen enkel teken dat hij zich van haar bewust is.

Claudia brult.

Nero blijft slapen.

Met een flits draait ze zich om en kleedt zich aan.

"Genezende slaap die zo diep is, is zeldzaam," schreeuwt ze in mijn oor boven het gesnurk uit. "Het gebeurt alleen na ernstige wonden of extreem zware activiteit." Ze kijkt nadenkend. "Ik had niet gedacht dat het gevecht met Yudo hem *zoveel* zou kosten."

"Dus wat gaan we doen?" vraag ik, in de hoop dat Claudia mijn blos niet ziet. Ik kan me een andere inspannende activiteit indenken waar Nero onlangs aan deel had genomen, wat in een krater in de grond en gekapte bomen had geresulteerd. En hoeveel bloed heb ik gisteravond van hem gedronken? Kan het een hoeveelheid zijn geweest die gelijk staat aan een 'zware wond'?

"Er is niets wat we kunnen doen," zegt ze. "We gaan terug naar boven en wachten."

"Maar —"

"Het is het beste." Ze legt een hand op mijn schouder. "Zoals ik eerder probeerde uit te leggen, wanneer een draak uit deze staat wordt gewekt, kan hij chagrijniger zijn dan een leger van overwinterende wolbeesten."

"Goed dan," zeg ik. "Leid me terug."

We gaan de gigantische eetzaal in waar we iedereen achter hebben gelaten — en we vinden ze terwijl ze overeind staan, klaar om te vertrekken.

Vlad komt met een bezorgde uitdrukking naar ons toe. "Waar is Nero?"

Ik rol met mijn ogen. "Zijn schoonheidsslaapje aan het doen."

"In het beste geval heeft hij misschien een paar uur nodig, in het slechtste geval een dag," zegt Claudia. "Hij zal je beter kunnen helpen als hij klaar is."

"In dat geval gaan de anderen en ik terug naar de aarde en gaan we je visioen met de rest van de Raad bespreken," zegt Vlad tegen me. "Vertel Nero dat we inderdaad de gunsten willen inroepen die hij ons verschuldigd is om de aarde te redden."

"Zal ik doen," zeg ik plechtig.

"Wat dacht je van een drankje?" Kit knipoogt naar me, verandert dan in Nero en laat me zijn/haar hals zien.

"Nee, bedankt," zeg ik. "Trouwens, je zou je mederaadsleden niet op willen houden, toch?"

Kits pruilmond ziet er op Nero's gezicht vreemd uit. Dan verandert ze weer in zichzelf en voegt zich bij iedereen terwijl ze naar buiten gaan.

"Dus," zegt Claudia als ze weg zijn. "Nu zijn alleen wij er nog."

"Ja," mompel ik. "Weet je zeker dat er geen mogelijkheid is om je luie broer wakker te maken?"

"Niet dat ik weet," zegt ze.

"Wat als we teruggaan en hem slaan?" Ik begin door de kamer te ijsberen, maar het vampieruithoudingsvermogen maakt het moeilijk om angstige energie op deze manier op te branden.

Ze krimpt ineen. "Zelfs als een dergelijke gewelddadige aanpak zou werken, zouden we het risico lopen om in de nasleep te sterven, vooral jij, omdat je niet zo sterk bent als een draak."

"Wat als ik hem een kus geef?" zeg ik half-grappend. "Dat werkt bij slapende prinsessen, dus misschien kan het ook werken bij een slapende koning, of keizer, of wat hij nu ook is."

Ze grijnst. "Dit is misschien het enige zeldzame geval waarin het kussen van mijn broer je misschien niet geeft wat je wilt."

"Hé." Ik stop met ijsberen. "Wat probeer je te zeggen?"

"Niets." Ze loopt naar de tafel en neemt plaats. "Kom bij me zitten. Als je zo blijft rondlopen, krijg ik hoofdpijn van je."

Kunnen draken hoofdpijn krijgen?

Met tegenzin loop ik naar de tafel en plof in een houten stoel tegenover de hare.

"Nu," zegt ze. "Aangezien we privacy en tijd hebben om te doden, kun je me misschien vertellen hoe jij en Nero elkaar hebben ontmoet?"

Ik haal diep adem en adem luidruchtig uit. "We hebben geen charmante eerste ontmoeting gehad, als dat is wat je zoekt. Ik heb geen idee wanneer hij me voor het eerst heeft gezien, maar ik kan me voorstellen dat ik toen ongepast jong was."

Claudia's ogen puilen uit.

"Ja," zeg ik. "En de eerste keer dat ik *hem* zag, was bij een sollicitatiegesprek, dus gezien de manier waarop banen op onze wereld werken, was romantiek het laatste waar ik aan dacht."

Ondanks dat ze duidelijk teleurgesteld is, drilt Nero's zus me voor meer informatie. Al snel draait de ondervraging en vertel ik haar alles over mijn recente avonturen.

"Heeft de Raad je verboden om je grootste passie uit te oefenen?" zegt ze afkeurend als ik bij het deel kom waarin ze me vertelden om nooit meer magie uit te voeren of anders.

"Ja," zeg ik, bij de herinnering fronsend. "Ze willen niet dat mensen over het bestaan van de Cognizanten te weten komen, en hoewel mijn illusies geen gebruikmaken van mijn krachten, kan ik nog steeds krachtiger worden als de mensen me gewoon zo aanbidden."

"Ik ben blij dat onze mensen weten wie en wat we zijn en dat we die stomme Raden niet hebben." Ze pakt een beker met wijn. "Ik ben verbaasd dat Nero al die onzin heeft geaccepteerd."

"Ik zou zeggen dat hij zich goed aan de aarde heeft aangepast," zeg ik. "Hij is een van de rijkste en machtigste wezens op aarde — en je weet wat dat voor drakenkrachten betekent."

"Maar toch." Ze nipt aan haar wijn. "Ik denk niet dat ik de aarde leuk zal vinden."

Ik trek mijn wenkbrauwen op. "Je zegt dat alsof je er naartoe gaat."

"Natuurlijk ga ik er naartoe," zegt ze. "Het is niet alleen Nero die iedereen een gunst verschuldigd is. Als jij en de anderen van de aarde er niet waren geweest, dan zou ik nog steeds in die kooi zitten." Haar uitdrukking wordt even donkerder, maar wordt net zo snel weer zonnig. "Trouwens" — ze grijnst — "dit gevecht klinkt alsof het heel leuk zal zijn."

"Misschien leuk voor een draak," zeg ik. Mijn woorden zorgvuldig kiezend, vraag ik, "Hoe was het om al die jaren gevangen te zitten?"

De donkere uitdrukking is terug, met versterking, en ik voel me onmiddellijk schuldig voor mijn nieuwsgierigheid.

"Ik zou het mijn ergste vijand niet toewensen," zegt Claudia na een seconde, haar stem gespannen. "Als ik geen boeken en wraakfantasieën had gehad, was ik gek geworden."

De deur kraakt en Pozoj komt binnen.

"Daar ben je," zegt Claudia, haar somberheid spoorloos verdwenen. "Sasha vertelde me net over haar vaardigheden als goochelaar."

"Een wat?" vraagt hij, terwijl hij bij ons aan tafel gaat zitten.

"Zal ik het je laten zien?" zeg ik, besluitend om Claudia met mijn favoriete tijdverdrijf op te vrolijken. "Heb je dit hier?" Ik pak mijn kaarten en spreid ze op tafel.

"Dat lijkt op Tarotkaarten," zegt Pozoj. "Alleen hebben ze het allemaal mis."

"Ik moet je iets laten zien waarbij kaartwaarden niet belangrijk zijn," zeg ik en ik schud het kaartspel. "Wat denk je hiervan?" Ik verdeel de kaarten in tweeën en draai de ene helft naar boven terwijl ik de andere helft naar beneden houd.

Ik schud dan de kaarten door elkaar, zodat de verweven kaarten een willekeurige mengeling van kaarten zijn die zowel met de kop naar boven als naar beneden liggen.

"Hoelang denk je dat het zou duren om deze puinhoop die ik net heb gemaakt op te lossen?" vraag ik terwijl ik een aantal van mijn geheime bewegingen doe die met mijn net verworven vampierbehendigheid veel gemakkelijker worden gemaakt.

"Drie minuten," zegt Claudia.

"Twee," voegt Pozoj eraan toe.

Ik zwaai met mijn hand over de kaarten en spreid ze ceremonieel uit.

Als bij toverslag kijkt elke kaart nu de juiste kant op.

"Dat kan niet," roept Pozoj uit. "Ben je boven op een ziener en een vampier ook een illusionist?"

"Dat ben ik niet," zeg ik. "Tenminste niet *dat* soort illusionist."

"Doe iets anders," zegt Claudia gretig.

Ik doorzoek mijn hersenen om me meer effecten te herinneren die niet veel kennis van de kaartwaarden vereisen en ga verder met een minishow die me laat beseffen hoezeer ik het optreden op deze manier heb gemist.

Hun reacties zijn uitstekend — deels vanwege het feit dat er geen goochelaars op deze wereld zijn, maar ook omdat deze mensen geen tv of computers hebben, dus hun aandachtsspanne is veel langer en de standaarden voor entertainment zijn veel lager.

Misschien kan ik hier bij Nero blijven en zijn hofgoochelaar à la Merlijn worden? Dat zou bijna net zo cool zijn als mijn eigen tv-show — misschien in sommige opzichten zelfs nog cooler.

Wacht, wat denk ik in vredesnaam? De aarde is in gevaar, en ik ben al op zoek naar een nieuwe wereld om me op te vestigen?

Mijn scherpe vampiergehoor vertelt me dat er een nieuw iemand de kamer in is gestapt. Dan hoor ik Nero vragen, "Waar is iedereen?"

Ik verberg de kaarten en draai me naar hem toe.

Dat dutje heeft zijn lichaam goed gedaan. Hij ziet er stralend gezond uit.

En, als bijwerking, zo sexy als wat.

"Ze zijn naar de aarde gegaan," zegt Claudia terwijl ze opstaat. "Ik ga me klaarmaken voor onze reis."

"Je gaat wat?" Nero vernauwt zijn ogen naar zijn zus en kijkt me dan beschuldigend aan.

"Ik sluit me aan bij Sasha's missie om de aarde te redden," zegt Claudia op een toon die "En ik daag *iedereen* uit om me tegen te houden" lijkt te impliceren.

"Dit klinkt als een familieaangelegenheid," zegt Pozoj, die achteruitgaat. "Ik ga er vandoor."

"Nee," zegt Claudia schaamteloos. "Je gaat met me mee."

"Blijkbaar." Pozoj wrijft over zijn kin.

"Laten we gaan." Claudia pakt zijn hand en sleept hem met een snelheid die de schouder van een niet-draak zou ontwrichten naar buiten.

Nero kijkt met een onleesbare uitdrukking op zijn gezicht toe hoe ze vertrekken, en ik kan het niet helpen dat ik het gevoel heb dat ik in grote problemen zit — en zonder reden.

"Ik ga ook naar de aarde," zeg ik krachtig als hij zich omdraait om me aan te kijken. "Denk er niet eens aan om me voor 'mijn bescherming' ergens op te sluiten."

Zo.

Ik heb het gezegd — en ik zal mijn standpunt met alles wat ik heb verdedigen.

HOOFDSTUK VIJF

Nero knikt. "Oké."

"Het zou aan mij moeten zijn of ik mezelf wel of niet in gevaar wil brengen. Je kunt niet gewoon — wacht." Ik kijk naar hem alsof hij hoorns heeft gekregen. "Zei je net 'oké'?"

"Ja." Hij komt naar me toe. "Omdat je, ondanks welke bewakers ik ook aan je toewijs, problemen lijkt te vinden, heb ik besloten dat het het beste is om je te allen tijde aan mijn zijde te houden."

"Juist." Ik til mijn kin op. "Weet gewoon dat ik alleen aan je zijde zal staan als ik aan je zijde *wil* staan."

"En dat wil je." Een donkere glimlach raakt de hoeken van zijn ogen terwijl hij voor me stopt. "Je weet dat je dat wil."

"En we gaan naar de aarde," zeg ik, terwijl ik de zwerm vlinders negeer die zijn nabijheid in mijn buik oproept. "De leden van de Raad hebben me gevraagd om je te vertellen dat de gunst die je hun verschuldigd bent, je hulp met Tartarus zal zijn."

Zijn gezicht verhardt. "Dacht je echt dat ik Lucretia en mijn andere werknemers zou laten sterven? En je ouders en al mijn bondgenoten in de Raad? Dat ik mijn kracht voor de lol heb opgevoerd?"

Ik besluit dat het niet verstandig zou zijn om hem aan de opmerking 'laat de aarde maar sterven' te herinneren die hij eerder had gemaakt. Ik zet snel mijn tovenaarshoed op en zeg, "Je zou me moeten bedanken. Nu kun je de aarde redden — zoals je hoe dan ook zou hebben gedaan — maar je bent als je klaar bent ook minder gunsten aan mensen verschuldigd."

"En hoe moet ik je bedanken?" Hij leunt naar voren, zijn limbale ringen breiden zich uit.

Ik slik. "Ik weet het niet. Ik kan niets bedenken dat dit mooie kasteel niet in puin zou veranderen."

"Oh, maak je geen zorgen," mompelt hij en hij kijkt me aan. "Dankzij de beschermelingen zou het anders gaan als ik je hier zou bedanken."

Oh, dat klopt.

Het kasteel verhindert draken om zich te veranderen — dat is waarschijnlijk de reden waarom onze laatste ontmoeting zo schadelijk werd voor onze omgeving.

Ik slik hoorbaar lucht in terwijl mijn blik van zijn lippen naar zijn hals flitst.

Nero's lippen krommen zich, en hij laat zijn hoofd zakken totdat die lippen mijn oor raken. "Deze keer geen bloed," fluistert hij. "Ik wil dat je je van elk moment bewust bent. Elke aanraking. Elke stoot."

Wauw.

Volgens mij maakte ik net een hittegolf mee.

Ik ben nog nooit zo opgewonden geraakt door woorden. Maar we kunnen niet doen wat ik dolgraag wil doen. De aarde heeft bijna geen tijd meer.

"Tijd," is het enige wat ik tegen Nero kan zeggen als hij zijn hoofd opheft. "We moeten opschieten."

"Als we per vleugel naar de aarde gaan, zijn we er eerder dan Vlad en de anderen," zegt hij — en zelfs dit klinkt op de een of andere manier verleidelijk.

Voordat mijn bloeddruk kan stijgen bij het idee om 'per vleugel' te reizen, buigt hij zijn hoofd weer en vangt mijn lippen met de zijne.

Dubbel wauw.

Onze kus is deze keer meer bewust, alsof we van elkaar genieten, en proberen om elke beweging en sensatie te onthouden. Tegelijkertijd ontdoen we elkaar van vervelende kleding. Met elk stukje materiaal dat uitgaat, groeit de hitte in me, elke beweging van zijn handpalmen over mijn huid stookt mijn behoefte nog verder op.

Het voelt alsof ik in brand sta. Ik veeg met een brede boog van mijn hand glazen en borden van de tafel op de vloer, en Nero pakt me bij mijn middel en zet me op de vrijgemaakte ruimte. Me nog steeds kussend.

Verdomme, dit is goed. Zelfs beter dan ik me herinner — niet dat ik me veel van onze laatste ontmoeting herinner. Maar ik herinner me dat we kusten toen ik een mens was, en dit is oneindig veel heter.

Kan het zijn dat mijn vampierzintuigen alles versterken? Of zijn powernap?

Aan de andere kant, misschien zijn het mijn gevoelens voor hem die mijn percepties veranderen en kleuren.

Voordat ik me daar verder in kan verdiepen, beweegt Nero zijn lippen naar mijn hals, dan naar beneden, nog verder naar beneden, en nog verder naar beneden, en mijn hersenen roeren zich als eieren in een koekenpan terwijl hij van me begint te smullen. Mijn hele lichaam huivert van orgasme na orgasme dat binnenkomt als op de beats van het *Candy Shop*-liedje. En dan escaleren de dingen terwijl ik de gunst teruggeef en we voor de homerun gaan.

Het is officieel.

Dit is de beste seks die ik me kan voorstellen.

Verbluffend begint het niet eens te beschrijven.

Als het voorbij is, en ik uitgestrekt op de tafel op Nero lig, voel ik me blij dat hij me zijn bloed niet liet drinken of iets anders liet doen dat mijn geheugen zou verstoren.

Ik wil dit onthouden.

Als we falen en Tartarus me samen met alle mensen op aarde vermoordt, dan zal ik nog steeds als een relatief gelukkige vrouw sterven. Vooral als Tartarus me nog één keer laat doen wat ik net met Nero heb gedaan.

Of twee keer. Of drie keer.

"We moeten ons klaarmaken," mompelt Nero, maar hij laat me niet gaan.

"Ja, dat zouden we moeten doen," zeg ik, maar ik maak mezelf niet los uit zijn greep.

"Ik heb geregeld dat je naar iemand toe kunt over die nachtmerries," vertelt hij me zachtjes. "Ik wil ook dat je een sessie met Lucretia doet wanneer —"

"Je hebt wat?" Ik trek me terug, meer verward dan boos.

"Ik heb met Bailey Spade gesproken," zegt hij terwijl hij rechtop gaat zitten. "Ze kan je zien zodra we op aarde zijn."

Bailey Spade. Waarom klinkt dat bekend? "De droomwandelaar?" roep ik uit en ik herinner me dat hij tijdens onze helikoptervlucht met haar had gesproken. "Hoe heb je met haar gesproken? Is ze hier?" Ik kijk rond alsof deze mysterieuze persoon op het punt staat om onder de tafel vandaan te springen.

"Om op te laden, heb ik geslapen," zegt Nero zakelijk.

"Geweldig," zeg ik sarcastisch. "Dat verklaart alles. Bedankt."

"Zodra ze een band met een klant heeft opgebouwd, kan Bailey hun dromen bezoeken, ongeacht op welke Andere Wereld ze zich bevindt," legt Nero uit. "Alleen de eerste sessie hoeft persoonlijk te zijn. Ze moet je aanraken als je slaapt — daarom heb ik haar gevraagd om ons op aarde te ontmoeten."

Ik voel niet langer de post-coïtale gelukzaligheid,

spring van de tafel en begin me aan te kleden. "Waarom moet ik dit doen? Ik hoef niet eens meer te slapen, dus geen nachtmerries. Probleem opgelost."

"Nachtmerries zijn gewoon een manier voor je onderbewustzijn om je te laten weten dat er iets mis is," zegt Nero, terwijl hij zijn eigen kleren aantrekt. "En je *hoeft* dit niet te doen. Het zou me gewoon een beter gevoel geven als je het wel deed."

Is dit Nero die het netjes vraagt?

Het is zo plotseling dat ik mijn trotse opmerkingen inslik en er over nadenk — en snel beslis dat een beetje therapie geen kwaad kan. Mits ik blijf leven om van de genezen geest te genieten.

"Ik zal zeker met Lucretia praten," zeg ik tegen Nero. "En ik zal ook over het droomgedoe nadenken."

"Goed," zegt hij. "Laten we gaan."

———

Alsof hij een zesde zintuig heeft, lokaliseert Nero Claudia in het labyrint dat het kasteel is, en we gaan allemaal naar buiten waar Pozoj met een rugzak in de hand bij de deur wacht.

"Ik wil dat je op alles let tot we terug zijn," zegt Nero tegen Pozoj terwijl hij zich weer uitkleedt en zijn kleding in de rugzak stopt.

"Moet dat?" zegt Claudia met een pruilmond. "Ik wilde hem met ons mee hebben."

"Ik heb hier iemand nodig die betrouwbaar is," zegt Nero, en Claudia geeft met een zucht toe.

Pozoj begint iets te zeggen, maar Claudia begint zich uit te kleden en hij verandert in een doofstomme — er waarschijnlijk niet op vertrouwend dat hij met al dat gekwijl kan praten.

Er speelt zeker iets tussen die twee.

Claudia zwaait met haar heupen en loopt zo dicht naar Pozoj toe dat hij haar desgewenst een borstonderzoek kan geven. Op de meest verleidelijke manier stopt ze haar jurk in de rugzak, pakt de tas van Pozojs onstabiele handen en geeft hem aan mij.

Dit is wanneer ik stop met me over Pozojs ongemak te verkneukelen en me herinner wat het plan is.

Ja, natuurlijk.

Nero en Claudia veranderen in draken.

"We gaan per vleugel" is precies wat ik had gevreesd — ik die weer op een drakenrug zit.

Mijn gok bevestigend, grijpt Nero me met zijn klauw en laat me op zijn rug zitten.

Alweer.

"Succes," weet Pozoj eindelijk te zeggen, en Claudia brult iets terug dat klinkt als "bedankt" en zoemt de lucht in.

Nero lanceert zichzelf ook, en ik pak hem vast alsof mijn leven ervan afhangt. Toen we eerder vlogen, had hij duidelijk niet zo'n haast als nu.

Vijf of zes minuten later zijn we al bij de poorten, en ik krijg even rust als de broer en zus hun menselijke vormen aannemen en we de poorten te voet binnengaan. Waarbij ik mijn best doe om hun beide naakte lichamen te negeren.

Nou, eigenlijk kijk ik wel naar Nero, maar ik wend beleefd mijn ogen af van zijn zus.

We lopen door een paar Andere Werelden, en tijdens onze reis stelt Claudia Nero een miljoen vragen over zijn leven op aarde. Ik luister aandachtig, maar ontdek niets wat ik nog niet wist.

"Dit is een wereld die Tartarus al heeft vernietigd," zeg ik tegen Claudia als we bij de kloon van het JFK-vliegveld aankomen en de ondergrondse gangen verlaten en alle omhulsels zien.

Ze kijkt met grote ogen om zich heen. "Wat verschrikkelijk. Ik denk dat ik hier lang voordat dit gebeurde als kind al eens ben geweest."

Over lijken stappend, gaan we naar de uitgang.

"Dus, Nero," zeg ik terwijl we lopen. "Ik wil graag een idee met je delen dat ik had. Een manier om dat visioen met Ariël en Felix te voorkomen."

"Ja?" zegt hij zonder te stoppen. "Behalve dit uitzitten, natuurlijk."

"Nou, dat is het punt. Ik wil dat *zij* dit uitzitten." Ik stap naar buiten. "En, voor het geval het moet worden gezegd, zou ik graag willen dat je bewakers aanwijst om ze in de gaten te houden om ervoor te zorgen dat ze niet met mij in die kamer kunnen belanden."

Nero kijkt me met een opgetrokken wenkbrauw aan. "Begrijp je de ironie van wat je vraagt?"

"Dit is anders dan toen je *mij* voor mijn veiligheid op bleef sluiten," zeg ik.

"Tuurlijk," zegt Nero. "Maak dat jezelf maar wijs."

"Ik zal het ze eerst netjes vragen," zeg ik defensief.

"Sasha." Nero stopt en pakt zachtjes mijn kin vast, waardoor ik naar hem op moet kijken. Zijn ogen smeken bijna als een puppy die om spek smeekt. "Kun jij deze alsjeblieft uitzitten? Het zou veel voor me betekenen als je dat zou doen. Alsjeblieft?"

"Nee," zeg ik verontwaardigd. "Ik heb het je al verteld —"

"Zie je wel." Hij laat me los, de smekende uitdrukking wordt door een zelfvoldane vervangen. "Dat is wat het aardig vragen bereikt."

Ik knars met mijn kiezen. "Ga je me wel of niet helpen? Het maakt me niet uit of dit me een hypocriet maakt."

"Beschouw het als gedaan," zegt hij. Dan stapt hij weg en verandert in een draak.

"Meneer Grouchy wint opnieuw." Claudia knipoogt naar me en neemt dan ook haar drakenvorm aan.

Ik zucht als Nero me op zijn rug zet en het vliegen weer begint. Deze keer is het eerder interessant dan eng omdat ik aan deze manier van vervoer begin te wennen en omdat de wereld onder me zoveel op de aarde lijkt.

Als we het equivalent van Manhattan bereiken, ben ik in de verleiding om een paar selfies te maken, maar dat doe ik niet, voor het geval dat ik een of andere Cognizantenregel breek waar ik me niet van bewust ben.

"Dit is zo cool," schreeuw ik naar Nero en ik klop op zijn schubbige nek. "Helikoptertochten kunnen niet eens in de schaduw van drakenvluchten staan."

Nero antwoordt met een geamuseerd klinkend gebrul en duikt vervolgens naar het Vrijheidsbeeld om me er goed naar te laten kijken. Deze versie van het monument heeft om de een of andere reden een zwaard in plaats van een fakkel, maar ziet er verder hetzelfde uit.

Claudia haalt ons in en we versnellen als we richting New Jersey gaan.

Al snel landen we.

"Ik heb Vlad of de anderen niet gezien," zeg ik tegen Nero als hij weer in zijn overheerlijke naakte zelf verandert.

"Ze hebben misschien de boot genomen," zegt hij en tot mijn teleurstelling pakt hij de kleren uit de rugzak die ik bij me had. "Ze zijn vast niet ver achter ons," voegt hij eraan toe als hij zich aankleedt.

"Oké," zeg ik en ik neem de leiding, naar de volgende set poorten lopend. Nero en Claudia volgen en hun eerdere gesprek hervatten.

"De volgende wereld is Gomorrah," zeg ik tegen Claudia als we voor de poort stoppen die daar naartoe leidt. "Daarna komt de aarde."

"Dit is zo spannend," zegt ze. "Ik heb Gomorrah voor het laatst bezocht toen ik klein was. Het was magisch."

Knikkend stap ik de poort binnen en bots bijna tegen Ariël, Felix en Raspoetin aan als ik er aan de andere kant uitkom.

HOOFDSTUK ZES

"Wat doen jullie hier?" roep ik uit terwijl Claudia en Nero na mij uit de poort stappen.

"Ik had gezien dat je uit deze poort zou komen," legt Raspoetin in het Russisch uit, en Felix vertaalt de woorden van mijn biologische vader voor Ariël. "Dus besloten we je te begroeten."

Oh ja.

Ik had een visioen gezien waarin Raspoetin Ariël en Felix had verteld dat hij mijn aankomst op Gomorrah had voorzien. Hij wist zelfs dat ik een vampier zou zijn, en hij had het aan mijn vrienden verteld.

Dat gesprek moet recent zijn geweest, en zou kunnen verklaren waarom Ariël zo vreemd naar me kijkt.

"Dit is Claudia," zeg ik. "Ze is Nero's zus."

Iedereen bekijkt Claudia met slecht verborgen nieuwsgierigheid. Dan kijken ze naar Nero, waarschijnlijk om een gelijkenis te zien — die er heel duidelijk is.

"Wat als ik jullie het verhaal van haar redding vertel terwijl we naar Nero's club lopen?" zeg ik en ik begin te lopen.

Iedereen volgt me, en ik begin het verhaal van Nero's oorlog tegen de bezetter. Tegen de tijd dat we halverwege de hal van de wolkenkrabber zijn, ben ik klaar met hen te vertellen hoe de redding van Claudia in zijn werk was gegaan — met Felix die voor Ariël vertaalde aangezien ik de hele tijd Russisch sprak.

Duidelijk verveeld, onderbreekt Claudia me halverwege mijn verhaal om me om mijn kaartspel te vragen. Ik geef het aan haar, en ze begint het te onderzoeken, alsof ze verborgen kabouters zou kunnen vinden die me met mijn 'magie' helpen.

Ik hervat het verhaal en eindig met, "Daarna had ik een visioen gezien van jullie die in Raspoetins kamer zaten te praten. Dus Felix, bedankt voor het onderzoek naar Lilith. Daardoor weten we dat ze de chorts had gebruikt om mijn dood en mijn transformatie in een vampier in gang te zetten."

En wat een verwekkerband met haar had gecreëerd, maar dat zeg ik nog niet tegen hen. Evenmin zeg ik iets over de dreigende dreiging van Tartarus.

Het laatste wat ik wil is dat ze in paniek raken en naar de aarde rennen.

"Dit zienergedoe doet soms echt pijn aan mijn hoofd." De doorlopende wenkbrauw van Felix schiet naar zijn voorhoofd. "Je weet door een visioen wat ik heb gedaan, maar in dat visioen wist Raspoetin dat je me zou bedanken, en dat kwam ook vanuit een visioen."

"Nu we het daar toch over hebben." Ik trek aan Raspoetins elleboog. "Weet je waarom we hier zijn?"

"Nee," zegt hij. "Mijn visioen eindigde voordat je de kans kreeg om het uit te leggen, en ik heb niet dieper gegraven omdat ik mijn zienerskrachten probeer te behouden, voor het geval dat."

"Dat klinkt logisch," zeg ik terwijl we de straat oversteken naar Nero's club, met Claudia die naast me naar de bezienswaardigheden van Gomorrah staart. "Dan zal ik het zo uitleggen. Maar eerst wil ik Felix en Ariël om een grote gunst vragen."

Het lawaai van de muziek in de club laat niemand op mijn aankondiging reageren, maar als we in de lift zijn, vraagt Felix, "Wat is de gunst, en waarom heb ik er een slecht gevoel over?"

"Ik heb een heel slecht visioen gezien waarbij jullie twee betrokken waren," zeg ik. "Dus ik wilde jullie vragen om hier op Gomorrah op vakantie te gaan — in principe, om een paar dagen uit de buurt van de aarde te blijven. Ik wil ook dat jullie uit ziekenhuiskamers blijven, zelfs op deze wereld, gewoon voor het geval dat. En het belangrijkste is dat jullie uit mijn buurt blijven."

Ariël schraapt haar keel. "Ga je ons vertellen waarom?"

"Liever niet." Ik kijk naar mijn schoenen.

"Heeft het iets met je nieuwe staat van zijn te maken?" Ze klinkt bezorgd.

"Dat heeft het, maar je breekt je nuchterheid niet, als je je daar zorgen over maakt," zeg ik.

Ariël ontspant zich zichtbaar, maar de kaak van Felix steekt naar voren. "Als dit gaat over voor mezelf op kunnen komen, ik ben met Itzel ergens mee bezig dat misschien —"

"Dit is geen gevecht dat met geweld kan worden gewonnen," zeg ik. "Wegblijven is de enige optie." De lift gaat open en ik stap na Claudia uit, die door de gang rent, duidelijk opgewonden om zelfs de saaiste delen van de club van haar broer te verkennen. "Ik weet dat ik veel van jullie vraag."

"Ik doe het." Ariël haalt haar vaper tevoorschijn en neemt een trekje. "Maar ik kan hier niet te lang blijven. Het is beter als ik in een afkickkliniek zit."

Natuurlijk. Is het voor haar nu moeilijk om bij me te zijn nu ik een vampier ben? Of is het gewoon Nero's club die een probleem vormt?

"Je kunt zijn waar je maar wilt," antwoordt Nero voordat ik iets kan zeggen. "Mijn bewakers kunnen daar net zo goed over je waken."

"Ik blijf hier niet als je gevaar loopt," zegt Felix. "Ik ga met je mee."

Ik kijk naar Nero, die een vragende wenkbrauw optrekt. Ik kan zien dat de klootzak hiervan geniet.

"Felix, alsjeblieft," zeg ik, met behulp van mijn sterkste versie van de puppyogen. "Ik vraag je niet veel. Kun je dit ene dingetje niet gewoon voor me doen?"

Hij gnuift. "Ja, tuurlijk. Je vraagt me de hele tijd om dingen. Herinner je je het onderzoek waar je me net voor hebt bedankt? Wat als je mijn vaardigheden *weer* nodig hebt?"

"Ik zal het zonder hen moeten stellen," zeg ik. "Ik kan wat ik heb voorzien niet riskeren."

"Vertel me wat het risico is en dan zal ik beslissen," zegt Felix.

"Prima." Ik stop en haal diep adem. "In mijn visioen vermoord ik je."

Ariël stapt achteruit en struikelt bijna over Raspoetin.

Om de een of andere reden doet me dat pijn. Denkt ze dat ik, omdat ik een vampier ben, tot zo'n gruweldaad in staat ben?

"Dat zou je nooit doen," zegt Felix zelfverzekerd, waardoor ik me een beetje beter voel.

"Dat zou ik niet doen als het aan mij lag," zeg ik. "Helaas heb ik in dit visioen geen keus."

Felix ziet er even bedachtzaam uit en slaat zich dan op zijn voorhoofd. "Natuurlijk. Het is de verwekkerband. Waarom heb ik daar niet aan gedacht?"

Verdomme, hij is snel. Ik kan net zo goed bekennen.

"Je hebt gelijk," zeg ik. "Mijn monster van een moeder wil me dat laten doen."

Felix fronst. "Maar dat betekent dat je ons meer dan ooit nodig hebt."

"Sasha heeft *mij*," zegt Nero. "Ik zal ervoor zorgen dat ze in orde is."

Felix knippert naar Nero alsof hij vergeten is dat de draak er was. "Wat gebeurt er als ik weiger? Of heb je ons daarom naar deze club gebracht? Om met ons te doen wat Nero graag met jou doet?"

Nero geeft me een betekenisvolle blik.

"Alsjeblieft, Felix, weiger dit niet," zeg ik.

"Waarom doe je nog moeite voor deze poppenkast?" mompelt hij. "Je kunt me altijd weer onder glamour brengen om te doen wat je wilt."

"Het spijt me van laatst," zeg ik. "Ik beloof je dat ik het goed zal maken. En ik zal bij je in het krijt staan."

"Goed," zegt Felix. "Maar ik wil niet voor hoelang dit zal duren in deze club vastzitten."

"Ik kan een paar uitsmijters missen om met je door Gomorrah te lopen," zegt Nero. "Maar als je hun gezelschap zou verlaten, dan zou ik teleurgesteld zijn. Je wilt me toch niet teleurstellen, Felix?"

Mijn vriend slikt hoorbaar. "Nee, meneer. Ik moet toch met Itzel aan ons project werken. Dit is misschien wel het beste."

"Wat is het project?" vraag ik om van onderwerp te veranderen.

"Golem versie twee," antwoordt Felix opgewonden. "Lichaamspantsereditie."

"Oh?" vraag ik, oprecht nieuwsgierig.

"Herinner je je de robot die ik verloor toen we met Baba Jaga vochten?" zegt Felix. "En herinner je je de krachtboost in beweging die Itzel in de ruimtepakken had ingebouwd, die we hebben gebruikt om hem te redden?" Hij knikt naar Raspoetin.

"Tuurlijk," zeg ik, terwijl ik al een idee krijg van waar hij naartoe wil.

"Ik heb besloten dat ik iets wil dat ik kan gebruiken voor het geval er nog een gevecht komt, dus zijn we de twee projecten aan het mengen." De wrok vergeten, straalt Felix van opwinding.

"Ze maken het Batmanpak van *Batman v Superman*," zegt Ariël, en even klinkt ze weer als haar normale zelf.

"Als we iets na zouden maken, dan zou het van *Iron Man* zijn," zegt Felix en hij begint een vergelijking van de films te houden — maar ik luister niet meer.

Hun gekibbel doet me te veel denken aan waar ze het over hadden voordat Lilith me hen liet vermoorden, en de angst veegt alle schuldgevoelens weg die ik voelde toen ik hen vroeg om dit gevecht uit te zitten.

Nu moet ik nog een probleem aanpakken dat me dwarszit, en dan kunnen we gaan.

"Hé, jongens," zeg ik. "Kunnen jullie naar Raspoetins vertrekken gaan, zodat ik even met Ariël kan praten?"

Nero knikt, dan leidt hij iedereen weg totdat ze Claudia inhalen en de kamers betreden die hij aan mijn vader had toegewezen.

Ik wend me tot Ariël en onderzoek haar perfecte gelaatstrekken. "Hé," zeg ik zachtjes.

"Hé, jij." Ariël neemt nog een trekje van haar vaper en ademt een naar cannabis geurende wolk uit.

"Ik wilde alleen maar zeggen dat ik je onder geen beding mijn bloed zou laten drinken," zeg ik, in de veronderstelling dat ik het gewoon maar moet zeggen. "Dus als *dat* is wat je dwarszit, doe het dan alsjeblieft niet —"

"Dat is niet —" begint ze te zeggen en ze stopt dan. "Hoe dan ook, ik denk niet dat je meent wat je net zei. Zou je me niet je bloed geven om, laten we zeggen, mijn leven te redden?"

"Goed dan. Misschien moet ik niet nooit zeggen, maar ik zweer dat als ik moest, ik alleen de kleinste hoeveelheid van mijn bloed zou gebruiken om je te redden — wat veilig lijkt te zijn. Kijk naar Felix, hij is helemaal niet verslaafd geraakt aan Lilith. En ik zou eerst op zoek gaan naar alternatieven, dat beloof ik."

Ze neemt zonder iets te zeggen nog een trekje van haar vaper.

"Oké, laat ik het anders zeggen. Ik ben dezelfde Sasha die je altijd hebt gekend en ik zou niets doen om je nuchterheid in gevaar te brengen."

Ze legt de vaper weg en haalt diep adem. "Dat weet ik. Rationeel gezien weet ik dat je dezelfde persoon bent als voorheen, maar als ik nu naar je kijk, zie ik alleen je nieuwe aard. Het spijt me. Het is moeilijk uit te leggen. Ik zal mijn best doen om er overheen te komen, maar heb geduld met me."

"Natuurlijk," zeg ik, terwijl ik de pijn uit mijn stem hou. "Niets om je zorgen over te maken."

"Bedankt," zegt Ariël en ze volgt de anderen door de gang.

Ach ja. Er is een goede kans dat dit zichzelf snel zal

oplossen — door mij door de handen van Lilith of Tartarus om te laten komen.

Ik betreed Raspoetins kamer een paar stappen na Ariël.

Als het museum voor moderne kunst samenwerkt met IKEA om de strakste, meest minimalistisch ogende studio te creëren die ze konden maken, dan zou dit het resultaat kunnen zijn.

Felix, Raspoetin en Nero zitten op de ultramoderne gaasstoelen in de chique keuken die ik in mijn visioen had gezien en via een spionagecamera in Nero's kantoor. Claudia loopt overal rond en ze bewondert de kubistische schilderijen die iemand aan de muren heeft opgehangen.

"Ik heb de regelingen getroffen." Nero staat op uit zijn stoel en loopt naar me toe. "Degenen onder ons die naar de aarde gaan, moeten dat nu doen, terwijl de anderen zullen wachten tot mijn bewakers arriveren."

Bij de woorden van haar broer trekt Claudia haar ogen weg van een schilderij en gaat naar de deur. Raspoetin volgt haar.

"Waar ga je heen?" vraag ik met een frons.

"Naar de aarde," zegt Raspoetin. "Ik laat je niet alleen met dat monster afrekenen."

Tot mijn opluchting blokkeert Nero hem de weg. "Nee. De Raad van Sint-Petersburg beschouwt je nog steeds als persona non grata."

Raspoetin ziet eruit alsof hij Nero opzij wil schuiven, maar durft dat niet. "Woland en de chorts zijn dood," zegt hij gespannen. "Ik weet zeker dat hij de belangrijkste drijfveer achter hun wrok tegen mij was."

"Dat is waar, maar de officiële uitspraak tegen jou is nooit ongedaan gemaakt," zegt Nero. "Als ze dat willen, dan kan de Raad van Sint-Petersburg iets ergers dan chorts achter je aan sturen. Dan zouden we dat moeten afhandelen en we hebben al genoeg problemen."

Raspoetin wendt zich tot mij en ik knik, dankbaar dat Nero me hierin steunt. "Hij heeft gelijk. Je aanwezigheid kan een belemmering zijn. Trouwens, als een ziener, zou je voor ons hier nuttiger kunnen zijn."

"Dit is niet goed." Raspoetin draait zich naar Nero. "Een vader moet —"

"Nadenken over wat het beste is voor zijn dochter," zegt Nero op een harde toon. "En dat jij hier blijft, *is* het beste."

Voordat Raspoetin verder kan argumenteren, laat een luide klop de deur rammelen.

Nero loopt erheen om hem te openen. Buiten staan twee vlezige uitsmijters die stilstaan als ze hem zien.

"Deze heren zullen jullie overal heen brengen waar je naartoe wilt," zegt Nero tegen Ariël en Felix.

"En ik kan jullie berichten sturen via Hoofdruimte via mijn vader," vertel ik ze terwijl ze me smekend aankijken. "Nogmaals bedankt dat jullie mijn waanzin accepteren."

"Tuurlijk," mompelt Felix, en hij staat op en gaat met Ariël op zijn hielen naar de deur.

Met een laatste blik, vertrekken mijn beide huisgenoten met hun begeleiders.

Zuchtend loop ik naar de tafel en plof neer.

Nero, Claudia en Raspoetin komen bij me zitten, terwijl Claudia weer door mijn kaartspel gaat.

"Ga je gang, noem me een hypocriet." Ik kijk Nero met samengeknepen ogen aan. "Ik weet dat ik ze niet heb verteld dat hun dierbaren in gevaar zijn. Maar als ik dat had gedaan, dan waren ze meteen naar de aarde gegaan. Dat weet je."

"Dat weet ik," zegt hij zachtjes. Hij steekt zijn hand uit en bedekt mijn hand met die van hem. "Maak je geen zorgen. Over een paar dagen laat ik mijn bewakers Felix en Ariël vragen om een lijst samen te stellen van mensen die geëvacueerd moeten worden. En je moet zelf zo'n lijst samenstellen, voor het geval dat."

"Je hebt gelijk, natuurlijk." Ik slik. "Het is alleen dat mijn ouders, die menselijk zijn, niet in staat zullen zijn om door de poorten te gaan."

"Ik weet het, maar we verzinnen wel iets. Dat beloof ik je." Hij knijpt geruststellend in mijn hand.

Raspoetin fronst nu naar ons beiden. "Waar hebben jullie het over? Welk gevaar?"

"Het heeft te maken met waar ik je hulp bij wilde," zeg ik en ik vertel hem over mijn visioen over de aanstaande Apocalyps. Eindigend met hoe mijn krachten mij het visioen hadden laten zien van Ariël en Felix die als een oplossing voor het Tartarus-probleem sterven.

"Tartarus." Raspoetin spuugt het uit als een vloek. Hij komt overeind, loopt hij naar zijn koelkast, pakt een fles met vrieskou bedekte wodka uit de vriezer en neemt een slok rechtstreeks uit de fles.

Ik kijk naar Nero, maar hij haalt alleen zijn schouders op. Claudia ziet er ook onwetend uit.

Terugkomend naar de tafel zet Raspoetin de fles binnen zijn bereik neer en zegt grimmig, "Al mijn pijn is uiteindelijk de schuld van dat monster." Hij neemt nog een slok wodka. "Alles."

Ik staar hem wezenloos aan. "Waar heb je het over?"

"Ik heb je dit nog niet eerder kunnen vertellen, maar op een vreemde manier heb je je bestaan aan Tartarus te danken," zegt Raspoetin en hij vermijdt oogcontact als ik hem in shock aankijk.

Ik draai me weer naar Nero en zie hem in verwarring fronsen. Wat dit ook is, hij is niet op de hoogte, wat misschien de eerste keer ooit is.

"Hoe heb ik mijn bestaan aan Tartarus te danken?" vraag ik, mijn stem onstabiel. "Ik dacht dat ik het aan jou en Lilith te danken had."

Raspoetin knoopt de bovenkant van zijn shirt los. "Zoals je weet, is het enige doel van Nostradamus in het leven wraak op Tartarus nemen."

Ik knik.

"Iets wat ook geen verrassing hoeft te zijn, is dat Lilith geobsedeerd is door haar onsterfelijkheid," vervolgt hij terwijl Claudia naar zijn fles reikt en een voorzichtig slokje neemt.

Ze begint te hoesten, en Raspoetin neemt een kalmerende ademhaling. "Goed," zegt hij nadat ze klaar is. "Wat je waarschijnlijk niet weet is dat Nostradamus lang geleden heeft voorspeld dat Lilith door toedoen van Tartarus zou sterven — tenzij haar dochter hem eerst zou doden." Hij ontmoet eindelijk mijn blik.

"Ja, dat klopt," zegt hij terwijl ik ongelovig naar hem staar. "Een dochter geboren uit een machtige Russische ziener." Hij pakt de fles van Claudia en slikt nog een mondvol door — terwijl Claudia hem ontstelt aankijkt. "Die verdomde profetie van hem is de reden waarom Lilith me heeft verleid," vervolgt Raspoetin, "en waarom ze van plan was om jou, onze dochter, in een onverschrokken moordmachine te veranderen die preventief op Tartarus zou kunnen worden losgelaten. Dat is het lot dat ik heb voorkomen door —"

"Me op het vliegveld achter te laten," eindig ik gevoelloos terwijl de implicaties in mijn hoofd exploderen.

Er is zienermanipulatie, en dan is er mij geboren laten worden zodat ik een instrument voor wraak kon zijn.

En hoe kan ik Tartarus verslaan als hij een bedreiging is voor iemand die zo machtig is als Lilith?

Ik denk dat als Raspoetin me niet van haar had weggenomen, Lilith van mij een slechte god op haar wereld had kunnen maken — net als mama, maar dan met zienerskrachten. En dan zou ik nu net zo machtig zijn als zij. Maar dat is niet gebeurd, dus ik betwijfel of de voorspelling van Nostradamus uit zal komen.

In ieder geval het deel waar ik Tartarus versla en Lilith red. Ik ben er vrij zeker van dat mijn biologische moeder verdoemd is — hoewel dit verklaart waarom ze van mij een vampier heeft gemaakt.

Ze moet nog steeds hoop hebben.

"Het spijt me dat ik je moest opgeven," zegt Raspoetin, terwijl hij weer wegkijkt. "Het was de enige manier waarop je zonder de giftige invloed van Lilith op kon groeien."

Juist.

Het klopt allemaal, en ik zou hem waarschijnlijk moeten bedanken — het kan nu alleen het bestaan van de aarde kosten.

In de stilte die volgt, staat Claudia op en loopt naar de koelkast. Ze beweegt zo snel als een draak en haalt het gebak dat ik in mijn visioen zag eruit — een gebakje dat eruitziet als een kruising tussen pizza en een kaneelbroodje — en ze neemt het mee naar de tafel, samen met borden voor iedereen.

"Hoe weet je van de profetieën van Nostradamus?" vraagt Nero aan Raspoetin, zijn stem gevaarlijk laag. "En waarom heb je me dit niet eerder verteld?"

"Ik heb Sasha's lot pas ontdekt toen Lilith me gevangennam." Raspoetin prikt zonder veel eetlust in zijn snack. "Ze had de naam van Nostradamus achterwege gelaten, dus heb ik wat kracht opgeslagen en heb ik hem in Hoofdruimte uitgedaagd. Toen we bij elkaar kwamen, zag ik een herinnering van hem toen hij met Lilith aan het praten was. Toen gaf hij de rest aan me toe en zei hij dat hij nooit de bedoeling had gehad dat Sasha zou lijden, en dat zijn visioenen — zoals alle voorspellingen — niet gegarandeerd zijn, vooral niet wanneer de betrokkenen zich bewust worden van hun mogelijke lot."

"Heb je zelf naar de toekomst gekeken?" eist Nero. "Hoe weet je dat Nostradamus de waarheid sprak? Hoe moet Sasha Tartarus verslaan?"

"Hij kan zijn herinneringen niet hebben vervalst, maar wat betreft wat hij zei, ik weet niet of hij de waarheid sprak. En ik heb geen idee hoe en of Sasha Tartarus kan verslaan. Ik kon er zelf niets van voorzien," zegt Raspoetin. "Een visioen van deze omvang vereist een grote voorraad kracht, en na die ontmoeting met Nostradamus had hij ervoor gezorgd dat ik die niet kon krijgen door me regelmatig in Hoofdruimte aan te vallen en mijn krachten af te tappen. En het weinige dat ik kon herstellen, had ik nodig om Liliths martelingen te overleven."

Nero's hand grijpt de tafel steviger vast. "Ik denk dat ik even een praatje moet maken met Nostradamus, om te zien of ik zijn tong een beetje los kan maken."

"Trek maar een nummertje," zeg ik, en ik kijk dan naar Raspoetin. "Wat bedoel je met 'voorraad?' Ik wist niet dat je dat met zienerskracht kon doen."

"Het is iets wat alleen de krachtigste zieners kunnen doen," zegt Raspoetin. "Je weet dat je kracht op kan raken en dat je hem tot de volgende dag niet meer kunt gebruiken?"

Ik knik.

"Nou, wat gebeurt er als je de kracht voor die dag niet gebruikt?" vraagt hij.

Ik haal mijn schouders op. "Heb je de volgende dag

dan nog meer? Ik had om eerlijk te zijn geen verschil opgemerkt, en noch Darian, noch de bannik — mijn belangrijkste bronnen van zienersinformatie — hadden dit aan me gemeld."

"De meeste zieners, zoals Darian en de bannik bijvoorbeeld, zouden de volgende dag niet meer kracht hebben," zegt hij. "Maar een aantal van ons — de machtigste - kunnen leren hoe we onze ongebruikte energie voor grotere uitgaven kunnen opslaan. Het vereist dat je elke dag naar Hoofdruimte gaat, maar vertrekt zonder visioenen te activeren. Daarna, de volgende dag, heb je meer macht dan slechts de waarde van een dag — en als je het blijft doen, dan sla je genoeg voorraad op voor een aantal grote visioenen."

"Wauw," zeg ik. "Dat zou nuttige informatie zijn geweest. Ervan uitgaande dat ik hier sterk genoeg voor ben, natuurlijk."

"Ik denk van wel," zegt Raspoetin. "Je zult het moeten testen als je de kans krijgt."

"Wat ik niet begrijp, is hoe Nostradamus *jouw* kracht heeft kunnen uitputten," zegt Nero terwijl hij hem aankijkt. "Ben je niet de machtigste ziener?"

Raspoetin haalt zijn schouders op. "Als al het andere gelijk is, dan zou ik krachtiger kunnen zijn. Maar hij had zijn macht al tientallen, misschien zelfs eeuwen opgeslagen, terwijl ik de mijne op het verkeerde moment had opgebruikt."

Nero vernauwt zijn ogen. "Als het over mijn verzoek gaat, dan had je me dit allemaal moeten vertellen voordat je je energiereserves leegmaakte bij mijn reddingsproject." Hij kijkt naar Claudia, die nog steeds op haar gebak kauwt.

"Oh, op dat moment had ik toch niet veel kracht," zegt Raspoetin. "De echte klap voor die voorraad was die honderdjarige profetie die ik voor je had gemaakt over de geschiedenis van de aarde — maar dat was het waard, omdat het je overtuigde om op Sasha te letten."

Nero's kaak wordt strakker bij de steek onder water, maar hij zegt niets. We weten allemaal dat hij Raspoetin niet zou hebben geholpen zonder de honderdjarige voorspelling die hem zo rijk heeft gemaakt — en door de jaren heen dus krachtiger als draak is geworden.

Als baby had ik mijn huidige charmes immers niet.

Zoals ze nu zijn.

"Het goede nieuws is dat ik nu genoeg kracht heb om een paar maanden in de toekomst te kijken of om veel kortetermijnvisioenen te hebben," zegt Raspoetin. "Vertel me hoe ik je het beste kan helpen. Ik kan bijvoorbeeld controleren of Ariël en Felix veilig zijn."

"In dat geval, kun je controleren of Sasha onder Liliths verwekkerband zal komen te staan?" vraagt Nero. "En zo ja, hoe we dat kunnen voorkomen?"

"Ja," zegt Raspoetin. "Dat zal ik controleren."

Hij sluit zijn ogen en stabiliseert zijn ademhaling.

Ik controleer of mijn eigen krachten zijn hersteld en, tot mijn grote opluchting, bevind ik mezelf in Hoofdruimte.

Daar zie ik een wolk van vormen die een dodelijk deuntje spelen.

Geweldig.

Daar gaat mijn hoop om ooit de truc die ik net heb geleerd van een voorraad aanleggen te gebruiken. Dat doen zou betekenen dat ik deze visioenen van onheil zou negeren, en dat kan ik niet doen.

Metafysisch zuchtend, reik ik naar één dodelijk visioen en bereid ik me voor om te zien welke nieuwe problemen het universum me zal bezorgen.

HOOFDSTUK ZEVEN

Ik ben in de badkamer van een hotel en val krachtig mijn tanden aan met een tandenborstel.

Deze poging tot persoonlijke hygiëne was allang nodig geweest. Het blijkt dat het zonder de routine van dagelijks slapen moeilijk is om dergelijke dingen met enige regelmaat te doen.

Misschien moet ik een timer op mijn telefoon zetten om me eraan te herinneren om in de toekomst te poetsen?

Aan de andere kant, heb ik nog fluoride nodig?

Ik moet iemand vragen hoe ze mijn adem vinden ruiken, maar iets zegt me dat vampiers geen gingivitis of halitose krijgen. En ik wed dat onze tanden na verloop van tijd ook niet geel worden.

Ik weet maar één ding zeker: met een vloeibaar dieet, zal ik nooit meer flossen.

Plotseling hoort mijn vampiersupergehoor een

geluid dat klinkt alsof iemand de deur opendoet en de kamer binnensluipt.

Mijn zienersintuïtie — en gezond verstand — laat een alarm afgaan.

Zonder de moeite te nemen om te spugen, gooi ik de tandenborstel in de gootsteen en schiet uit de badkamer — en bots vol op een gigantische indringer.

Ik strompel achteruit, neem zijn uiterlijk in me op, slik nerveus, en slik de pepermuntachtige viezigheid in mijn mond door.

Deze man is hoe een groeihormoonmolecuul eruit zou zien als een magische fee er een man van zou maken.

Zelfs zijn oorlellen zien eruit alsof ze spieren hebben.

Vreemd genoeg is zijn haar lang en gepermanent — en zit er genoeg haarlak in om een gat in de ozonlaag te branden, à la de stijl die in de jaren tachtig favoriet was.

Misschien is hij een rockster?

De outfit komt niet echt overeen. In plaats van glitterachtig spandex of wat dan ook, draagt hij een bomberjack uit de jaren tachtig, strakke jeans en grote witte sneakers.

In zijn vlezige hand houdt hij nog een anachronisme vast — een polaroidfoto.

Ik ga nog wat verder naar achteren en analyseer mijn waardeloze ontsnappingsmogelijkheden.

Die zijn er niet.

Hij blokkeert met zijn enorme lichaam het pad naar

de deur, en om door het raam te gaan, moet ik uitzoeken hoe ik moet vliegen.

Prima.

Tijd om de vampierkrachten te gebruiken waar ik goed in ben. Ik zal mijn ogen in de glamourmodus zetten, en als ze mooi en spiegelachtig zijn, vang ik zijn blik op.

"Ga weg. Nu," zeg ik in een met honing doordrenkte stem.

Dat doet hij niet.

In plaats daarvan kijkt hij naar zijn foto, dan naar mij, dan gromt hij en glinstert van energie.

Ik staar hem met open mond aan.

Zijn kleren scheuren aan flarden en de man wordt vervangen door een gigantisch wolfachtig ding dat op handen en voeten staat.

Oh, geweldig. Hij is een weerwolf.

Ik trek me weer terug, mijn hart bonzend in mijn borst met de oerangst die ik van oude overlevenden van sabeltandtijgers heb geërfd.

Zelfs voor deze verandering leek de man groot en eng. Nu is hij een obscene bundel van spieren, tanden en klauwen en groter dan ik dacht dat een weerwolf kon zijn. Zelfs groter dan het beest dat Nero tijdens de gevechten tegen de drakenwereld had geholpen, en die kerel was monsterlijk.

Grommend laat de indringer zijn dolkachtige tanden zien en komt op me af.

Mijn hoektanden strekken zich automatisch uit, ik ontwijk een uithaal van zijn massieve poot — dus in plaats van mijn buik, scheuren zijn klauwen de hoek van het bed aan flarden.

Daar gaat de borg.

Hij haalt met zijn andere poot naar me uit, maar ik draai me met bovennatuurlijke snelheid opzij, en het dressoir wordt gedecimeerd in plaats van mijn gezicht.

Wanhopig schop ik hem in de ribbenkast.

Tenminste, dat was ik van plan. Maar voordat mijn voet verbinding maakt, ontwijkt de man de uithaal. Dan beweegt hij sneller dan waar iets van deze grootte toe in staat zou moeten zijn, en zet hij zijn tanden in mijn dij.

Ik schreeuw het uit van de pijn, verlies mijn evenwicht en sla met mijn hoofd op de hoek van een nachtkastje. Sterren exploderen in mijn zicht, en als ik herstel, realiseer ik me dat het beest me aan mijn been door de kamer sleept.

Met zwaaiende armen, sla ik zo hard als ik kan tegen zijn gigantische hoofd.

Zijn tanden grijpen me steviger vast. Hij gromt laag in zijn keel, gooit zijn hoofd omhoog en gooit me in de lucht als een hond die op speelgoed kauwt.

Er is een moment van gewichtloosheid, en dan raakt mijn rug het raam.

Glas explodeert om me heen en snijdt mijn huid open terwijl ik naar het kozijn grijp — om mijn handpalmen aan de scherpe randen van het glas aan flarden te scheuren terwijl het momentum me naar buiten draagt.

Ik val als een baksteen en terwijl de lucht langs mijn

oren suist, vang ik een glimp op van de grond onder me.

Ver onder me.

Zo'n twintig verdiepingen onder me.

Zelfs met vampiergenezing overleef ik dit niet.

HOOFDSTUK ACHT

Terug in Raspoetins appartement staar ik in shock naar Nero, Claudia en Raspoetin.

Wie was dat? Waarom wil hij me vermoorden?

Misschien iets minder belangrijk — waarom was hij zo gekleed? En wat was er met dat haar?

Ik weet dat een deel van de mode van de jaren tachtig terug is, maar niet in *deze* mate.

En waarom had hij een papieren foto vast? Is hij de laatste persoon op aarde zonder smartphone?

Voordat ik dit kan zeggen, gaat Raspoetins gezicht van beschouwend naar woedend.

Hij opent zijn ogen en slaat met zijn handpalm op de tafel, terwijl hij binnensmonds Russische vloekwoorden mompelt.

"Wat is er met hem aan de hand?" vraagt Claudia, terwijl ze hem met grote ogen aanstaart.

"Misschien heeft hij hetzelfde gezien als ik net heb gezien?" zeg ik. "Of misschien heeft hij geen manier gezien om aan de verwekkerband van Lilith te ontsnappen?"

"Nog erger," gromt Raspoetin. "Het is Nostradamus. Hij viel me aan in Hoofdruimte. Ik zit weer zonder kracht."

"De klootzak." Ik spring overeind. "Ik vraag me af of hij ook achter datgene zat wat ik net heb voorzien? Ik bedoel, hij gaat al met één weerwolf om, dus misschien —"

"Wacht," zegt Nero. "Waar heb je het over?"

Terwijl ik het aan ze vertel, gaat Raspoetin verslagen zitten, en wordt Nero's gezicht donkerder.

"Weet je zeker dat je die man nog nooit hebt gezien?" vraagt Nero streng als ik klaar ben.

"Natuurlijk weet ik het zeker." Ik sla mijn armen over elkaar. "Ik zou me hem herinneren. Geloof me."

Nero trommelt met zijn vingers op tafel. "En je weet ook zeker dat hij groter was dan Eduardo?"

Ik frons. "Wie is Eduardo?"

"Hij heeft me laatst geholpen," zegt Nero. "Hij is de leider van zijn roedel en een raadslid. Ik wist niet dat zijn soort groter kon worden dan hij."

"Ik denk dat mijn aanvaller groter was," zeg ik. "Maar toen stond hij vlak voor me, dus misschien *leek* hij dankzij al die adrenaline gewoon groter?"

Nero's kaak verstrakt. "En waar was ik in je visioen?"

"Ik heb geen idee," zeg ik.

Zijn ogen vernauwen zich. "Waarom was je alleen? Welk hotel was het?"

"Geen idee."

Zijn handen beginnen zich in vuisten te ballen. Hij merkt het, haalt diep adem en ontspant ze. "Goed dan. Nu ik weet wat er gaat gebeuren, zullen we onafscheidelijk zijn. En vanaf nu blijf je uit de buurt van *alle* hotels."

"Ja, baas," zeg ik. "Anders nog iets?"

"Je gaat terug naar Hoofdruimte en probeert meer te weten te komen over deze aanval," zegt hij.

"Tuurlijk," zeg ik. "Ik wilde net hetzelfde voorstellen."

"Goed," zegt Nero. "Waar wacht je nog op?"

Hij en alle anderen staren me verwachtingsvol aan.

Ik sluit mijn ogen om de impact van al die druk te verminderen, dan kalmeer ik mijn ademhaling en focus.

Ik eindig meteen in Hoofdruimte, omringd door vormen die identiek zijn aan het visioen van de weerwolvenaanval.

Gelukt.

Ik hoef niet eens iets te doen.

Mijn onderbewustzijn — of wat dan ook — heeft me de vormen gegeven die ik nodig heb.

Voordat ik de kans krijg om ze aan te raken, duikt er een nieuwe vorm tussen mij en mijn doelwit op.

Het is een entiteit die kracht en spijt uitstraalt.

Een bekende entiteit.

Ik heb hem onlangs nog in Hoofdruimte gezien, toen ik hem opriep om hulp te vragen met de chorts.

Het is Nostradamus.

En dankzij Raspoetins ervaring, kan ik raden waarom hij hier is.

Hij wil mijn krachten.

Nou, hij gaat ze niet krijgen.

Ik ga achteruit en bedenk me dat als ik mezelf metafysisch aanraak, hij me niet kan strikken in een hoofdruimtegevecht.

Het is alleen te laat.

Hij grijpt me met meerdere etherische dwaallichten vast, zoals een hongerige octopus een rivierkreeft aanvalt.

Ik doe mijn best om vrij te komen.

Hij ontkiemt steeds meer dwaallichten en zijn greep wordt sterker.

Ik verzet me zo lang als ik kan, maar dan geeft iets toe en trekt Nostradamus me in de samenvoeging.

HOOFDSTUK NEGEN

Ik bevind me opnieuw in een herinnering van Nostradamus.

Ik/hij is aan ketens gebonden en heeft aanzienlijke pijn, maar wat interessant is, is dat hij nog steeds ogen heeft om mee te zien — en dat is hoe ik weet dat we in een soort vochtige kerker zitten.

Wat nog interessanter is, is naar wie hij kijkt.

Het is Tartarus zelf en een van zijn kinderen — dat weet ik alleen omdat dat is wat Nostradamus denkt als hij opkijkt.

Voor mij zien noch Tartarus, noch het zogenaamde kind eruit zoals ik zou verwachten.

Het 'kind' is een volwassen man met wilde ogen en een permanent lijkende grijns op zijn gezicht, terwijl Tartarus eruitziet als een vriendelijke en wijze oude *vrouw*.

Als antwoord op mijn verwarring denkt

Nostradamus, "Tartarus is Cassandra niet. Ze is lang geleden gestorven. Iedereen ziet iemand die heilig is voor hen als ze naar dit monster kijken. Dat is alles. Hij is Cassandra niet. Hij is het niet waard om haar gezicht te dragen."

Interessant.

Ik dacht dat Tartarus gewoon energie uit mensen zoog — maar het lijkt erop dat hij er voor iedereen ook anders uitziet.

Ik vraag me af op wie hij bij mij zou lijken?

"Het is jammer dat je vrouw en zoon zijn overleden," zegt Tartarus, en zijn stem klinkt ook als die van Cassandra. "Ik wilde al lang een ziener onder mijn kinderen hebben. En nu, in plaats van drie zieners om mee te fokken, heb ik alleen jou."

Een ziener fokken?

Wauw.

Dat is net als Baba Jaga en zij was de slechtste persoon die ik ooit heb ontmoet.

Nostradamus wordt door die zin ook getriggerd, maar in zijn geval flitsen er een hoop verontrustende herinneringen door zijn hoofd, en ik, die nu in zijn hoofd zit, kan ze helaas zien.

Allen zijn gebaseerd op visioenen die hij voorzag toen het te laat was, toen hij al in de greep van Tartarus was.

Visioenen waarin zijn familie de invasie van Tartarus hadden overleefd.

In die onwaarschijnlijke toekomsten, zou zijn

vrouw verkracht zijn en gedwongen worden om kind na kind te krijgen. En alsof dat nog niet gruwelijk genoeg was, zouden de nakomelingen die niet de krachten van Tartarus of van zieners hadden, gedood zijn.

Het lot van zijn zoon zou niet zo erg zijn geweest. De jongen zou meer bereid zijn geweest om kinderen te verwekken met een van de dochters van Tartarus — degene met succubus-krachten. Ook hier zou zonder enkele kracht geboren worden de dood voor hen betekenen.

Als het op hemzelf aankwam, zag Nostradamus geen enkele toekomst waarin hij aan het fokprogramma meewerkte.

In plaats daarvan vond hij er een waarin hij kon ontsnappen.

De prijs zou zijn ogen zijn, maar de voordelen zouden zijn dat Tartarus in geen enkele nabije toekomst een ziener in zijn leger zou hebben. Nog belangrijker is dat Nostradamus, door te overleven, in staat zal zijn om de kracht op te slaan totdat hij genoeg heeft om zich te wreken.

"Ik denk dat hij je negeert, Sire," zegt de wildogige spottend tegen Tartarus.

"Hij vraagt zich waarschijnlijk af waarom hij zijn gevangenneming niet voorzag," zegt Tartarus tegen de man en hij kijkt dan op Nostradamus neer. "Het komt allemaal dankzij Lug hier." Hij knikt naar zijn 'kind'. "Hij is de vloek van het bestaan van jullie soort — een kansmanipulator — en ik heb hem mij tegen jullie laten beschermen."

Ik/Nostradamus vernauwt zijn ogen naar Lug en voegt hem mentaal toe aan de lijst van mensen die hij aan zijn wraak zal onderwerpen.

Lug ziet de blik en grijnst als een maniak en schopt mij/Nostradamus wreed tegen het hoofd, waardoor de herinnering eindigt.

———

Een andere herinnering begint.

In deze heeft Nostradamus zijn gezichtsvermogen al verloren.

Ik/hij staat ergens, iets aan de muur aan te raken.

Ah. Zijn vingers lezen Franse braille op een kaart waarop staat: *Plan Ultime.*

Knikkend concentreert hij zich op een manier die ons beiden bekend voorkomt, en springt dan in Hoofdruimte.

Gefascineerd zie ik dat Nostradamus iets doet wat ik nog niet eerder heb gedaan: in plaats van zich op de essentie van een persoon te richten, blijft hij stilstaan bij de essentie van de kamer waarin hij zich bevindt. Ik wist niet eens dat een kamer een essentie kan hebben. Bovendien richt hij zich op een periode van een milliseconde in de toekomst — maar ik weet al hoe ik dit moet doen.

Een wolk van veilig lijkende vormen verschijnt voor hem, en hij activeert er een.

In het visioen dat begint, is hij in een grote lege kamer met kurkplaten die elke muur bedekken.

Dit is de plek waar hij net was, de essentie waar hij aan dacht.

Marius— de geleidehond/weerwolf van Nostradamus — is hier ook, water uit een schaal van twintig liter op de vloer slurpend.

Dan komt het bij me binnen.

In dit visioen kan Nostradamus daadwerkelijk zien.

Hij zei dat zienersvaardigheden nog steeds voor hem werken, maar deze herinnering plaatst het in perspectief.

Door een glimp van zo'n nabije toekomst te zien, kan hij daadwerkelijk weer gezichtsvermogen ervaren — wat interessante vragen oproept over de krachten van zieners waar ik geen tijd voor heb.

Marius negerend, staart Nostradamus naar de dichtstbijzijnde plaat, waarop honderden kaarten zijn vastgeprikt, waarvan de meeste door gekleurde draden zijn verbonden.

Er staat op elke kaart schrift in braille en normaal schuinschrift, en degene die *Plan Ultime* zegt, is het middelpunt.

Wat mijn aandacht trekt, is een set kaarten aan de zijkant — kaarten waar mijn naam op staat.

Op een van de kaarten die door een rode draad met mijn naam is verbonden staat *Beatrice*. Onder haar naam staat een tekening van een vrouw met zwarte ogen en een hartvormig gezicht. Haar Cognizantenkracht staat genoteerd —

dodenbezweerder — en de datum en tijd waarop ze naar de aarde komt en met mij verstrikt raakt.

Een rode draad verbindt deze kaart met een andere. Deze heeft de datum en tijd waarop Ariël en ik met Beatrice vochten bij de *Bodies*-tentoonstelling in Vegas.

Wauw.

Nostradamus wist van mijn avonturen voordat ze plaatsvonden.

Er is ook een kaart en een tekening van het mooie gezicht van de dromerige Harper — die haar neerzet als een succubus en de geliefde van Beatrice — en er is een kaart voor wanneer ze Felix en mij probeerde te vermoorden.

En het patroon gaat door.

Er is een kaart voor Baba Jaga, en een heleboel kaarten die mijn ontmoetingen met de heks samenvatten.

Een kaart voor de dodelijke, dunne Koschei — Baba Jaga's moeilijk te doden handlanger.

Een kaart voor Gaius — Baba Jaga's bondgenoot bij de ordehandhavers en de persoon die Ariël verslaafd had gemaakt aan vampierbloed.

Er is zelfs een kaart voor Darian — de ziener die me in mijn tegenspoed had gebracht, met een aantekening die zegt dat Darian zich zal vergissen als hij denkt dat hij een toekomst met mij heeft. Volgens de aantekening van Nostradamus heeft Darian geen toekomst.

Wauw.

Hoe ver gaat dit de toekomst in?

Wat gebeurt er later vandaag met me aan deze muur?

Ik probeer het hoofd van Nostradamus meer naar rechts te draaien, maar dat doet hij niet. En voordat ik kan zien hoeveel meer hij heeft voorspeld, eindigt de herinnering.

HOOFDSTUK TIEN

Het herinneringengedeelte van de samenvoeging is voorbij, aangezien ik in die veelzeggende leegte zit die de samenvoegingsomgeving is, en er een synapshologram van Nostradamus voor me zweeft. Zoals gewoonlijk zit hij aan die griezelige vormentiteit vast die zijn Hoofdruimtevertegenwoordiging is.

"Jij." Mijn woede laat me een paar meter zakken. "Je bent hier om mijn krachten uit te putten, nietwaar?"

"Het spijt me," zegt hij. "Dit is de enige manier om ervoor te zorgen dat je niet alles verpest."

"Je *Plan Ultime,* bedoel je? Ik heb je herinneringen gezien. Daar weet ik alles van."

Hij zweeft met een bezorgde grimas op zijn gezicht naar beneden. "Des te meer reden dat je geneutraliseerd moet worden. Dit is het laatste wat ik tegen je wil zeggen. Ik ga mediteren en ik stel voor dat jij hetzelfde doet."

Om zijn woorden kracht bij te zetten, vouwt hij zichzelf in een lotushouding en zweeft hij daar gewoon, met een Boeddha-achtige uitdrukking op zijn gezicht.

"Je neemt me in de maling," schreeuw ik en ik zweef naar hem toe. "Je gaat me niet gewoon zitten negeren."

Hij reageert niet.

Ik schreeuw obsceniteiten tegen hem.

Zijn uitdrukking verandert niet.

Ik zweef naar hem toe, reikend om hem te wurgen, maar mijn handen gaan door zijn nek.

Ik ga verder met schreeuwen en vloeken — wat hij allemaal negeert.

Uiteindelijk word ik moe en zweef ik daar alleen maar. In plaats van tijd te verspillen aan mezelf ventileren, kan ik net zo goed deze downtime gebruiken om aan mijn volgende zet te denken.

Me naar binnen richtend, ontspan ik me.

Nu mijn geest rustiger is, krijg ik een idee van hoe ik Nostradamus kan dwarsbomen — maar ik verban het onmiddellijk, voor het geval hij op deze vreemde plek op de een of andere manier mijn gedachten kan lezen.

Met tegenzin probeer ik te mediteren zoals hij had voorgesteld.

Het is dankzij gewichtloosheid en geen externe afleiding verrassend eenvoudig om hier te doen.

Ondanks mijn eerdere woede, voel ik me eigenlijk in een mum van tijd sereen.

Dit gaat een tijdje door, maar na wat voelt als een weekendmeditatieretraite, eindigt de Hoofdruimtestrijd eindelijk.

HOOFDSTUK ELF

Ik ben terug in de keuken.

Nero, Claudia en Raspoetin staren me vragend aan.

"De klootzak heeft het ook bij mij gedaan," zeg ik. "Hij kwam tevoorschijn en dwong me in een hoofdruimtegevecht."

Raspoetin slaat weer op de tafel en Nero's handen ballen zich in vuisten.

Om er zeker van te zijn dat het zo erg is als het lijkt, probeer ik naar Hoofdruimte te gaan.

Nee.

Het lukt me niet.

"Geen kracht meer over," bevestig ik. "Maar ik heb in ieder geval de herinneringen van Nostradamus gezien."

Iedereen kijkt geïntrigeerd, dus vertel ik ze over de ontmoeting met Tartarus en wat ik op de kurkplaat had gezien.

"De herinneringen die ik heb gezien waren niet zo

nuttig," zegt Raspoetin. "In één daarvan zag ik hoe die bedrieger — Lug — Nostradamus blind had gemaakt, wat ironisch genoeg een kleine kans voor hem creëerde om te ontsnappen."

"Hoe zit het met die kurkplaat?" vraag ik. "Heb je die gezien?"

"Nee," zegt Raspoetin. "Alle andere herinneringen die ik heb gezien waren ouder, meestal van gelukkige tijden toen zijn familie nog leefde."

"Ik heb er een andere keer ook zo een gezien," zeg ik, met een gevoel van empathie dat de manipulatieve klootzak niet verdient. "Hij was samen met zijn zoon."

"Hoeveel weet je over Cassandra, de vrouw die Nostradamus zag waar Tartarus op leek?" vraagt Nero. "Is dat een aanwijzing?"

"Volgens Nostradamus is ze dood," zeg ik. "Dus ik betwijfel of ze kan helpen."

Raspoetin pakt de wodkafles en neemt een gezonde slok. "Cassandra was de mentor van Nostradamus," zegt hij als hij stopt met grimassen van het brandende gevoel. "Hij moet tegen haar hebben opgekeken — vandaar dat Nostradamus zag wat hij zag. Het gerucht gaat dat als je naar Tartarus kijkt, je iemand ziet die je respecteert en vereert."

"Klopt," zeg ik. "Nostradamus dacht iets in die richting. Hij dacht dat hij Cassandra zag omdat Tartarus mensen iemand laat zien die heilig voor hen is."

"Ik dacht dat dat gewoon een mythe was," zegt Nero. "Ze zeggen dat mensen hem als een god of een beroemde profeet zien — dat is de reden dat hij de aanbidding op elke wereld zo gemakkelijk voor elkaar krijgt, vooral op werelden met massamediatechnologie, zoals tv."

"Wauw," zeg ik. "Dus op aarde zouden mensen hem als iets als Boeddha of Jezus zien?"

"Waarschijnlijk," zegt Nero. "En kinderen kunnen de Kerstman zien." Hij kijkt naar Raspoetin. "Of in Rusland, grootvader Vorst."

"Zou die kracht via tv werken?" vraag ik. "Zou elke persoon die naar een tv-scherm kijkt iemand anders zien?"

"Het is waarschijnlijk," zegt Nero.

"Zo vreemd," zeg ik. "Ik bedoel, als iedereen iets anders ziet, dan is het niet van gedaante veranderen, zoals bij Kit."

"Hij is geen gedaantewisselaar." Raspoetin kijkt naar de wodkafles, maar drinkt niet. "Zijn kracht lijkt meer op extreem sterke glamour."

"Gek," mompel ik terwijl ik me de chaos voorstel dat uit zijn aankomst op aarde zal voortvloeien. Hij zal op tv komen, en video's van de Wederopstanding — of hoe de media het ook zal noemen — zullen in een oogwenk viraal gaan.

Hij zal in een mum van tijd aanbeden worden.

"Zelfs geruchten hebben het nooit over zijn kinderen gehad," zegt Nero, en hij brengt mijn aandacht terug naar onze discussie. "Op basis van Sasha's visioen lijkt het erop dat hij de werelden niet in zijn eentje overneemt, zoals iedereen zei."

"Het is wel logisch," zegt Raspoetin. "Hoe kan een enkel wezen, hoe machtig ook, een hele wereld overnemen?"

"Lilith heeft het gedaan," zegt Nero.

Raspoetin knikt. "Waar. Maar ze heeft een meer primitieve wereld overgenomen, een wereld zonder technologie. Mensen op een wereld als de aarde hebben wapens die alles kunnen doden."

"Goed punt." Ik masseer mijn kin. "Deze kinderen van hem — vooral degenen zoals die bedrieger — zullen de plannen voor de verdediging van de aarde ernstig compliceren."

"Bewaar de verdedigingspraat voor als we dit met de Raad bespreken," zegt Nero. "Nu we het er toch over hebben, Claudia en ik kunnen maar beter gaan."

Ik vernauw mijn ogen tot spleetjes. "Je bedoelt Sasha, Claudia en ik kunnen maar beter gaan."

Nero kijkt me met een onleesbare uitdrukking aan. "Zelfs nu je krachten als ziener uitgeput zijn, sta je erop om mee te gaan?"

"Echt wel." Vooruitlopend op een ander argument, zeg ik, "Denk er even over na. In mijn visioen was ik alleen toen die weerwolf me aanviel. Samen blijven is de beste manier om die toekomst te voorkomen."

"Goed dan." Nero staat op. "*We* kunnen beter gaan."

"Een ogenblikje," zeg ik. "Ik had eerder een idee. Ik denk dat ik vrij snel weet hoe je kracht kunt opslaan."

Nero gaat weer zitten en iedereen kijkt me met gefascineerde aandacht aan.

Ik wend me tot Raspoetin. "Weet je nog dat je zei

dat je elke dag wat energie kunt sparen voor het verzamelen van voorraden?"

Raspoetin knikt.

"Wat als je meer dagen had?" vraag ik gretig.

Nero knikt goedkeurend. Hij moet geraden hebben waar ik heen wil.

"Er is een wereld die Atlantis heet," zeg ik. "De tijd loopt zo snel dat de jongens die Vlad trainde in een van mijn visioenen bijna van de ene op de andere dag volwassen mannen werden. Als Nostradamus op Aarde is en jij gaat naar Atlantis, dan heb je een groot voordeel als het om het aanleggen van voorraden gaat."

Raspoetins gezicht licht op. "Je hebt gelijk. Nu je het zegt, dit is hoe Nostradamus me in de eerste plaats heeft verslagen. Ik zat vast op Liliths wereld, waar de tijd langzaam gaat, terwijl hij ergens was waar het snel ging. Nu kan ik de rollen omdraaien."

"Goed," zegt Nero, terwijl hij weer opstaat. "Ik vind wel iemand om je te brengen. Laten we gaan."

Hij draait zich om en stapt het appartement uit.

We volgen Nero helemaal naar de lift. Als we beneden zijn, praat hij met een paar uitsmijters en wijst naar Raspoetin.

"Dus dit is weer een afscheid," zegt Raspoetin, knipperend terwijl hij naar me kijkt.

"Voorlopig," zeg ik, terwijl ik doe alsof ik vrolijk ben. "Zodra ik mijn krachten terug heb, zal ik in Hoofdruimte naar je zoeken."

"Wees voorzichtig," zegt hij en hij reikt naar me toe om me te omhelzen.

"Ik zal mijn best doen," zeg ik en ik omhels hem terug. "Wees zelf ook voorzichtig — *papa*."

Terwijl ik me terugtrek, kan ik zien dat de kleine vertedering zijn werk heeft gedaan. Raspoetins gezicht straalt als een kerstboom.

Aan mijn kant meende ik het sentiment deze keer bijna. Ik wou dat hij naar de aarde kon komen, zodat we samen meer tijd konden doorbrengen. Als ik de aanval van de weerwolf *en* Tartarus overleef — wat een grote 'als' is — zal ik een manier moeten vinden om de Raad van Sint-Petersburg mijn vader met rust te laten.

Op de een of andere manier.

"Laten we gaan," beveelt Nero over zijn schouder en hij baant zich een weg door de ronddraaiende dansers naar de uitgang van de club.

Claudia en ik haasten ons om hem te volgen en sprinten helemaal naar de lift in de wolkenkrabber.

De rit naar boven is snel, en eenmaal op het dak, joggen we naar de poort van de aarde.

Als we er aan de andere kant uitkomen, botsen we op een verwarde Eric — de teleporteerbewaker die Nero bij me achter had gelaten om over me te waken.

Hij moet hersteld zijn van het slaapmiddel dat ik hem heb gegeven.

"Eric," zeg ik. "Leuk je hier te zien."

Hij geeft me een nauwelijks waarneembare frons en krimpt dan ineen onder Nero's blik.

"Ik weet dat ik het verpest heb," zegt hij. "Ze —"

"Laat maar," gromt Nero. "Breng ons naar Sasha's appartement. Nu."

"Tuurlijk," zegt Eric en hij loopt naar Claudia toe. "Zij eerst?"

"Whatever," zegt Nero. Dan zegt hij tegen Claudia, "Hij gaat je aanraken om je ergens naartoe te teleporteren. Dood hem niet."

Claudia rolt met haar ogen terwijl Eric een hand op haar schouder legt en ze knipperen weg.

"Wie heeft er een limo nodig met Eric in de buurt?" mompel ik. Dan verschijnt de teleporteur weer en legt een hand op mijn schouder.

Poef, en ik sta bij de deur van mijn appartement naast een grijnzende Claudia.

"Ik heb nog nooit geteleporteerd," zegt ze duizelig. "Dat was geweldig."

Ik grijns naar haar. "Echt, hé? Ik zou mijn linkerhoektand geven om dat te kunnen doen. De illusies die ik zou kunnen uitvoeren zouden elke goochelaar in de wereld verbazen. Zelfs Copperfield."

Eric verschijnt weer met Nero.

"Kom over een uur terug, of wanneer ik je app," zegt Nero tegen de teleporteur. "Wat er ook het eerst komt."

"Afgesproken," zegt Eric, en hij verdwijnt weer.

Ik ga in mijn zak om de sleutel te pakken. "Het is geen kasteel," zeg ik. "Maar ik noem het thuis."

Terwijl ik de deur wijd openhoud, laat ik de groep binnen.

"Sasha!" schreeuwt Fluffster in mijn hoofd en hij rent dan naar ons toe om ons te begroeten, zijn kleine harige pootjes glijden over de vloer. "Je bent terug." Hij kijkt me streng aan. "Ik was doodongerust."

Als Claudia de domovoj in chinchillavorm ziet, gilt ze letterlijk van vreugde. "Wat is dat? Vertel me alsjeblieft niet dat je zo'n wonder zou eten."

"Hem opeten?" Ik kijk naar Fluffster en dan naar Claudia. "Waar heb je dat idee vandaan?"

Fluffster trekt zich terug — hij herinnert zich ongetwijfeld de horrorfilmachtige documentaire die we over de stropers hebben gezien die chinchilla's doden. Daarin lieten ze zien dat ze het vlees niet verloren lieten gaan — en dat het vet hoort te zijn, zoals een eend.

"Wie is zij?" vraagt Fluffster. "Ze lijkt krachtig te zijn, net als Nero."

Lucifur — de kat die ik van Rose heb geërfd — komt aanlopen om te kijken waar de drukte over gaat. Ze lijkt niet onder de indruk te zijn van ons allemaal. De uitdrukking op haar platte gezicht lijkt te zeggen, "Als iemand dat pluizige hapje gaat eten, dan zou het Onze Majesteit zijn, op voorwaarde dat iemand hem in een blikje Fancy Feast stopt. Ga nu weg, voordat je voor je onbeschaamdheid met je leven moet boeten."

"Wauw," zegt Claudia, naar Lucifur starend. "Dat schepsel is nog schattiger. Is het gebruikelijk om hier op aarde in je huis een echte dierentuin te houden?"

"Hé," zeg ik. "Fluffster is schattiger en, nog belangrijker, in tegenstelling tot die van de kat, kunnen zijn gevoelens worden gekwetst."

"Mijn excuses," zegt Claudia terwijl ze naar Lucifur kijkt.

"Dat is Fluffster niet," zeg ik en ik wijs naar de domovoj. "*Dat* is Fluffster."

Ik pak mijn vriend met zijn hemelse vacht en hou hem vast, zodat Claudia hem van dichterbij kan bekijken. "Dit is Nero's zus, Claudia," zeg ik tegen hem. "Claudia, *dit* is Fluffster. Hij is een domovoj — een soort van Cognizant."

"Een domovoj?" Ze kijkt met meer respect naar Fluffster. "Dat wist ik niet. Ze zien er op onze wereld meestal uit als mensen."

"De lokale bevolking houdt op deze wereld dieren als huisdier," legt Nero uit. "En omdat de domovoj de gedaante van huisdieren aannemen, zien ze er uiteindelijk uit als katten, honden en soms als chinchilla's."

"Wacht, wacht even," zeg ik, terwijl ik hem onderzoek naar enig teken van vrolijkheid. "Bedoel je dat draken op jullie wereld *mensen* als huisdieren houden?"

In mijn hoofd vraag ik me ook af — hoe zit het met vampiers? En zieners?

Anders gezegd, ben ik Nero's *huisdier*?

"Het woord 'huisdier' is met te veel negatieve connotaties geladen." Nero grijnst alsof hij mijn eerdere gedachte heeft gelezen. "Hoe zit het met metgezellen tussen soorten? Bekenden?"

Ik zet Fluffster op de grond en trek een gezicht.

"Mensen beschouwen het als een grote eer om in het huishouden van een draak te wonen," zegt Claudia. "Het recht om dit te doen gaat van familie op familie."

"Veel van de soldaten die in onze campagne hebben geholpen, hebben om zo'n gezelschap als beloning gevraagd," voegt Nero eraan toe. "Je moet onthouden dat ze draken vereren en —"

De deurbel gaat.

Nero kijkt door het kijkgaatje, gromt goedkeurend en opent de deur.

Er staat daar een mooie, slanke jonge vrouw. Ze is in lange leren laarzen en een leren jas gekleed, en haar pluizige krullen zitten in een grote paardenstaart.

Aangezien ik op dit moment geen Cognizantenaura's kan zien, kan ik niet zeggen of ze een van ons is — maar als ze een mens is, dan zou haar etniciteit uiterst moeilijk te achterhalen zijn. Ze ziet eruit alsof een gekke wetenschapper Zoe Saldana als voorbeeld had genomen en haar met Emma Watsons genen had samengevoegd, en er daarna een vleugje Halle Berry over had gesprenkeld.

"Bailey." Nero gebaart dat ze binnen moet komen. "Je bent te laat."

Dus dit is Bailey Spade, ook bekend als Freda Krueger, de droomwandelaar die van tijd tot tijd voor Nero had gewerkt.

"Bowser," zegt Bailey met spot in haar stem. Ze kijkt me met een goedmoedige grijns aan. "Jij bent zijn prinses Peach, toch?"

Bowser? Ze had Nero eerder zo genoemd — naar een personage uit een videogame die toevallig de aartsvijand van Mario is. Toen ik het voor het eerst had gehoord, dacht ik dat ze de bijnaam vanwege Nero's zware stem had gebruikt, maar nu realiseer ik me dat het misschien het feit is dat het personage in kwestie een zeer vergelijkbaar wezen is met een draak: hij kan vuur spuwen en heeft schubben. Dat betekent dat Bailey van Nero's aard weet.

Alle informatie in een handomdraai verwerkend, grinnik ik om mijn eigen prinses Peach-bijnaam. In de Mario-spellen probeert Bowser de prinses altijd te ontvoeren en naar zijn kasteel te brengen om met haar te trouwen.

"Hoi, Bailey," zeg ik. "Ik ben Sasha. Als je hier bent om me te helpen, dan spijt het me. Ik heb vandaag geen tijd om een dutje te doen. We zullen dit een andere keer moeten doen."

Uit mijn ooghoek zie ik Claudia Lucifur van de grond pakken en de kwaadaardige onder haan kin krabben.

In plaats van de draak open te scheuren, spint de kat tevreden en sluit haar ogen.

"Eigenlijk," gromt Nero naar me, "gaat het wel vandaag gebeuren. Nu, om precies te zijn. Vlad en de anderen zijn sowieso nog niet terug. Er is tijd."

"Er is bazig zijn, en er is dit." Bailey schudt haar hoofd en kijkt me verontschuldigend aan. "Als hij niet mijn best betalende klant was geweest, dan was ik uit puur principe vertrokken."

"Het geeft niet," zeg ik met een zucht. "Ik denk dat als we toch de tijd hebben, ik het maar zal doen — al is het maar om hem de mond te snoeren. Trouwens" — ik glimlach naar haar — "Ik zou niet willen dat je vanwege mij je honorarium mist."

"Bedankt." Bailey bekijkt me met ongegeneerde nieuwsgierigheid. "Weet je, je bent in het echt net zo mooi als in zijn dromen. Dat is zeldzaam."

"Laten we naar de bank gaan," snauwt Nero voordat ik kan vragen over wiens dromen Bailey het heeft, ook al is het duidelijk dat ze over die van Nero praat.

"Ik zie jullie daar," zeg ik en ik sprint naar mijn kamer.

Eenmaal daar, vul ik mijn zakken met mijn favoriete magische parafernalia.

Als er enige pauze is tussen nu en het einde van de wereld, hoop ik te zien hoe mijn vampierreflexen mijn repertoire beïnvloedden. Als ik nog een kans krijg om mijn vaardigheden aan Claudia te laten zien, wil ik er zeker van zijn dat ze in haar broek plast.

Moeten draken trouwens plassen? *Moet ik dat?* Aangezien ik mijn vloeistoffen heb gedronken en ik geen enkele drang heb gevoeld... En hoe zit het met poepen?

"Ter verduidelijking," zegt Bailey als ik terugkom in de woonkamer, me dit nog steeds afvragend, "we gaan niet samen slapen."

"Dat is goed om te weten," zeg ik, bij haar sarcastische toon passend. "Dus hoe gaat dit wel in zijn werk?"

"Eenvoudig." Ze speelt met een stukje vreemde harige sieraden om haar pols — een kleurrijk ding dat er om de een of andere reden bekend uitziet. "Jij gaat slapen en ik ga je aanraken. Maar niet op een vieze manier. Zeker niet waar je jaloerse vriendje bij is."

Vriendje?

Ik denk dat dat beter is dan prinsesontvoerder.

Of echtgenoot.

Of huisdiereigenaar.

Nero gromt iets onverstaanbaars als Bailey, Fluffster en Claudia hierom grinniken.

"Oké." Ik ga liggen en Fluffster rent naar me toe en springt in mijn armen.

"Jij bent de domovoj, toch?" vraagt Bailey aan Fluffster. "Felix heeft het over je gehad. Het is geweldig om je persoonlijk te ontmoeten."

Oh, tuurlijk.

Ze kent Felix.

Ik vraag me af of hij het jammer zal vinden dat hij haar gemist heeft.

"Is dat de vriendin van je domovoj?" Bailey knikt naar de kat in Claudia's armen.

"Nee," zeg ik. "Het is zijn minnares."

"Heel grappig," zegt Fluffster mentaal. Hij wendt zich tot Bailey en vraagt, "Wat was dat gedeelte over de vergoeding? Hoeveel kost je dienstverlening?"

"Nero regelt het," zeg ik snel. Het laatste wat ik wil is dat Fluffster iedereen in stukjes scheurt vanwege budgetzorgen. "Zullen we nu maar beginnen?"

"Een momentje." Fluffster kijkt naar het harige polsding op Bailey's arm. "Wat is dat?"

"Dit is Pom," zegt Bailey trots. "Hij is een looft die mijn vriend en metgezel is."

Het armbandachtige ding verandert van kleur, maar reageert verder niet.

Is het toevallig een denkbeeldige vriend?

Dan activeert de term 'looft' een herinnering. We hebben bij Oriëntatie over hen geleerd. Ze leven op koeienachtige wezens genaamd moofts, die ik op de wereld van de kannibale kabouters had gezien.

Ik ben in de verleiding om een heleboel vragen te stellen, maar ik wil niet dat Bailey denkt dat ik haar een koe noem, dus ik sluit mijn ogen en kalmeer mijn ademhaling.

Ik weet niet of het de aanwezigheid is van een droomwandelaar of de ontspanning van het knuffelen met Fluffster, maar ik val sneller dan ooit in slaap.

HOOFDSTUK TWAALF

Ik sta voor vijfhonderd toeschouwers en mijn plankenkoorts versnelt mijn hartslag naar supersonische niveaus.

Toch val ik niet flauw.

Ik ben in plaats daarvan opgetogen.

Het uitvoeren van magie is waar ik voor geboren ben — en de adrenaline van mijn fobie is gewoon een gratis stimulans die mijn lichaam produceert om me scherp en alert te houden.

"Ik heb uit de menigte een vrijwilliger nodig," zeg ik met een vaste stem in de microfoon. "Iemand die goed is met vuurwapens, zoals een politieagent."

Terwijl de gekozen agente naar het podium loopt, wordt mijn toch al wonderbaarlijke stressreactie scherp en primair.

Dit is het dan.

Ik sta op het punt om de gevaarlijkste van alle illusies in magie te doen — en ik sta mezelf alleen toe om dit te doen omdat, als vampier, ik een goede kans maak om een fout te overleven.

Denk ik.

"Onderzoek dit wapen," zeg ik, terwijl ik de revolver aan de agent geef.

Ze pakt het wapen en ze ziet niets ongebruikelijks.

"Controleer nu ook deze kogel," zeg ik tegen haar en dat doet ze.

"Parafeer de kogel, alsjeblieft." Ik geef haar een markeerstift.

Ze doet wat ik vraag.

Dan zeg ik haar dat ze de kogel in het wapen moet doen terwijl Nero — mijn schaars geklede assistent — het podium op loopt.

Meestal zijn het onthullende outfits zodat assistenten de aandacht van de illusionist wegtrekken, maar vandaag had ik Nero zo gekleed zodat de mensen kunnen zien dat hij er geen speciale uitrusting onder draagt om het effect te kunnen verklaren.

Dat is tenminste wat ik tegen hem heb gezegd. In werkelijkheid is de outfit er omdat ik ervan geniet om naar zijn hard gespierde lichaam te kijken.

"Geef het wapen alsjeblieft aan mijn assistent en ga dan achter hem staan," vertel ik de agent terwijl Nero en ik onze plaatsen tegenover elkaar op het podium innemen.

Ze kijkt hem met duidelijke interesse aan en loopt nerveus naar hem toe om hem het wapen te geven voordat ze haar plaats achter zijn rug inneemt.

Nero trekt het pistool.

Ik doe mijn best om niet aan een feit te denken dat ik Nero nooit heb verteld — dat er twaalf goochelaars zijn van wie ik weet dat ze zijn gestorven terwijl ze deze illusie uitvoerden.

Maar in tegenstelling tot mij waren zij geen vampiers.

Voor zover ik weet in ieder geval.

Nu ik niet naar een groot publiek staar, voel ik me rustiger, zelfs met het pistool op me gericht.

Nero mikt.

Mensen in het publiek ademen luid in.

Nero haalt de trekker over.

De luide knal maakt me bijna doof, maar alles gaat zoals gepland.

Ik ben niet dood.

De enige schade zit op het glazuur van mijn tanden en dat herstelt bij een vampier snel.

Iedereen in het theater is doodstil.

De man van het licht richt een schijnwerper op me zodat iedereen het metaal in mijn mond kan zien glanzen.

Het is de kogel.

Ik heb hem tussen mijn tanden 'gevangen'.

Nero geeft de rubberen handschoenen aan de agente en vraagt haar om de kogel te controleren.

Ze strompelt naar me toe en haalt de kogel uit mijn mond.

"Zijn dat jouw initialen op die kogel?" vraag ik haar.

"Ja," zegt ze verwonderd. "Dit is dezelfde kogel die in het pistool zat."

"Dank je," zeg ik. "Iedereen, laten we een applausje voor de politie van New York geven!"

De agente verlaat het podium terwijl de toehoorders opstaan en beginnen te klappen alsof hun handpalmen in brand staan.

Terwijl ik buig, grijns ik als een gek.

Dit — het geluid van ovaties — is wat mijn leven een doel geeft. Het is een gevoel dat beter is dan wat dan ook, behalve seks met Nero.

En het wordt nog beter.

Als ik naar de bewonderende menigte kijk, zie ik mam, die zelden naar mijn optredens komt, en pap, die dat altijd doet. Naast hen op de eerste rij zitten Felix, Ariël, Raspoetin, Lucretia, Kit, en Vlad. Allen juichen en kijken me met verschillende niveaus van trots aan.

Er klopt alleen iets niet.

Er zitten mensen achter hen die er niet horen te zijn.

Voordat ik iets kan zeggen of doen, raakt een boog van zwarte energie me op het hoofd en verlamt me volledig.

De energie kwam van een van de mensen op de tweede rij — degene achter mijn vrienden en familie.

Ik kijk er vol afschuw naar.

Achter mama staat Beatrice, de dodenbezweerder, en achter papa staat Harper, de succubusvriendin van Beatrice.

En dat is nog niet alles.

Achter Vlad zit Baba Jaga, en zij is degene van wie de verlammende energie vandaan kwam.

Achter Raspoetin staat Darian en achter Ariël staat Gaius.

Waarom kan ik het gevoel niet van me afschudden dat ze hier niet kunnen zijn?

Ben ik in ontkenning?

Achter Felix staat Koschei, en achter Lucretia staat Woland — de chort die harten kan laten stoppen. Tot slot staat achter Kit de gigantische orkhoofdman wiens zoon door Nero is gedood.

Ik probeer me te bewegen, maar ik kan niet eens een spier bewegen.

Met een kwaadaardige grijns halen Beatrice, Baba Jaga en de rest van mijn vijanden identieke, ceremonieel ogende dolken tevoorschijn en steken ze de persoon voor hen neer.

Mam, pap en alle anderen om wie ik geef sterven in een vreselijk moment.

Ik probeer mezelf zo hard van de verlamming te bevrijden dat een bloedvat in mijn oog knapt — maar zonder succes.

Ik kan me niet bewegen.

Ik kan alleen maar toekijken.

Het publiek begint te schreeuwen en weg te rennen.

Nero ziet eindelijk wat er is gebeurd.

Met bovennatuurlijke snelheid herlaadt hij het pistool, richt en schiet.

Baba Jaga's hoofd ontploft.

Mijn verlamming verdwijnt net als een nieuwe persoon op het podium verschijnt.

Het is Yudo, alias de bezetter, de draak die Nero's ouders heeft vermoord.

Met een gigantisch zwaard schiet de bezetter richting Nero.

"Achter je!" schreeuw ik terwijl ik over het podium spring, maar Nero blijft op de slechteriken in de tweede rij richten.

Het theaterpubliek stampt naar de nooduitgangen, en hun paniekkreten moeten de reden zijn waarom Nero mijn waarschuwingen niet hoort, of Yudo's aanval.

Nero schiet weer.

Wolands hoofd ontploft deze keer.

Ik ben halverwege het podium, maar ik kan net zo goed aan de andere kant van de wereld zijn.

Yudo haalt uit met zijn zwaard en Nero's hoofd scheidt zich van zijn lichaam.

Er knapt iets in me.

Ik sluit de afstand tussen ons, pak Nero's pistool en schiet hem leeg op Yudo's hoofd.

De draak zakt in elkaar en is zo dood als een pier.

Ik pak zijn zwaard net op het moment dat Harper, Beatrice, Darian, Gaius en Koschei het podium op komen.

"Jullie zullen allemaal boeten voor wat jullie hebben gedaan," sis ik naar hen, en om mijn woorden te benadrukken, ontleed ik Darian met het zwaard.

De rest doet een stap achteruit, dus ik loop naar ze toe.

Met angst in haar ogen schiet Beatrice

meerkleurige energie naar alle doden, en ze komen als zombies tot leven.

Haar moment van afleiding geeft me een kans om haar letterlijk in tweeën te hakken.

Terwijl ze sterft, verstillen de zombies.

"Jij teef!" schreeuwt Harper. "Je zult —"

Ik zal nooit weten wat de succubus zou gaan zeggen omdat mijn vuist haar borst binnendringt en haar nog kloppende hart eruit trekt — precies op hetzelfde moment dat ik Gaius met het zwaard onthoofd.

Terwijl het hoofd van Gaius opzij rolt, gooi ik Harpers hart er met een vloek achteraan.

Koschei — de enige die nog in leven is — grijnst naar me. "Je weet dat ik niet zo gemakkelijk te doden ben. Ze noemen me niet voor niets de Onsterfelijke."

"Goed," grom ik en ik hak zijn rechterbeen eraf. "Dat betekent dat ik hier zo lang van kan genieten als ik wil."

Koschei schreeuwt van de pijn.

Aangemoedigd hak ik zijn andere been eraf.

Hij schreeuwt nog harder en probeert van me weg te kruipen.

Terwijl ik hem achterna loop, vormt er zich een plan in mijn hoofd. Ik ga hem steeds opnieuw martelen, tot de pijn van het verlies van mijn familie en vrienden verdwijnt.

Wat nooit zal gebeuren.

Net als mijn verdriet over het verlies van Rose, zijn eerdere slachtoffer.

Wreed snij ik hem met het zwaard in stukken totdat

mijn armen gevoelloos worden — en dat is een lange tijd als je een vampier bent.

Ik weet niet hoe vaak Koschei sterft en terugkomt voordat iemand anders het podium oploopt.

De nieuwkomer klapt langzaam en grijnst als een maniak.

Ik veeg Koschei's bloed van mijn ogen en kijk haar aan.

Natuurlijk.

Het is Lilith.

Ze straalt naar me met moederlijke trots.

"Jij." Ik hou m'n zwaard steviger vast. "Als *jij* dit hebt opgezet, vermoord ik je langzamer dan hem."

Ik zet een dreigende stap richting Lilith.

Dat is het moment dat er een figuur tussen ons verschijnt — het kost me even een moment om de persoon te herkennen omdat we elkaar net hebben ontmoet.

Het is Bailey Spade.

De droomwandelaar.

Dat betekent —

"Dat klopt," zegt Bailey kalmerend. "Dit is een nachtmerrie."

"Oh." Intense opluchting vervangt alle angst. "Natuurlijk is dit een droom."

Hoe heb ik dit niet kunnen zien? Nero zou me nooit een kogel laten vangen, laat staan persoonlijk op me 'schieten'.

En mam en pap zouden ook niet zo rustig zitten kijken als ik een kogel vang. Mijn vrienden ook niet.

Belangrijker nog, Baba Jaga en de rest van de slechteriken zijn allang dood — iets wat ik alleen in de droomwereld had kunnen vergeten.

"Ik hoop dat je het niet erg vindt dat ik in deze droom ben gestapt voordat je tot moedermoord overging," zegt Bailey. "Als je denkt dat dat therapeutisch zou zijn, dan zou ik —"

"Een droom," mompel ik. "Gewoon een stomme droom."

"Yep," zegt Bailey. "Als je het niet erg vindt, wil ik de scène graag veranderen." Ze kijkt om zich heen naar het bloed en de gorigheid om ons heen, en zodra ik knik, verdwijnt het allemaal.

We zitten nu op een wolk — maar in tegenstelling tot normale wolken die gewoon waterdamp zijn en ons er dus doorheen zouden laten vallen, voelt deze wolk als een comfortabel kussen onder mijn voeten.

Onder de wolk is een rustgevend uitzicht op een oneindige oceaan.

"Ga alsjeblieft op de spreekwoordelijke bank zitten," zegt Bailey, en terwijl ze dat doet, verschijnt er een bank op het oppervlak van de wolk.

Ik ga zitten en merk dat ik niet langer doorweekt ben van het bloed van mijn vijanden. Zelfs mijn kleren zijn nu anders. Bailey heeft duidelijk controle over elk detail van wat er in dit deel van de droom gebeurt.

"Hoe voel je je?" vraagt ze, op een comfortabele stoel zittend die onder haar kont verschijnt.

"Ik kan niet geloven dat ik me niet realiseerde dat ik droomde," zeg ik. "Het lijkt nu zo duidelijk."

"Dat is normaal." Bailey slaat haar benen over elkaar. "De droomwereld is zelden logisch. Het kost veel training om de inconsistenties op te merken en te beseffen dat je in een droom zit. Maar als je dat zou leren, dan zou je in staat zijn om een aantal dingen te doen die ik kan. De techniek heet bewust dromen, en ik kan het je als onderdeel van onze sessies leren."

Ze zegt meer, maar ik raak afgeleid als er een pluizig schepsel naast Bailey's stoel verschijnt.

Ik staar ernaar.

Het is een dier dat ik nog nooit heb gezien. Een dier dat een verzinsel lijkt te zijn van iemands verbeelding.

"Hoi," zegt het schepsel tegen me in een stem die net zo schattig is als de rest, voordat het zo wit wordt als de wolk eronder. "Ik ben Pom."

"Pom, ik ben aan het werk," zegt Bailey streng tegen het wezen. "We hebben het hierover gehad."

De kleur van Pom wordt donkerder.

Bailey negeert het wezen en kijkt me verontschuldigend aan. "Zo ziet hij er in de droomwereld uit." Ze zwaait met haar nu naakte pols in de lucht. "Ik denk dat hij dacht dat omdat je zelf een pratend pluizig huisdier hebt, je het niet erg zou vinden om *hem* te zien."

"Een huisdier?" vraagt Pom verontwaardigd, zijn kleur wordt nog donkerder. "Ik denk dat je een symbiont bedoelt."

"Tuurlijk," zegt Bailey sarcastisch. "Een symbiont. Geen huisdier, en zeker geen parasiet. Kun je me nu laten werken?"

"Wacht, bedoel je dat dit de looft is die je om je pols had?" Ik kijk naar Pom. "De harige armband?"

"Ik weet het." Ze grijnst. "In de droomwereld is hij pure, bewapende schattigheid."

Pom maakt zich groot en zijn kleur gaat terug naar een lichtere tint.

"Denk je niet dat je kat en zelfs de chinchilla in vergelijking lelijk zijn?" zegt Bailey met een knipoog.

"Ja," zeg ik, meespelend. "Afschuwelijk."

"Ik zeg graag dat Pom leuker is dan de koala- en pandaberen van jullie aarde," zegt Bailey. "Leuker zelfs dan de otters."

Ik grinnik. "Hij doet me aan een Pokémon denken," zeg ik, om in de geest van dit alles te komen.

"Ja." Bailey krabt aan Poms pluizige oor. "Het is alsof Jigglypuff en Pikachu een bastaardkind hebben gekregen."

Ik lach. Nu ze het zegt, kan ik de gelijkenis zien.

"*Moet* ik weggaan?" vraagt Pom. "Ik vind Sasha leuk. Ze doet me aan jou denken."

"Bedankt," zeg ik. "Denk ik."

"Oh, het is een compliment," zegt Bailey. "Pomsie vindt me geweldig."

"Vlei je jezelf veel?" mompelt het schepsel.

"Dus, wil je dat hij gaat?" Bailey kijkt me aan. "Voor wat het waard is, zelfs als je hem niet ziet, hoort en ziet hij alles wat er in de droomwereld gebeurt."

"Ik vind het niet erg," zeg ik. "Vooral omdat ik niet eens weet wat er gaat gebeuren."

"Oké." Ze zet haar vingers tegen elkaar. "Eigenlijk

had ik voor vandaag niet veel gepland, afgezien van het opzetten van onze verbinding. Dat je nog steeds slaapt, is zeldzaam, maar geeft ons de kans om een beetje therapie na de nachtmerrie te doen, als je wilt."

"Ik geloof van wel," zeg ik. "Wat houdt het in?"

"Nou, we kunnen beginnen met dat je me vertelt waar je denkt dat die hele bloederige toestand over ging."

"Ik weet het niet." Ik verplaats mijn gewicht op de plotseling ongemakkelijke bank. "Het begon met een goochelvoorstelling en die kan ik nooit meer doen, dus de nachtmerrie kan mijn onderbewustzijn zijn dat me vertelt hoe boos ik daarover ben." Ik kijk haar verwachtingsvol aan, maar ze zet een onleesbare uitdrukking op die ze van Lucretia gestolen moet hebben. "Of deze droom zou letterlijker kunnen zijn," ga ik verder. "Misschien ben ik bang om Nero te verliezen. Of mijn ouders en mijn vrienden."

Ik realiseer me dat ik peentjes zweet, ik stop en haal diep adem. Op de een of andere manier, waarschijnlijk dankzij Bailey, verschijnt er een glas water in de lucht voor mijn neus. Ik pak het en drink het water gulzig op.

"Nog andere theorieën?" vraagt Bailey rustgevend wanneer de lege beker uit mijn handen verdampt.

"Ik zou gewoon bang kunnen zijn om een monster te worden, zoals Lilith." Ik kijk naar Pom. "Of het kunnen allemaal willekeurige dingen van mijn neuronen zijn en niets betekenen. Jij bent de expert, dus vertel *jij* het maar."

Bailey schraapt haar keel. "Ik vergelijk dromen graag met virtual reality, maar in plaats van het werk van een team van ontwerpers en ingenieurs, is het je eigen brein dat verantwoordelijk is voor de ervaringen."

"Dat verklaart niet veel," zeg ik. "Wat denk je dat het allemaal betekende?"

"Ik?" Bailey aait Pom afwezig over zijn hoofd. "Dit gaat niet over mij. Het zijn jouw dromen, dus jij moet ze begrijpen. Je gissingen zijn behoorlijk inzichtelijk, vooral voor je eerste keer."

"Echt waar?" Ik leun achterover op de bank. "Het kan komen doordat ik regelmatig in therapie ga bij een psychiater."

"Ah." Ze trekt haar hand weg van Pom. "Dat is te zien. Dat moet je parallel aan onze sessies blijven doen."

"Sessies, als in meervoud? Bedoel je dat ik weer zo moet dromen?"

"Alleen als je wilt," zegt ze. "Als vampier hoef je niet te slapen, en daarom ben je een ongewone klant voor zover nachtmerries gaan. Je zult op lichamelijk vlak geen last hebben van slaaptekort. Toch kan droomtherapie je helpen om aan alle angsten die je net hebt genoemd te verwerken — en ook je angst om in het openbaar te spreken. Ervan uitgaande dat dat is wat je wilt."

Ik neem het in overweging.

Nu ze het gezegd heeft, zou het geweldig zijn om niet zo nerveus te worden als ik in het openbaar moet spreken, vooral als dat betekent dat ik het leuk zou vinden om in mijn dromen magie op een podium uit te voeren.

Ik weet niet zeker of ik mensen om wie ik geef weer wil zien sterven, zelfs niet in een nachtmerrie.

"Ik denk dat ik misschien wat hulp van je nodig heb," zeg ik aarzelend. "Maar ik wil me niet in al mijn angsten verdiepen, althans niet voordat ik de wereld heb gered."

Zodra ik de woorden zeg, wil ik mezelf slaan omdat ik Tartarus zo volledig ben vergeten.

Ik heb hier geen tijd voor.

Ik heb hier nooit tijd voor gehad.

Nero heeft me in deze droomtherapie gedwongen, en ik had het hem niet moeten laten doen.

"De wereld redden?" Bailey trekt een wenkbrauw op.

"Het is een lang verhaal," mompel ik. "Dus, wat zeg je ervan? Kunnen we dit een andere keer doen?"

"Het is het geld van je vriendje," zegt Bailey. "Trouwens, je hebt het echt goed gedaan voor je eerste sessie."

"Cool. Dus, wat nu?"

"Je wordt wakker."

"Gewoon zo ineens?"

"Ja," zegt ze. "Wil het, en het zou moeten gebeuren. Als je klaar bent voor nog een sessie, val dan weer in slaap en ik zal mijn best doen om je te bezoeken, hoewel ik niets beloof. Ik heb een heleboel klanten die om mijn aandacht vechten."

"En je hoeft me niet meer aan te raken?" vraag ik, me herinnerend wat Nero zei.

"Nee," zegt ze. "En aangezien je een vampier bent, zou dit gemakkelijk moeten zijn. Als ik je zie slapen, weet ik dat je het voor therapie doet. Dat is niet het geval bij al mijn klanten; ze slapen omdat ze dat moeten doen."

"Geweldig," zeg ik. "Hoe kan ik mezelf dwingen om wakker te worden?"

"Net als Nike," zegt Bailey. "Doe het gewoon."

Ik sta op van de bank en dwing mezelf om wakker te worden.

Geschrokken open ik mijn ogen in mijn woonkamer.

HOOFDSTUK DERTIEN

"GAAT HET?" VRAAGT FLUFFSTER IN MIJN HOOFD. "JE kneep me behoorlijk hard in je slaap."

"Het gaat prima." Ik laat mijn arme domovoj los en ga rechtop zitten.

Net als de laatste keer dat ik wakker werd, voel ik me niet zo suf.

Moet inderdaad een vampierding zijn.

"Hoe was de therapie?" vraagt Nero terwijl hij met Claudia de woonkamer binnenkomt, die Lucifur nog steeds vasthoudt en op de een of andere manier al haar ledematen nog intact heeft.

"Trippie." Ik zet Fluffster op de grond en kijk naar Bailey's harige polsband.

Het moet dezelfde Pom zijn als in de droom, maar hij ziet er hier heel anders uit. Ik vraag me af of zijn verschijning in de droomwereld een verzinsel is van Bailey's verbeelding, zoals de wolken en zo.

"Het was een geweldig begin," zegt Bailey met een onleesbare uitdrukking.

"Mooi zo." Nero kijkt naar zijn telefoon. Zonder op te kijken, zegt hij, "Spreek meer sessies af en zet alles op mijn rekening in Gomorrah."

"Afgesproken." Bailey raakt haar polsbandje aan.

"Zijn Vlad en de anderen terug op aarde?" vraag ik, terwijl ik mijn blik van de looft ruk.

"Ze zijn een paar minuten geleden door de poort gestapt," zegt Nero. "Eric komt ons zo halen."

"Eindelijk." Ik sta op. "Laten we gaan."

Claudia zet de kat neer en we lopen allemaal met Bailey mee. Als haar lift aankomt, zeg ik dat het leuk was om haar te ontmoeten.

"Het genoegen was geheel aan mijn kant," zegt ze en ze kijkt dan naar Nero. "Niet dat er enig plezier was tijdens onze sessie. Alles was strikt platonisch."

De liftdeuren sluiten voor haar en Nero's telefoon tingelt.

Hij kijkt naar een bericht en ik realiseer me dat ik mijn eigen telefoon niet heb bekeken sinds we terug zijn van de Andere Werelden — dus doe ik dat nu.

Ik heb om de een of andere reden veel berichtjes van Lucretia.

Als een echo van mijn nachtmerrie waarin ik mijn nieuwe halfzus verloor, versnelt mijn hartslag.

Dan zie ik wat de boodschappen zeggen en adem ik opgelucht uit. Lucretia heeft me uitgenodigd voor haar nieuwe mandaatceremonie. Als een vampier, moet ze weer door die onaangenaamheden heen, en het is voor vandaag gepland.

Een half uur geleden, om precies te zijn.

Ik ga door alle berichten die ze heeft gestuurd. Na de oorspronkelijke uitnodiging werden haar berichtjes steeds ongeruster over mijn gebrek aan antwoord. Ze heeft me zelfs een paar keer gebeld.

Ik bel haar terug, maar het gaat naar de voicemail.

Ik ben in orde, zus, app ik, bij het laatste deel grijnzend. *Sorry dat ik je ritueel heb gemist, maar misschien zie ik je in het kasteel? Ik ga er zo heen voor een raadsvergadering. Nogmaals, sorry voor de vertraging in het antwoord. Ik heb een goed excuus, dat beloof ik.*

Terwijl ik van mijn scherm opkijk, verschijnt Eric in de gang.

"Dames eerst." Nero knikt naar zijn zus en mij.

Eric loopt naar Claudia en raakt haar schouder aan. Ze knipperen weg.

Dan duikt Eric weer op en grijpt mij.

Ik betwijfel of ik teleporteren ooit zat zal worden. Het ene moment zijn we in mijn gebouw, het volgende moment bevind ik me op een bekend cirkelvormig platform met de geur van saliewierook die mijn neus kietelt.

Kit, Vlad, en de anderen zijn al hier. Ze staan naast me, gekleed in die ceremoniële gewaden met kappen op hun hoofd.

Zoals gebruikelijk, worden overal om ons heen kaarsen aangestoken — elk van hen lijkt te zweven, waardoor het de sfeer van de Grote Zaal van Zweinstein krijgt.

De rest van de Raad zit in hun stoel, ook in gewaden gekleed, hun gezichten zijn in het sombere licht nauwelijks waarneembaar.

Ik kijk rond voor bekende gezichten, maar zie er geen. Ik vraag me af of Chester — de kansmanipulator die Beatrice in had gehuurd om mij te vermoorden, maar later mij en Nero hielp om Darian te verslaan — weer in de Raad zit, zoals Nero had beloofd.

Ik zie hem hier niet, dus waarschijnlijk nog niet. Wat logisch is, aangezien Nero bezig is geweest met zijn recente verovering.

"Beetje griezelig om ze van hier beneden te zien," fluistert Kit tegen me. "Ik heb het gevoel dat we op het punt staan om veroordeeld te worden."

Claudia bestudeert de Raad met plezier. Ze heeft duidelijk nog nooit *Eyes Wide Shut* gezien en vindt deze orgiesfeer dus niet eens een beetje verontrustend. Haar gebrek aan angst is wel logisch. Als draak kan ze waarschijnlijk elk van deze wezens met één adem uitroeien.

Eric duikt weer op, brengt Nero mee en verdwijnt dan net zo snel. Volgens mij zit hij niet in de Raad.

Vlad trekt zijn capuchon naar beneden en onthult zijn grimmige gezicht. "Ik heb de Raad al een kort overzicht van de dreiging gegeven," zegt hij. "Maar we hebben op je gewacht voordat we het actieplan gingen bespreken."

Er staat iemand op. Zelfs met de capuchon van zijn

mantel, kan ik zien dat hij een oudere man is die kaal is geworden aan de bovenkant, maar zijn haar aan de zijkanten lang heeft gehouden. Boven zijn dunne lippen zit een enorme grijze snor. Hij doet me denken aan een gekke wetenschapper die vastbesloten is om de wereld over te nemen — een eer waarvoor hij nu tegen Tartarus moet vechten.

"Hoe weten we dat de ziener de waarheid spreekt?" Hij kijkt me met zijn licht schele blik aan. "De laatste keer dat ze hier was, was om haar tv-optreden te bespreken."

"Dat is Easton," fluistert Kit in mijn oor. "Als een droomwandelaar weet hij iets over iedereen in de Raad, daarom wordt zijn vervelende houding getolereerd."

"Ik zeg dat we bewijs moeten hebben," zegt de droomwandelaar. "Ik kan haar dromen persoonlijk onderzoeken om —"

"Over je koude, dode lichaam," gromt Nero. Zijn limbale ringen draaien draakachtig. "Hetzelfde geldt voor iedereen die er zelfs maar aan denkt om haar aan te raken."

Hij gaat met zijn blik door de kamer en verrassing, opeens wil niemand me aanraken.

"Zoals iedereen hier weet, kan ik waarheid van leugens onderscheiden," zegt Nero met een lage, harde stem. "En Sasha vertelt de waarheid. Tenzij" — hij kijkt naar de reeds ineengedoken droomwandelaar — "je aan *mijn* woord twijfelt?"

Easton gaat zonder een kik in zijn stoel zitten.

Ik geloof niet dat hij van *iedereen* in de Raad iets weet.

Een nieuw persoon staat op. Onder de kap zit een prachtige vrouw die — bij gebrek aan een beter woord — heerlijk ruikt.

Een bekende heerlijk.

"Dat is Tatum," fluistert Kit hees. "Ze is de machtigste succubus ter wereld en ze heeft met de helft van de Raad affaires gehad." Ze ziet mijn ogen naar Nero gaan en voegt er haastig aan toe, "Met hem niet, maak je geen zorgen. Hij is nog nooit met iemand in de Raad geweest."

Mooi. Ik wil niet nog een succubus doden, of iemand anders in de Raad.

Ik heb het gevoel dat ze zulk gedrag zouden afkeuren.

"Ik denk dat het duidelijk is wat onze volgende stap zou moeten zijn," zegt Tatum met een zangerige stem. "Iets van deze omvang kan niet alleen door onze Raad worden afgehandeld. We moeten een vergadering van alle Raden beleggen."

"Ze heeft gelijk," zegt een vrouw die naast ons staat — degene die Nero in zijn gevechten heeft geholpen door dieren op te roepen om haar bevelen uit te voeren. "De Raad van Parijs heeft zijn eigen krachtige ziener, en terwijl niemand hier aan Sasha's visioen twijfelt" — ze kijkt Nero voorzichtig aan — "zou het verstandig zijn om te horen wat hij heeft voorzien en wat hij denkt dat er aan de situatie kan worden gedaan."

Een ziener in de Raad van Parijs.

Waarom heb ik hier een slecht gevoel bij?

"Daar ben ik het mee eens," zegt Nero plechtig. "Is iemand het daar niet mee eens?"

Nogmaals geeft niemand zelfs maar een kik.

"Dan komen we weer samen wanneer de regelingen zijn getroffen," zegt Nero met finaliteit. Als hij een stap opzij zet, benadert hij de man die tijdens de drakenstrijd in een reusachtige weerwolf veranderde en zegt met een lage stem, "We moeten praten."

"Natuurlijk," antwoordt de weerwolf. "Ik zie je in de gang."

Nero knikt, pakt dan mijn hand en sleept me de kamer uit, met Claudia op onze hielen.

"Sasha, dit is Eduardo," zegt Nero als we buiten het gezichtsveld van de Raad zijn. "Hij is de alfa van de New York City-roedel."

"Leuk om je te ontmoeten." Ik strek mijn hand uit en schud Eduardo's reusachtige hand. "Ik heb je in een visioen zien vechten. Het was een indrukwekkend gezicht."

"Dank je," zegt Eduardo en kijkt dan verwachtingsvol naar Nero.

"Vertel het hem," zegt Nero tegen me.

"Ik heb een visioen gezien waarin ik werd aangevallen door een weerwolf," zeg ik tegen Eduardo. "Een gigantische. Groter dan jij."

"Onmogelijk," zegt Eduardo. "Weet je zeker dat angst niet met je hoofd heeft geknoeid? Mijn soort kan van dichtbij nogal intimiderend zijn."

Ik onderdruk een oogrol. "Nee, dat denk ik niet."

"Beschrijf hem dan," zegt Eduardo met een frons.

Wanneer ik dat doe, ziet de weerwolf er steeds verwarder uit.

"Er is in dit gebied niet zo'n wolf," zegt hij als ik klaar ben. "Weet je zeker dat het niet gewoon Kit was of een van haar soort met hun trucs?"

"Geen idee," zeg ik. "Hoe zou ik het verschil kunnen zien?"

"Dat kun je waarschijnlijk niet," zegt Eduardo. "Zeer weinigen van ons zouden dat kunnen — wat niet helpt."

"Kun je wat rondvragen?" stelt Nero voor. "Misschien is hij een jongeling die je niet op je radar hebt? Of een bezoeker ergens vandaan?"

"Dat zal ik doen," zegt Eduardo. "Verwacht er niet te veel van."

En zonder zelfs maar een afscheid, loopt hij weg.

Oké dan.

Misschien zijn weerwolven alleen goed in socialiseren met andere weerwolven?

Nero haalt zijn schouders op en begint over het catacombenachtige pad door het kasteel te lopen.

Als ik er zeker van ben dat we zelfs buiten supergehoorafstand zijn, zeg ik, "De ziener uit Parijs is Nostradamus, nietwaar?"

"Dat klopt." Nero's gezicht is donker. "Maar ondanks wat hij jou en je vader heeft aangedaan, zou hij hierin onze bondgenoot moeten zijn."

"Ik weet het," zeg ik. "Hij wil Tartarus meer dan wie dan ook dood hebben. De vraag is, tegen welke prijs?"

"Juist," zegt Nero grimmig. "Hij speelt ongetwijfeld zijn eigen spel."

Mijn telefoon tingelt en trekt Claudia's nieuwsgierige blik ernaartoe.

Ik bekijk het apparaat. Het is een berichtje van Lucretia.

Ik ben bijgekomen en zag je antwoorden. Ben je in de buurt van de uitslaapkamer?

"Waar zijn we in het kasteel?" vraag ik. "Lucretia is klaar met haar mandaatceremonie en ze wil me zien."

"Vertel haar dat we naar de zuidwestelijke toren gaan," zegt Nero, en pakt dan Claudia's elleboog en trekt haar in een bocht naar links. "Ze zal weten waar dat is."

Ik stuur Lucretia een berichtje terug en ze zegt dat ze ons daar zal zien.

"Ze gebruikte het woord 'bijgekomen'," zeg ik tegen Nero. "Betekent dat dat de ceremonie voor een vampier net zo onplezierig is als voor mij als een pre-vamp?"

Nero trekt een gezicht. "Bijna iedereen valt flauw bij de ceremonie. En hoe sterker je bent, hoe pijnlijker de ervaring is."

"Interessant," zeg ik en ik zie dat Claudia met interesse luistert. "Ik denk dat ik me niet snel zal haasten om mijn tweede ceremonie te doen."

"Je zult het zo snel mogelijk doen," zegt Nero. "Zonder de mandaataura, word je in de

Cognizantensamenleving niet erkend en daarom als buiten de wet beschouwd."

"Oké. Dus het is alsof je een pleister eraf rukt om het achter de rug te hebben." Dan klikt er iets, en ik zeg, "De weerwolf in mijn visioen. Ik heb zijn aura niet gezien."

"Niet?" Nero trekt een wenkbrauw op.

"Nee," zeg ik. "Maar ik zie op dit moment niemands aura, dus ik vraag me af of ik die toekomst niet af zal wenden door voor die aanval door de ceremonie te gaan."

"Het is mogelijk dat je de aura van de man niet hebt gezien omdat hij uit een andere wereld kwam," zegt Nero. "Maar nogmaals, omdat je toch binnenkort door de ceremonie moet, waarom doe je het dan niet vandaag?"

Om zijn woorden te benadrukken, grijpt hij een van de monniken die langskomen en fluistert iets in het oor van de man.

Plechtig knikkend rent de monnik weg, vermoedelijk om de voorbereidingen te treffen.

"Zou ik een aura van iemand van een andere wereld zien?" Ik volg Nero en Claudia een smalle trap op. "Ervan uitgaande dat iemand ook uit een wereld komt die het mandaatgedoe gebruikt."

"Nee," zegt Nero. "Het mandaat is voor elke wereld specifiek — wat eigenlijk een andere reden is voor jou om vandaag door de ceremonie te gaan, samen met elke andere Cognizant op aarde die dit nog niet heeft gedaan."

"Oh?" Ik kijk naar Claudia om te zien of ze de logica van haar broer volgt, maar ze haalt alleen haar schouders op.

"Als Tartarus en zijn kinderen arriveren, zullen we ze door hun gebrek aan aura van de Cognizanten van de aarde kunnen onderscheiden," zegt Nero. "In feite zullen de Raden waarschijnlijk een bevel uitvaardigen om iedereen zonder aura ter plekke te doden."

"In dat geval zal ik deze ceremonie ook doorlopen," zegt Claudia. "We willen niet de bijkomende schade van iemand die me op het eerste gezicht probeert te doden."

Nero stopt en fronst naar haar. "Weet je het zeker? Je bent krachtiger dan de meeste anderen en het zal erg pijnlijk voor je zijn."

Claudia haalt haar schouders op.

"Ik weet niet eens of het wel geregeld kan worden," vervolgt hij. "Het mandaat is een voorrecht van de Cognizant die op deze wereld geboren wordt. De Raden maken uitzonderingen voor sommigen uit andere werelden, zoals ik, maar —"

"Ik ben ervan overtuigd dat ze ook voor mij de uitzondering zullen maken als ik ze vertel dat het de prijs voor mijn hulp is." Claudia knipoogt naar hem en kijkt mij dan aan. "Ik zou natuurlijk hoe dan ook helpen, maar dat hoeven zij niet te weten."

"We praten er later nog over," zegt Nero en stopt aan het einde van de trap voor een grote deur. "De zuidwestelijke toren is daar."

Met een gekrijs van roestige scharnieren duwt hij de deur open.

"Daar ben je," zegt Lucretia grijnzend, terwijl we een kamer met een ronde stenen muren binnenstappen — het soort waar een boze draak zijn jonkvrouw in nood vast kan houden.

Ik kan Nero maar beter niet kwaad maken. Deze plek kan hem misschien op ideeën brengen.

"Lucretia, dit is Claudia," zegt Nero. "Claudia, dit is de halfzus van Sasha — Lucretia. Net als wij, zijn ze pas geleden als zussen herenigd."

"Leuk je te ontmoeten, Sasha's zus," zegt Claudia met een ondeugende glimlach tegen Lucretia. "Aangezien ik Nero's zus ben, zijn we praktisch familie."

Daar is weer die niet zo subtiele hint. Claudia geeft niet snel op, ofwel?

Ik had gehoopt dat Lucretia deze variant van het Russisch, de drakentong, niet begreep, maar afgaande op de kwaadaardige, Lilith-achtige grijns op haar gezicht, heeft mijn halfzus het helemaal begrepen.

"Hoe voel je je?" vraag ik haar, me herinnerend dat ze net door de ceremonie is gegaan.

"Ja, hoe gaat het?" Nero kijkt haar bezorgd aan. Hij is ofwel een zorgzamere baas dan ik me had gerealiseerd, of, wat waarschijnlijker is, denkt hij na over hoe het voor mij en zijn zus zal zijn.

"Het ging verrassend goed met me zodra ik mijn zintuigen terug had," zegt Lucretia. "Het lijkt erop dat het de tweede keer makkelijker is om de ceremonie te doorstaan."

"Oh, dat is fijn," zeg ik opgelucht.

Ik sta op het punt om uit te leggen dat ik dit binnenkort zelf zal ondergaan, maar Lucretia grijnst en zegt, "Ik heb een enorme verrassing voor je."

Mijn hartslag versnelt. Ik denk dat ik weet waar dit heen gaat, maar ik wil niet te veel hoop krijgen.

"Het is aan een broer of zus gerelateerd," bevestigt ze, haar grijns wordt breder.

Natuurlijk. Wanneer men door een ceremonie gaat, neemt hun familie deel aan de ceremonie — wat betekent dat onze mysterieuze broer of zus er voor de hare was.

Alsof in antwoord op mijn gedachten, gaat de deur open — en ik kan mijn ogen niet geloven.

Is *dit* mijn broer?

Dit moet een grap zijn.

HOOFDSTUK VEERTIEN

"Ik hoop dat je begrijpt waarom ik het eerst met hem moest bespreken," zegt Lucretia.

"Ja," zeg ik terwijl mijn broer binnenkomt — gevolgd door nog een ander verrassend familielid. Het lijkt rechtstreeks uit een aflevering van *Jerry Springer* te komen.

Het zijn Chester en zijn dochter Roxy, een tienerweerwolf die me, met haar *Mean Girls*-wolvenroedel, meer dan eens had aangevallen.

En nu blijkt dat ze mijn nichtje is.

In hun verdediging, zowel vader als dochter zien er gekastijd uit — en ik ook, dat weet ik zeker. Ik voelde me al slecht over wat ik Roxy had aangedaan, en dat was voordat ik wist dat we familie waren.

Hopelijk wordt dit nu allemaal een verhaal om om te lachen tijdens het Thanksgiving-diner, net nadat Lilith de Nobelprijs voor de Vrede krijgt.

Nu we het over Lilith hebben, nu ik weet waar ik

naar moet zoeken, lijkt Chester wel een beetje op haar, vooral die bedrieglijke glimlach van hem. Hetzelfde kan niet over Roxy gezegd worden. Ze lijkt op haar moeder, de vrouw van Chester, die ook Darians minnares was.

Yep, absoluut *Jerry Springer*. In Cognizantstijl.

"Ik wil beginnen met te zeggen dat het me heel erg spijt dat ik een pistool op je heb gericht," zeg ik tegen Roxy en ik steek een hand naar haar uit.

Ze staart er aandachtig naar en schudt hem dan met echt enthousiasme.

Nu haar gebruikelijke bijenkoningingedrag is afgezwakt en haar gezicht relatief vrij van make-up is, ziet mijn nichtje er eindelijk uit als haar leeftijd, waardoor ik me een monster voel, ondanks haar aanvaarding van mijn verontschuldiging.

Chester geeft zijn dochter een elleboog.

"Juist." Ze kijkt naar haar Louboutin-laarzen. "Het spijt mij ook. Ik had moeten voelen dat je familie was. Je lijkt heel veel op tante Lucretia." Ze ontmoet mijn blik en voegt er serieus aan toe, "Niets is voor mij belangrijker dan familie. Ik hoop dat je dat gelooft."

Arme meid. Haar moeder verliezen — en Chester als vader hebben — moet haar naar sterke familiale banden hebben laten smachten.

"Sasha heeft zoveel familieleden," fluistert Claudia tegen Nero, maar hard genoeg zodat iedereen het kan horen. "Als je met haar trouwt, dan zijn ze *onze* familie."

Geweldig. Nero's zus moet in hetzelfde bootje

zitten als mijn nichtje, omdat ze haar *beide* ouders op jonge leeftijd heeft verloren.

Ik kijk stiekem naar Nero.

Zijn gezicht is onleesbaar. Als hij dit belachelijke idee leuk vindt, laat hij er geen teken van zien. Lucretia grijnst echter breed, terwijl de gezichten van Chester en Roxy onveranderd blijven. Misschien begrijpen ze de Russische variant niet die de drakentong is?

Alle gedachten aan Nero's reactie terzijde schuivend, glimlach ik naar Roxy. "Natuurlijk. Laten we het nooit meer over onze moeizame start hebben."

"Ik zou ook willen dat we op een betere basis waren begonnen," zegt Chester, zijn saterachtige gezicht ongebruikelijk serieus.

"Bedoel je dat je wilde dat je haar niet had geprobeerd te vermoorden via Beatrice?" gromt Nero.

Roxy kijkt haar vader met grote ogen aan. Ik denk dat ze de volledige omvang van onze geschiedenis niet kende.

"Ik wist alleen dat Sasha iemand was waar Darian in geïnteresseerd was," zegt Chester. Nog bitterder voegt hij eraan toe, "Ik had geen idee dat onze liefhebbende moeder nog een kind had gebaard dat ze kon negeren."

"Ik denk niet dat Lilith me wilde negeren," zeg ik met een grimas. "En geloof me, het afwezige ouderschap dat jij en Lucretia hebben ervaren was het beste."

"Juist." Chester kijkt me aan alsof hij me voor het

eerst ziet. "Lucretia zei dat je tijd met Lilith hebt doorgebracht."

"Ze —"

"Wacht even," zegt Roxy tegen me, terwijl ze aan de lucht ruikt. "Er is vandaag iets anders aan je. Je ziet er niet alleen uit als tante Lucretia, je ruikt ook zo. Tenminste, hoe ze de laatste tijd begon te ruiken. Nadat ze was veranderd."

Geweldig. Nu ben ik voor de snuffeltest van mijn nichtje gezakt.

"Je hebt gelijk," zegt Nero tegen haar. "Sasha is nu een vampier. Lilith heeft haar gemanipuleerd om haar bloed te drinken en ze heeft er toen voor gezorgd dat ze stierf."

Mijn drie verwanten snakken als één naar adem, en Lucretia roept uit, "Hoe kan ik het gemist hebben? Je hebt geen aura. Ik kan zelfs voelen dat —"

"Wacht even," zegt Chester. "Dit is te veel om te verwerken. Kan iemand bij het begin beginnen?"

"Tuurlijk," zeg ik. "Het begon allemaal toen ik een kaart naar mijn vader had ontdekt." Ik kijk of Nero reageert, aangezien de kaart in kwestie in zijn kluis lag, maar zijn gezicht is nog steeds gesloten. "Ik heb toen een expeditie georganiseerd om hem te redden," ga ik verder, "en eindigde op een wereld die Lilith van haar heeft gemaakt. Een wereld waar mensen haar als een godin aanbidden. Dat is waar ze het grootste deel van de tijd doorbracht toen ze, zoals je zegt, jou negeerde."

"Een godin," mompelt Chester en het is onduidelijk of hij onder de indruk of woedend is.

Wie neem ik in de maling?

Hij is onder de indruk. En ik heb hem misschien een idee gegeven om een arme wereld over te nemen en hun God van onheil te zijn.

Oeps.

"Hoe dan ook," zeg ik, "dat is waar we mee bezig waren toen je ons met je leeuw op het vliegveld hielp. Daarna sloot Nero me op, ik ontsnapte, en toen verschenen Lilith, Nostradamus, en een aantal chorts." Ik vertel ze over de gebeurtenissen die eindigden met hoe Woland me vermoordde.

Vervolgens beschrijf ik mijn apocalyptische visioen. Omdat ze mijn familie zijn, wil ik dat ze evacueren als ik Tartarus niet tegen kan houden.

Chesters gezicht wordt gespannen terwijl ik praat, en Roxy's ogen worden met elk woord groter. "Gaat de aarde vernietigd worden?" roept ze uit als ik klaar ben. "Waarom ben je daar niet mee begonnen?"

"Ik hoop het te stoppen," zeg ik defensief. "Daarom zijn we trouwens hier, om over een paar minuten met de Raad van Raden te praten."

"Natuurlijk," zegt Chester. "Ik had al gehoord dat er een vergadering bijeen was geroepen en ik vroeg me af waar het over ging." Hij houdt zijn hoofd schuin en bestudeert me. "Niet vervelend bedoeld, *zus*, maar ik vraag me af waarom Nostradamus denkt dat jij Tartarus kunt verslaan. Ik bedoel, onze familie is behoorlijk indrukwekkend, begrijp me niet verkeerd, maar die man is een legende van een ander kaliber."

"Om te beginnen heeft ze twee krachten geërfd,"

zegt Lucretia. "Vampirisme van Lilith, en zienersgaven van Raspoetin. Heb je ooit van een zienervampier gehoord?"

"Nee," zegt Chester. "Dubbele krachten zijn vrij zeldzaam."

"Nu we het daar toch over hebben," zeg ik. "Zou het kunnen zijn dat ik eigenlijk *drie* krachten heb geërfd? Is het mogelijk dat omdat Lilith een superkrachtig kind wilde om haar te redden, haar wonderbaarlijke kansmanipulatie het voor haar heeft laten gebeuren?"

Chester krabt aan zijn kin. "Het is je gelukt om niet te sterven toen ik probeerde het te laten gebeuren. Dat is erg moeilijk voor iemand zonder bedrieglijke krachten. Ik dacht dat het door je gave als ziener kwam, maar misschien —"

"Ze heeft ook van mij gewonnen," zegt Roxy, terwijl haar wangen rood worden. "En ik sta onder de bescherming van jouw geluk, dus is dezelfde logica van toepassing."

Nero kijkt me bedachtzaam aan. "Weet je, nu je erover begint, zou dit je vaardigheden met de aandelenmarkt kunnen verklaren." Hij wendt zich tot de anderen. "Ik heb Sasha onder druk gezet om haar krachten als ziener uit te breiden door om aandelenaanbevelingen te vragen, en het is haar geweldig goed gelukt. Maar, als je het vanuit het juiste perspectief bekijkt, dan kan haar prestatie aan waarschijnlijkheidskrachten te wijten zijn in plaats van haar vermogen als ziener. Ze was gewoon te goed — zelfs voor een ziener van haar krachtniveau." Hij kijkt me bewonderend aan. "Soms had ik het gevoel dat het enkele feit dat ze me een aandeel gaf, *ervoor zorgde* dat de markt in het voordeel van dat aandeel verschoof."

Hij heeft gelijk.

Zonder de moeite te nemen om visioenen van de aandelenmarkt te krijgen, had ik Nero aandelen met tickers zoals EAT, CAKE, BEAT, HOG, LUV, FIZZ, YUM, NUT, COOL, WOOF, en nog gekkere namen gegeven zonder enig onderzoek te doen. Ik trok ze gewoon uit mijn hoed, omdat ze grappig klonken — maar ze hadden hem allemaal geld opgeleverd.

"Om de aandelenmarkt op die manier te verplaatsen, zou veel ruwe kansmanipulatiekracht nodig zijn," zegt Chester. "Heb je nog meer van dergelijke afwijkingen ondervonden?"

"Ik heb de laatste tijd niet echt geluk gehad, als je dat bedoelt," zeg ik.

Geen geluk.

Juist.

Dat is nog eens een understatement.

"Er kunnen nog steeds slechte dingen gebeuren met kansmanipulatoren." Er is pijn in Chesters ogen te zien als hij dit zegt. "Ik heb mijn vrouw verloren, en meer recentelijk mijn zetel in de Raad. Tijdelijk." Hij kijkt Nero betekenisvol aan en zucht dan. "Het universum is te complex om elk aspect te manipuleren."

"Oké," zeg ik, terwijl ik probeer meer voorbeelden te bedenken die bij de kansmanipulatietheorie zouden kunnen passen. "Als ik een visioen nodig heb, krijg ik vaak precies de juiste. Als ik met andere zieners de geesten verenig, krijg ik een glimp van zeer relevante herinneringen van hen. Ik dacht altijd dat het mijn onderbewustzijn was dat me op de een of andere manier hielp, maar het had dit kunnen zijn."

"Dat is een goed punt," zegt Nero. "Toen ze nog maar een beginnende ziener was, slaagde ze erin om de exacte visioenen te dromen die ze nodig had om jou en Beatrice en ook de Raad te dwarsbomen."

Hij heeft gelijk.

Ik heb al een tijdje niet meer aan die droomvisioenen gedacht, maar ze waren zeer nauwkeurig en kwamen net op tijd om me te redden.

"Weet je," zeg ik. "Volgens veel YouTube-commentaren, had mijn tv-optreden veel mensen laten geloven dat mijn 'voorspelling' over die aardbeving in Mexico aan geluk te wijten was."

"Daar had ik niet aan gedacht." Chester grijnst en lijkt griezelig veel op een kwaadaardige schurk. "Dat betekent dat je gewoon het grootste potentieel voor kansmanipulatie nodig had als basis, en dan zou dat tv-optreden het hebben gestimuleerd."

"Wauw." Roxy kijkt me bewonderend aan. "Als dit waar is, dan zal niemand ooit met onze familie rotzooien. Ervan uitgaande dat we Tartarus overleven."

"Juist." Ik glimlach naar haar. "Als ik het geluk had om erachter te komen hoe ik kan controleren of ik deze krachten heb, dan zou ik er misschien in gaan geloven."

Roxy kijkt naar haar vader. "Kan ze niet die stomme test doen die je mij mijn hele leven hebt laten doen?"

Chester klopt op zijn zakken en pruilt. "Ik heb vandaag geen kaartspel bij me, maar ik denk dat ik een andere test kan bedenken die —"

"Wacht." Ik stop mijn beide handen in mijn zakken. In de rechter wikkel ik mijn vertrouwde kaartspel in het flashpapier dat ik eerder heb gepakt, en in de linkerzak pak ik een aansteker. "Wat zei je net dat je nodig had?"

"Ik zei dat ik geen spel kaarten heb," zegt Chester, waarbij hij elk woord uitspreekt alsof ik plotseling veertig IQ-punten ben kwijtgeraakt.

"Nou, ik heb hier deze bal papier," zeg ik en haal het ingepakte kaartspel eruit. "Zou dat kunnen helpen?"

Voordat hij een sneer als antwoord kan geven, steek ik het papier aan met de aansteker.

In een flits van vuur, sta ik met een stapel kaarten in mijn hand.

Ik ga zo snel als mijn vampierkrachten toelaten, pak de kaarten uit en gooi ze een paar keer van hand tot hand, deels om te pronken, deels om te bewijzen dat dit een echt dek is dat ik zo heb laten verschijnen.

"Dat is gaaf," zegt Lucretia goedkeurend.

Gaaf? Ik geef de voorkeur aan verbluffend.

"Ze kan zoveel meer," zegt Claudia trots. "Laat haar degene zien waarbij de kaarten zich omdraaien, of waarbij —"

"Doe alsjeblieft nooit meer zoiets bij Oriëntatie." Roxy kijkt me smekend aan. "Tenminste, niet als we iedereen vertellen dat we familie zijn."

Wauw. Is kaartmagie *niet* cool bij de jeugd van de Cognizantengemeenschap?

"De test," herinnert Nero iedereen er ruw aan. "Laten we nu er een spel kaarten is 'gematerialiseerd' aan de slag gaan."

"Oké," zegt Chester en grist de kaarten uit mijn hand. "Sasha, ik heb je dit al eens laten zien." Hij schudt en spreidt het dek en het is in een perfecte nieuwe volgorde.

"Ja," zeg ik, zonder zelfs maar de moeite te nemen om mijn jaloezie te onderdrukken. "Je hebt me dit laten zien. Dus?"

"Dit is de test. Als in, ik wil dat je hetzelfde doet," zegt hij en hij schudt de kaarten opnieuw. "Hier." Hij geeft ze aan mij. "Probeer maar eens."

Ik schud de kaarten en wens dat ze in een nieuwe volgorde eindigen. Ik wil het net zo graag als dat ik die grijns van Chesters gezicht wil slaan.

Als ik de kaarten verspreid, liggen ze in willekeurige volgorde.

"Weet je hoeveel arrangementen van kaarten er in een geschud spel zitten?" vraag ik uit frustratie aan Chester. "Meer dan er atomen op aarde zijn."

"Dat is waar," zegt Chester. "Dat betekent alleen dat je het moet wensen — of dwingen — heel hard."

"Waarom geef je haar niet wat nuttige instructies," gromt Nero. "Er moet een techniek zijn."

"Goed dan." Chester blaast zijn adem uit. "Waarom begin je niet met te wensen wat je zo graag wilt dat je in de realiteit ziet? Wanneer het werkt, dan zul je strengen van mogelijkheden zien die voor je beschikbaar zijn. De strengen zullen een hint van de uitkomst en de kracht uitgaven in verband met hen hebben — maar het kost vaardigheid en oefening totdat je ze goed kunt gebruiken, dus maak je geen zorgen."

"Wacht," zeg ik. "Wat bedoel je met 'strengen?'"

"Sommigen noemen ze de draden van het lot. Als je ze ziet, weet je wat ze zijn," zegt hij. "Probeer nu je ogen te sluiten. Het helpt sommige beginners om zich te concentreren."

Ik sluit mijn ogen zoals hij zegt. Dan, voor de goede orde, haal ik een paar keer meditatief adem alsof ik van plan ben om naar Hoofdruimte te gaan.

Ik schud de kaarten in mijn handen in een rustgevend ritmisch tempo, en ik probeer ze in een nieuwe volgorde te wensen.

Geen teken van strengen te zien.

Zoals ik ooit met mijn zienerskrachten moest doen, doe ik mijn best om echt te geloven dat ik deze nieuwe gave heb. Met alles wat ik heb, overtuig ik mezelf — en het universum — dat ik een kansmanipulator *ben*.

Dat ben ik omdat ik het wil.

Dat ben ik omdat mijn moeder er een is.

Dat ben ik omdat het misschien mijn enige kans is om Tartarus te verslaan.

Ik herhaal keer op keer "Ik ben" als een mantra, en stel me voor dat het kaartspel zich scheidt, eerst in kleuren, dan in sets, dan gesorteerd op waarden.

Ik denk na over hoe cool het zou zijn om het dek op orde te krijgen na zoveel geschud te hebben.

Dan komt er een inspiratie bij me binnen, en ik begin me voor te stellen dat ik deze 'schudden in een nieuwe volgorde' als een magisch effect zou uitvoeren.

Het zou een geweldig einde van een lang optreden met kaartenmagie zijn.

Er komt nog meer inspiratie bij me binnen. Als ik de kaarten in het geheim in een nieuwe volgorde krijg, dan worden er vele handige effecten mogelijk. Als iemand bijvoorbeeld een kaart uit het spel haalt, dan zou het voor mij heel gemakkelijk zijn om te weten welke het was als ik op volgorde naar de kaarten kijk.

Deze laatste mogelijkheid moet zijn wat het doet.

Plotseling zie ik vage, kleurrijke lijnen voor me — ook al zijn mijn ogen nog steeds gesloten.

Ik ben blij dat ik hier op voorbereid was; anders zou ik denken dat ik mijn overgebleven verstand kwijtraak.

Wanneer ik me aan de hele zaak van strengen aanpas, merk ik dat ze verschillende 'kleuren' hebben — bij gebrek aan een beter woord — en van verschillende 'dikte' zijn. Ik doe mijn best om de kleuren te 'voelen' en terwijl ik dat doe, lijken een aantal van hen 'goed te voelen'.

Ik sta daar, schuifelend en introspecterend, en het duurt niet lang voordat ik me realiseer dat de dikte van de strengen overeenkomt met de energie-uitgaven die Chester had genoemd — de dunste van de strengen lijkt meer buigzaam te zijn. Beter beheersbaar.

Sommige van de dikkere strengen zijn toevallig van de kleuren die het meest veelbelovend lijken. Als ik echter probeer om er een te pakken, voelt het onbereikbaar.

Ik negeer voor nu de onbuigzame streng en ik probeer een van de dunnere te pakken — met een kleur die niet goed aanvoelt.

Er lijkt *iets* te gebeuren.

De streng 'klikt' — opnieuw, bij gebrek aan een beter woord.

Ik open mijn ogen en spreid de kaarten in mijn handen.

Wauw.

Ze zitten niet in een nieuwe volgorde, maar ze zijn gescheiden in rood in de ene helft en zwart in de andere helft.

Dit is eigenlijk een geheim uitgangspunt voor een heleboel effecten, dus als ik dit in de toekomst kan herhalen, dan heb ik mijn repertoire enorm uitgebreid.

"Ik kan dit niet geloven," zegt Chester, naar de geordende kaarten starend. "Je hebt de kracht wel geërfd."

"Weet je het zeker?" Roxy kijkt naar het kaartspel. "Ik ben geen wiskundekenner, maar zelfs ik kan zien dat er meer manieren zijn waarop een kaartenspel in zulke kleuren kan worden gesorteerd dan in één enkele."

"Dus je weet nog wat ik je heb geleerd," zegt Chester trots. "En je hebt gelijk. De kans dat dit gebeurt tijdens het schudden is veel, veel groter dan de kans dat het kaartspel in een nieuwe volgorde eindigt. Ervan uitgaande dat ze krachtig genoeg is om het voor elkaar te krijgen, zal Sasha veel meer training nodig hebben om iets praktisch met haar kracht te doen. Maar deze scheiding bewijst het principe van het ding. Er is in mijn gedachten geen twijfel meer. Sasha is een kansmanipulator, net als ik."

"Dat zou wel haar bedrieglijke persoonlijkheid verklaren," mompelt Roxy.

Is er iets mis met *mijn* persoonlijkheid? Over een nicht van een pot gesproken die haar ketel van een tante zwart noemt.

"Niets daarvan, jongedame," zegt Chester streng. Hij kijkt me aan. "Probeer het nog eens."

Voordat ik de kans krijg om mijn ogen te sluiten, tingelt Nero's telefoon.

"De les zal moeten worden uitgesteld," stelt hij na een blik op het scherm. "De Raad van Raden wacht op ons."

HOOFDSTUK VIJFTIEN

IEDEREEN LOOPT MET ONS MEE, DAN GAAN WE UIT elkaar. Nero, Claudia en ik gaan naar de vergadering van de Raad, terwijl de anderen in de kamer gaan wachten waar de ceremonie meestal wordt uitgevoerd.

"Wist je dat Chester mijn broer was?" vraag ik aan Nero terwijl we de laatste bocht nemen op weg naar de vergaderzaal van de Raad. "Of dat Lucretia mijn zus is?"

"Niet echt," zegt hij. "Ik wist alleen dat Chester Lucretia's broer was. Dat was de belangrijkste reden dat ik hem niet had vermoord nadat ik erachter kwam dat hij had geprobeerd om jou te vermoorden."

"Ik ben blij dat je dat niet hebt gedaan." Ik stop naast de deur die onze bestemming is.

"Het is een geluk dat het zo is uitgepakt." Claudia kijkt haar broer betekenisvol aan.

Nero knikt naar haar en kijkt me dan aan. "Wat betreft dat Lucretia je halfzus is, dat heb ik pas ontdekt toen je het me vertelde. En aangezien je ook hebt gezegd dat Lucretia niet wilde dat je nog van je andere broer of zus zou weten, heb ik haar wensen gehonoreerd."

"Jeetje, bedankt," zeg ik, zonder mijn teleurstelling te verbergen. "Als onze rollen waren omgedraaid, had ik je zoiets groots als dat verteld."

Hij leunt naar voren, zijn ogen glinsteren. "Je hebt gelijk. De volgende keer dat dit soort situaties zich voordoen, zal ik prioriteit aan jouw behoeften geven."

Daarmee opent hij de deuren en stapt naar binnen.

Wauw.

Was dat een verontschuldiging van Nero?

Mijn gelukskracht moet nu volledig actief zijn.

Ik laat Claudia naar binnengaan en volg haar.

Eenmaal binnen, stop ik en kijk rond.

Dat is vreemd.

Ik had hier voor de Raad van Raden veel meer mensen verwacht.

Ik zie alleen dezelfde groep van eerder.

Het enige verschil is dat dr. Hekima op het podium achter een muur van grote computerschermen zit. We lopen erheen om die opstelling te bekijken en zien dat elk van ons een chique videoconferentie-app heeft met meerdere vensters die groepen mensen in gewaden met capuchon laten zien. Op de achtergrond lijkt software hun spraak in real-time te vertalen — dat, of er zitten wat mensen achter de schermen.

Aha. Dus we ontmoeten de andere Raden niet

persoonlijk. Elke Raad is bijeen in zijn eigen kasteel, en de technologie brengt ons samen.

Dat lijkt eigenlijk wel logisch. Ik had gewoon niet verwacht dat de 'Raad van Raden' zoveel op een zakelijke bijeenkomst zou lijken.

"Het staat allemaal klaar," zegt Hekima tegen ons en kijkt dan naar de rest van de kamer. "Zeg het alsjeblieft als je niet de illusie van onderdompeling wilt hebben."

"Hij is een illusionist," fluistert Nero tegen Claudia. "Hij kan de vergadering echt laten aanvoelen, maar alleen als je dat wilt."

"Natuurlijk wil ik dat," zegt Claudia opgewonden.

"Goed," fluistert Nero terug.

Niemand wijst Hekima's aanbod af, dus ik ook niet.

"Het zij zo," zegt Hekima en steekt zijn armen op met al het drama van een symfoniedirigent. Er stroomt pulserende rode energie vanuit zijn vingers in ieders hoofd, en op het volgende moment bevinden we ons in een kamer die vierduizend keer groter is dan de kamer waar we ons eigenlijk bevinden.

Het doet me nu aan het Colosseum in zijn hoogtijdagen denken.

Heel cool. Het lijkt erop dat Hekima de illusie van een gigantische persoonlijke Raadsvergadering voor ons creëert. Ik wed dat iemand met zijn kracht hetzelfde doet voor de andere Raden.

"Ik vertegenwoordig vandaag New York," zegt Nero luid genoeg dat de Raad van New Jersey — ervan uitgaande dat er zoiets is — hem misschien persoonlijk hoort, en niet alleen op video.

"En ik zal Parijs vertegenwoordigen," zegt een lange man in een paars gewaad, in Frans-geaccentueerd Engels sprekend.

"En ik zal Sint-Petersburg vertegenwoordigen," zegt een gedrongen vrouw in een karmozijnrood gewaad in het Engels die geen zweem van een Russisch accent heeft.

De komende minuten stellen steeds meer mensen zich voor, en als ze geen Engels spreken, vertaalt Hekima's illusie het voor ons, waarschijnlijk met behulp van de software die we op zijn schermen zagen. Het lijkt een beetje op een buitenlandse film die is nagesynchroniseerd — en het moet gepersonaliseerd zijn voor elke luisteraar, want Claudia ziet eruit alsof ze volgt wat er gaande is.

Nu de intro's zijn gedaan, zegt de dame uit Sint-Petersburg, "Voordat we beginnen, wil ik Sasha — de ziener die de komende ramp heeft voorzien — vriendelijk verzoeken om haar visioen aan ons allen te beschrijven."

Ik herinner me dat Nostradamus had gezegd dat Baba Jaga een van de aardigere leden van de Raad van Sint-Petersburg was, en nu zie ik dat het waar was. Wat voor soort monster zou me vragen om in het bijzijn van zoveel van de meest machtige Cognizanten in de wereld te spreken?

Maar aan de andere kant, ze zijn er niet echt.

Het is allemaal een illusie.

Ik haal een paar keer diep adem, zoals Lucretia me

heeft geleerd, en negeer het koude zweet dat over mijn rug stroomt en vertel ze wat ik had voorzien.

"Bedankt," zegt de vrouw met het karmozijnrode gewaad als ik klaar ben. "Nu zou ik Nostradamus van de Raad van Parijs willen vragen om deze profetie onder de loep te nemen."

Ze is goed. Ze heeft me niet echt een onbetrouwbare leugenaar genoemd, maar de subtekst is er.

Nostradamus staat op en ik voel een sterke drang om hem in het gezicht te slaan voor zijn aanval in Hoofdruimte. Maar ik verzet me omdat a) hij niet eens hier is, b) zelfs als hij dat wel was, hij waarschijnlijk de klap zou zien aankomen en ontwijken, en c) zelfs als ik een klap zou kunnen geven, dan zou het tegen een blinde man zijn geweest, wat een nare zet is.

"Wat Sasha voorzag, is inderdaad een van de mogelijke toekomsten," zegt Nostradamus ceremonieel. "Ik heb het in detail gezien, inclusief hoe elke persoon in deze kamer die niet evacueerde, stierf." De gemaskerde figuren om ons heen verschuiven ongemakkelijk in hun stoelen. "Zo'n afschuwelijke uitkomst hoeft echter niet te gebeuren," vervolgt Nostradamus. "Er is nog een weg. Eén die betrekking heeft op Sasha — de eerste Cognizant die ik ken die de gecombineerde krachten heeft van een ziener, een vampier en een kansmanipulator."

Weet hij dat ik een kansmanipulator ben? Oh, wat zeg ik? Natuurlijk weet hij dat. Hij wist het waarschijnlijk al voor mijn geboorte.

Onderdrukt gefluister begeleidt de openbaring, gevolgd door koude, berekende ogen die me als een virus onder een elektronenmicroscoop onderzoeken.

Nostradamus wacht tot ze tot rust komen en gaat dan verder. "Voordat Tartarus hier op aarde aankomt, zal hij een aantal andere werelden overnemen, waaronder een middeleeuwse achtergebleven plek die door Lilith wordt geregeerd."

Een aantal raadsleden kijkt ongelukkig bij de vermelding van haar naam. Laat het aan mama over om overal vijanden te maken.

"Als we ons met Sasha aan het roer verenigen, dan kunnen we het op die primitieve wereld tegen Tartarus en zijn kinderen opnemen," zegt Nostradamus. "Omdat er buiten Lilith daar geen Cognizanten zijn, kunnen we onze aard zonder onderscheid openbaren. Daar winnen heeft vele voordelen — de belangrijkste is dat mensen op aarde zich onbewust zullen blijven van ons bestaan."

Er is overal een rumoer van goedkeuring te horen. Deze machtsmaniakken houden van het idee om de status quo hier op aarde te behouden. Ze vinden het erg prettig.

"Waarom heb je Sasha's zienerskracht voor vandaag gestolen?" gromt Nero — en ik kan zien dat hij zichzelf er ook aan herinnert dat het fysiek aanvallen van Nostradamus op dit moment zinloos zou zijn.

"Ik heb een specifiek pad voor de toekomst in gedachten," zegt Nostradamus, die berouw uitstraalt.

"Als een andere ziener dit pad zou kennen, dan zouden zij het per ongeluk of uit dwaling kunnen veranderen. "

"Wat betekent dat jij alle beslissingen wilt nemen, maar dat Sasha alle risico's op zich moet nemen?" Nero's uitdrukking staat op onweer.

"Ik voorzag dat deze groep Sasha rijkelijk zal belonen voor het risico dat ze op het punt staat te nemen," zegt Nostradamus. "En ik voorzag ook dat als Tartarus op aarde komt, ze vergeefs zal sterven in een poging om haar adoptieouders te beschermen."

Dat klinkt zeer waarschijnlijk.

En helaas merk ik dat Nero Nostradamus niet op leugens aanspreekt, wat betekent dat hij de waarheid spreekt.

"Ik begrijp dat je het leven van degene van wie je houdt niet wilt riskeren," zegt Nostradamus tegen Nero. "Maar voor zover ik weet, is er geen andere keuze."

Degene van wie hij houdt? Wacht, wat?

"Dat was een leugen." Nero's ogen vernauwen zich tot een doodsstaar. "Als je weer tegen me liegt, sterf je."

"Het spijt me," zegt Nostradamus, en ik duw zijn verontrustende verklaring over Nero opzij om me op de zaak te concentreren. "Uiteraard zijn er andere opties. We kunnen hem ergens anders onder ogen komen dan in Liliths wereld, bijvoorbeeld. Ik bied gewoon de beste oplossing zoals ik die zie."

Nero's kaak verstrakt. Nostradamus liegt deze keer waarschijnlijk niet.

"Winnen we daadwerkelijk op Liliths wereld?" eist Nero. "Overleeft Sasha het?"

"Door alle betrokken kansmanipulatoren — het kind van Tartarus genaamd Lug, Lilith en Sasha zelf — kan ik geen enkele uitkomst met zekerheid garanderen," zegt Nostradamus zorgvuldig. "Wat we krijgen is een kans."

"Als je de veiligheid van Sasha niet kunt garanderen, dan moet je met een ander plan komen." Nero's stem klinkt zo dichter bij het gebrul van een draak dan ik ooit heb gehoord. "De aarde en jullie allemaal" — hij gaat met zijn blik over alle raadsleden — "kan voor mijn part platbranden." En daarmee stapt hij beschermend voor me uit.

"Je hebt niet echt een keus," zegt de vrouw uit Sint-Petersburg.

"Oh?" Nero's handen veranderen in klauwen. "Denk je dat iemand me kan dwingen om iets te doen?"

"Niet met geweld," zegt ze dapper. "Je bent me nog steeds een gunst verschuldigd uit 1897. Of ben je dat vergeten?"

Ik kan het niet helpen, maar ik kijk naar Vlad, Eduardo, Colton, en de rest van de mensen die Nero hebben geholpen om de bezetter te verslaan in ruil voor een gunst.

Hij heeft echt veel openstaan.

"Fuck dat," gromt Nero. "Gunsten worden verondersteld redelijk te zijn."

"Niemand vraagt je om je vriendin te vermoorden," zegt de vrouw. "Als ze niet doet wat Nostradamus suggereert, dan sterft ze hier op aarde. Klinkt voor mij alsof we allemaal hetzelfde willen — haar levend en wel, en Tartarus dood."

"Zo is het genoeg." Nero pakt mijn schouder. "We gaan weg."

"Sommige contracten zijn geschreven," zegt de vrouw. "Als je ze breekt, zul je sterven."

"Dat zal hij niet," zegt Nostradamus, terwijl hij een nieuwe ronde van gedempte fluistering veroorzaakt. "Daar is hij te krachtig voor. Maar hij zal ernstig verzwakt zijn — wat niemand zou dienen."

"Als hij zwak is, kan hij zich niet tegen ons verzetten," zegt de vrouw.

"Miezerig schepsel!" brult Claudia, haar stem is zo draakachtig dat hij een rilling over mijn rug laat gaan — en ik ben niet degene op wie haar woede is gericht. "Heb je zojuist mijn broer bedreigd?"

Ik kijk naar haar.

Nero's zus staat op het punt om volledig geschubd te worden.

Is ze vergeten dat dit gigantische Colosseum een illusie is? Ik betwijfel of haar drakenvorm in de kamer zou passen waar we ons echt in bevinden — en dan heb ik het nog niet eens over het feit dat de persoon die ze uit elkaar wil scheuren veilig in Rusland zit.

"We kunnen Tartarus niet verslaan zonder Nero en zijn familie," zegt Nostradamus, die misschien hetzelfde gevaar ziet als ik. "We moeten tot een minnelijke regeling komen."

"Nero, Claudia," fluister ik binnensmonds, wetende

dat ze me met hun drakenzintuigen kunnen horen. "Speel alsjeblieft mee met wat ik nu ga zeggen. Er is geen reden om een oorlog te beginnen."

Ik weet niet of ze het gehoord hebben of zullen luisteren, maar ik bereid me toch voor om me uit te spreken — wat niet gemakkelijk is, omdat ik nog steeds tril van de laatste keer in het openbaar spreken.

Met een zelfvertrouwen dat ik niet voel, schraap ik luid mijn keel en wacht op ieders aandacht. "Ik ben het zat dat er over me wordt gesproken alsof ik er niet ben," kondig ik aan wanneer alle ogen op me gericht zijn. "Ik, niet Nero, noch iemand van jullie, kan beslissen wat ik doe en tegen wie ik vecht."

Ik kijk uitdagend naar de vrouw in de karmozijnrode mantel.

Nero haalt zijn telefoon tevoorschijn, kantelt hem zodat alleen ik het scherm kan zien en typt in:

Je kunt maar beter een goed plan hebben.

"Het leven van mijn ouders staat op het spel," fluister ik terug in een stem die zo laag is dat hij en Claudia me zouden moeten kunnen horen.

Hopelijk leidt die niet-uitleg hem voldoende af, want ik heb niet echt een plan. Voorlopig zit ik eraan te denken om met Nostradamus mee te gaan, totdat/tenzij er iets beters op tafel komt.

Nero schudt zijn hoofd, haalt het tekstvenster tevoorschijn waarin hij Eric opdrachten gaf en typt in:
Kom terug. Nu.

Eric komt niet opdagen.

Ik vraag me af waar dat over gaat.

Tegen de Raad zeg ik, "Omdat *ik* niemand gunsten verschuldigd ben, krijg ik alles wat ik wil voor *mijn* hulp — en mijn prijs zal hoog zijn."

Ik zie Nostradamus opgelucht zuchten. We moeten een voor hem gunstige toekomst tegemoet gaan.

Nero kijkt boos naar zijn telefoon. Ik heb het gevoel dat Eric in de problemen zit.

"Wat wil je?" zegt de lange man die de Parijse Raad vertegenwoordigt.

Ik grijns en kanaliseer Lilith. "Ik wil dat alle gunsten die Nero jullie verschuldigd is, van mij zijn."

"Wat?" roept de vertegenwoordiger van Sint-Petersburg uit. "Die zijn zoveel waard —"

"Precies," zeg ik. "Onderbreek me alsjeblieft niet meer."

Iedereen staart de vrouw boos aan en ze gaat weer zitten. Mijn volgende eis kan haar misschien weer op laten staan.

"Ik wil volledige gratie voor mijn vader, Grigori Raspoetin," zeg ik. "Wat hij ook heeft gedaan om de Raad van Sint-Petersburg kwaad te maken, moet worden vergeven en vergeten. Ik wil dat hij terug naar de aarde kan komen en nooit meer over zijn schouder hoeft te kijken."

Natuurlijk springt de dame overeind, maar voordat ze iets zegt, lopen er een paar van haar collega's wiens gezichten ik niet kan zien naar haar toe en ze fluisteren iets tegen haar.

"Mee eens," zegt ze met tegenzin. "Anders nog iets?"

"Ik wil dat elke Raad op aarde ermee instemt dat

mijn adoptieouders nooit mogen worden geschaad of als pressiemiddel tegen mij mogen worden gebruikt — op straffen van de dood."

"Ik weet zeker dat ik namens iedereen spreek als ik zeg dat dat geen probleem zal zijn," zegt de vertegenwoordiger van Parijs, en de andere Cognizanten mompelen hun instemming.

"Ik wil volledige burgerschapsprivileges voor Claudia." Ik knik naar Nero's zus. "Haar mandaatceremonie moet vlak na de mijne plaatsvinden."

"Ik denk wel dat dat geregeld kan worden," zegt de Parijse man. "Maar we moeten er misschien over stemmen."

"En ik wil weer in staat zijn om magie uit te oefenen," zeg ik in een opwelling. Dit is niet iets waar ik op ga aandringen, maar aangezien ik ze toch allemaal in mijn greep heb, waarom zou ik dat er dan niet in gooien?

"Wat bedoel je daarmee?" vraagt de Russische raadsvrouw en haar frons wordt dieper.

"Goochelen op een podium," leg ik uit. "De Raad van New York heeft me verboden om dat te doen, uit angst dat het de Cognizanten voor de wereld zou ontmaskeren of me oneerlijke krachten zou geven. Wat ik vraag is om illusies te kunnen doen die door mensen als louter dat zouden worden ervaren." Ik haal mijn kaartspel tevoorschijn en laat de kaarten een paar keer van hand tot hand springen. "Dingen zoals dit."

Ze kijkt om zich heen. Het is duidelijk dat dit verzoek lastiger is.

"Het mandaat kan je ervan weerhouden dergelijke illusies te doen," zegt Vlad. "Toen de Raad van New York je dat verbood, was het deels voor je eigen bescherming."

"Daar heb ik een idee voor," zeg ik tegen hem. "Als mijn mandaat opnieuw wordt toegepast, wil ik een bode zijn, zoals wijlen Gaius. Is dat soort mandaat niet minder beperkend?"

"Dat is het," mompelt Vlad. "Dat zou kunnen werken."

"Tot slot wil ik van elk Raadslid in de wereld een gunst ontvangen," zeg ik, en besluit te kijken hoever mijn geluk echt te verleggen is. "Een schriftelijk, bindend contract dat aangeeft hoe groot een gunst het zal zijn."

"Je bent een harde onderhandelaar," zegt de Russische raadsvrouw en ze kijkt me met bewondering aan. "Daarvoor is een stemming nodig. Ik neem aan dat als de stemming jouw kant opgaat, je bereid zult zijn om dit alles ook aan jouw kant in een bindend contract te zetten?"

"Direct nadat ik mijn ceremonie heb ondergaan," zeg ik. "Ik geloof dat het mandaat een voorwaarde is voor het maken van dergelijke contracten?"

"Dat is het," zegt ze. "Heeft iemand een probleem met deze deal? Sta op als je ertegen bent."

Er staan heel weinig mensen op.

Geweldig. Ik krijg mijn zin — voor al het goed dat het me zal doen als Tartarus me doodt.

"Zo is het beslist," zegt Nostradamus met opluchting in zijn stem. "Je mandaatceremonie wacht op je."

Voordat de broer of zus een wereldoorlog kan beginnen, pak ik Claudia en Nero bij hun handen en sleep ze de kamer uit.

Als we buiten iemands gehoorsafstand zijn, bevrijdt Nero zijn hand en belt woedend naar Eric.

"Voicemail," mompelt hij en hervat het lopen. "We gaan een discussie hebben, Eric en ik."

"Misschien wisten de Raden dat je hem zou kunnen gebruiken om me weg te krijgen en hebben ze er iets aan gedaan?" zeg ik, en haast me om bij te blijven.

"In tegenstelling tot jullie twee die geen mandaat hebben, staat Eric niet buiten de wet," zegt Nero, maar hij klinkt niet zeker. "Hoe dan ook, goed werk bij het de-escaleren van de vijandelijkheden daarbinnen." Hij werpt een voorzichtige blik op zijn zus. "Er zijn er maar weinig op aarde die weten hoe echt gevaarlijk Claudia en ik zijn. Als ze aanvielen, had je in het kruisvuur gewond kunnen raken."

"Kruisvuur," herhaal ik, terwijl ik me hem en Claudia voorstel terwijl ze zich veranderen en dan vlammen uit hun reuzenmuilen naar de ongelukkige raadsleden zie spuwen. "Letterlijk."

Claudia grinnikt en Nero's lippen trillen, maar dan wordt zijn uitdrukking weer donker. "Wat is het *echte* plan?" vraagt hij eisend. "Vertel me niet dat je naar de pijpen van Nostradamus wil dansen."

"Eerlijk gezegd heb ik er geen," zeg ik. "Maar Claudia en jij die alle raadsleden vermoorden, leek me geen goed idee."

"Dan zal ik je vertellen wat we gaan doen." Nero's pas wordt groter. "Zodra jij en Claudia de mandaatceremonie hebben beëindigd, zullen we deze wereld verlaten. Laat ze proberen om eisen te stellen als we ons tussen mijn draken bevinden. Ze zouden niet voorbij de poort-hub komen."

Claudia knikt goedkeurend.

"Dat kunnen we niet doen." gnuif ik terwijl ik probeer bij te blijven. "Hoe zit het met mijn ouders? Hoe zit het met iedereen die voor je fonds werkt? Niet te vergeten, de hele menselijke bevolking van de aarde?" Mijn handen ballen zich tot vuisten. "Moeten we ons eerdere argument opnieuw herhalen?"

Hij stopt, en Claudia en ik ook. "Wat dacht je van een ander plan?" zegt hij. "Na de ceremonie gaan we naar Raspoetin op Atlantis."

Ik frons. "Hoe verschilt dit van het eerste plan?"

"Het geeft ons tijd — op de meest letterlijke manier." Hij gaat weer lopen en wij volgen. "Gezien hoe snel de tijd op die wereld stroomt, kun je je vampier- en manipulatiekrachten maandenlang beoefenen voordat er hier op aarde tijd verstrijkt. Ik kan je trainen om te vechten — en het belangrijkste is dat jij en je vader voldoende zienersap zullen opslaan om er zeker van te zijn dat je zelf kunt zien of het zogenaamde plan van Nostradamus inderdaad de beste en enige manier is om Tartarus te verslaan."

Juist. En jij zou genoeg tijd hebben om me over te halen om op Atlantis te blijven of me in de drakenwereld te verstoppen, maar dat zeg ik niet hardop.

Als Nero denkt dat hij me kan overtuigen om mijn ouders in de steek te laten, dan zal hij erg teleurgesteld worden.

"Dat is een goed plan," zeg ik. "Maar vinden de Raden het niet erg dat we zomaar vertrekken? Hoe weten ze of we van plan zijn om terug te keren?"

Nero kijkt weer naar zijn telefoon, dan achter ons, waar de raadsleden zijn.

"Aangezien ik Eric niet kan bereiken, denk ik dat het het beste is als jullie allebei de ceremonie doorlopen alsof er niets is veranderd," zegt hij. "Je gaat ook een contract tekenen met mensen in deze Raad. We voegen er gewoon wat clausules aan toe."

"Zoals een 'geen zelfmoordmissies'-clausule?" vraag ik. "En 'tenzij een andere ziener met een plan komt dat beter is dan dat van Nostradamus'-clausule?"

"Zoiets," zegt Nero. "Als dat contract geregeld is, dan zal iedereen ontspannen. Dat is het moment dat Claudia en jij zullen zeggen dat jullie je niet goed voelen — iets dat normaal is na de ceremonie. Daarna gaan we allemaal naar 'een genezer', maar in plaats daarvan ontmoeten we stiekem Thalia en de limo — of Eric, als hij tegen die tijd antwoordt. Dan gaan we rechtstreeks naar de JFK-hub en vanaf daar naar Atlantis."

"Het zou kunnen werken," zeg ik terwijl we de vertrouwde martelkamerachtige kamer binnengaan met een offerplaat aan de voorkant — dezelfde waar ik de eerste keer tijdens de ceremonie op lag te lijden.

"Het *zal* werken," zegt Nero donker. "Ik zal ervoor zorgen dat het gebeurt."

Wanneer hij ziet dat de monniken in de grimmige ruimte rommelen, valt hij stil.

De monniken zien ons, grijpen mij en Claudia bij de ellebogen en sleuren ons naar de alkoof achterin.

Een zak met bloed, twee maskers en twee ongemakkelijke gewaden hangen aan gouden haken op ons te wachten.

Ik consumeer gulzig de doordachte verstrekte snack, en pak dan mijn masker — degene met het serene vrouwelijke gezicht dat van marmer is gemaakt. Dit is precies degene die ik de eerste keer had gebruikt. Het mist ogen en heeft een extra oogbal in het midden van het voorhoofd. Een masker dat me als een ziener markeert.

Claudia's masker is neutraler. Ik denk dat ze niet weten wat voor een Cognizant ze is om haar mee aan te duiden.

Ik druk het masker tegen mijn gezicht, en zoals de laatste keer, kan ik er dankzij de kleine gaatjes die iemand in het ooggebied heeft geboord doorheen kijken.

"Dit zal pijn doen," zeg ik tegen Claudia terwijl ik me uit begin te kleden. "En het zal *jou* meer pijn doen dan het bij mij zal doen — hoe meer kracht je hebt, hoe moeilijker het is wanneer de magie van het mandaat met de jouwe wordt verweven."

"Ik ben niet bang," zegt Claudia en ze trekt haar jurk uit om een lichaam te onthullen waarvoor menselijke modellen hun ziel zouden verkopen. "Klinkt meer als een avontuur."

"Ze bieden je misschien een mentor aan," zeg ik, terwijl ik het schuurpapierachtige gewaad aantrek. "Nero zal de taak waarschijnlijk aannemen, net zoals hij voor mij heeft gedaan."

"Alsof hij me iets kan leren wat ik nog niet weet," grijnst ze. "Hoe voelt het eigenlijk om de aura's te zien?"

Ik doe mijn best om haar te vertellen hoe iedereen met de mandaataura eruitzag voordat ik in een vampier veranderde, en dan vraagt ze hoe het zou zijn om het mandaat te breken.

Ik leg uit dat ik het nog nooit heb gedaan, maar dat ik heb gehoord dat het dodelijk is. "Mijn vriendin Ariël, die je al hebt ontmoet, heeft ooit eens geprobeerd om iets te zeggen wat het mandaat niet leuk vond. Als gevolg daarvan begon ze overal uit te bloeden," zeg ik bij de herinnering huiverend. "Mijn advies? Krijg je kick op een andere manier."

Claudia grijnst. "Begrepen. Nou, je kunt maar beter gaan." Ze knikt naar de ingang van de nis. "Het klinkt alsof iedereen er al voor je is."

"Bedankt," zeg ik. "De drakenoren slaan weer toe. Veel succes met je ceremonie."

"Jij ook," zegt ze en ze zet haar masker op.

Ik verlaat de alkoof en ontdek dat ze gelijk heeft.

De kaarsen in de martelkamer worden net zoals de laatste keer feestelijk aangestoken, en de leden van de Raad van New York zitten met hun griezelige maskers op de stenen banken. Lucretia, Chester en Roxy tillen hun maskers op en zwaaien naar me.

Wat leuk. Het is niet alleen de Raad. Deze keer heb ik hier ook familie.

Colton voert de ceremonie weer uit. Hij is waarschijnlijk de enige die die reusachtige staf kan vasthouden die ze bij de ceremonie gebruiken zonder er gek uit te zien.

"Kom," brult hij. "Probeer te ontspannen."

Ja. Tuurlijk. Dat zei hij de laatste keer ook en toen zat ik ineens in de hel.

Met grote tegenzin ga ik op de plaat liggen en doe de mantel open.

Net als voorheen gloeit Coltons staf met een cirkel van magische energie.

"Wacht even —" begin ik te zeggen, maar hij brandmerkt me ermee voordat ik de zin kan afmaken.

Tot op dit moment, denk ik dat ik de herinnering had geblokkeerd aan hoeveel pijn dit eerder had gedaan.

Nu komt het keihard bij me terug.

Mijn huid sist niet waar het brandmerk het aanraakt. Ik zou bijna willen dat het zo was. In plaats daarvan zit de pijn vanbinnen, en veel erger dan een brandwond zou kunnen zijn.

Het voelt alsof mijn essentie in brand staat. Alsof ik

gewelddadig word herschikt in waterstof, zuurstof, koolstof, calcium en fosfor — en dan worden die atomen weer in elkaar geslagen.

Ik lig te stuiptrekken op de plaat, en er komt een onmenselijk gebrul uit mijn keel.

Mijn stembanden scheuren uit elkaar, maar mijn vampierkrachten repareren ze meteen, waardoor ik nog meer kan schreeuwen, wat ik prompt doe.

Bloed — of het nu van mij is of wat ik eerder heb gedronken — komt uit mijn mond.

Waarom ben ik nog niet flauwgevallen?

Het ergste ervan komt al snel — het deel waarbij de magische energie mijn zenuwuiteinden overprikkelt. Het is de ergste pijn die je je kunt voorstellen, en als de pijn een bijzonder ondraaglijke hoogte bereikt, breekt er iets in me en heb ik het gevoel alsof ik val.

Ja.

Eindelijk.

Met nog een laatste stemband verscheurende schreeuw, val ik flauw.

HOOFDSTUK ZESTIEN

Ik word in stilte wakker.

Ik ga rechtop zitten en wrijf in mijn ogen.

Iets aan deze stilte is geruststellend, maar ik weet niet wat.

Dan kijk ik om me heen.

Er staan in de saaie kamer naast mijn bed geen meubels, en er zijn geen ramen.

Wacht eens even. De kamer ruikt ook vaag naar medicijnen die op het kantoor van een verpleegkundige of een ziekenhuiskamer lijken.

Oh shit.

Herinneringen komen bij me terug — zowel van de ceremonie die ik net heb ondergaan, als van mijn visioen waarin Lilith haar verwekkerband over mij gebruikte om me te dwingen Ariël en Felix te doden.

De gebeurtenissen in dat visioen vonden *hier* plaats, in deze kamer.

Godzijdank heb ik mijn vrienden op Gomorrah

laten blijven. Het vermijden van medische instellingen was duidelijk niet genoeg om deze toekomst te overwinnen.

Dit moet de kamer zijn waar ze je naartoe brengen om na de ceremonie te herstellen. Sterker nog, Lucretia had het zelfs over een uitslaapkamer in haar appjes, maar het was niet bij me opgekomen dat ik daar ook zou eindigen, of dat het de kamer uit mijn visioen zou kunnen zijn.

Mijn hartslag schiet omhoog.

Als ik gelijk heb, dan heb ik nog maar enkele seconden voordat Lilith arriveert.

Waar is Nero?

Nu ik erover nadenk, waar was hij in mijn visioen?

Ah, juist. Claudia zou haar ceremonie na de mijne houden. Hij moet daar zijn, toekijkend of deelnemend aan de mentorselectie.

Tenzij het voorbij is en hij hierheen komt?

Hoe dan ook, ik ga niet wachten tot hij me redt.

Ik zal mezelf redden.

Overeind springend haast ik me met de snelheid van een vampier naar de grijze deur.

Voordat ik er ben, breekt de deur in scherven.

Een paar centimeter van de grond zweeft Lilith — precies zoals ik had voorspeld.

"Sasha, lieverd, hoe voel je je?" zegt ze en ze bekijkt me van top tot teen.

"Wat doe jij hier?" flap ik eruit — maar realiseer me dan meteen dat ik precies hetzelfde heb gezegd als in mijn visioen, dus ik weet waar ze mee zal reageren.

"Ik ben hier om te kijken hoe het met je gaat." Haar gelukzalige glimlach laat haar hoektanden zien. "Je welzijn is erg belangrijk voor me."

Yep.

Precies wat ze in mijn visioen had gezegd.

Als ik het script zou volgen, zou ik haar er vervolgens van beschuldigen dat ze achter de aanval van de chorts zit, wat zou leiden naar — en ik citeer — "stoppen met het spelen van aardige mama."

Waarmee ze bedoelt dat ze de verwekkerband gebruikt om mij Ariël en Felix te laten vermoorden.

Nee.

Dat vind ik helemaal geen prettig script.

Zelfs zonder mijn vrienden hier, denk ik niet dat ik wil dat ze stopt met 'een aardige mama' te zijn. Niet als dat betekent dat ze de verwekkerband inroept en me dwingt om haar bevelen uit te voeren.

Het is veel beter om aardig te zijn en tijd te rekken tot ik de kans krijg om te ontsnappen of tot Nero hier is.

"Ik heb de Raad zover gekregen om van mij een bode te maken," zeg ik met overdreven enthousiasme. "Ieder van hen zal me een gunst verschuldigd zijn."

"Dat is geweldig." Lilith kijkt heimelijk om zich heen. "Vind je het erg om me er onderweg alles over te vertellen?"

"Onderweg?" Ik kijk haar zo onschuldig mogelijk aan. "Waar gaan we naartoe?"

"Lang verhaal," zegt ze. "Ik ben hier niet echt welkom. Ben je er klaar voor?"

Ik weet dat als ik nee zeg, ze me zal *dwingen* om te gaan.

Aan de andere kant, als ik te gretig lijk, zou ze mijn strategie door kunnen hebben, wat er ook voor zou kunnen zorgen dat ze de verwekkerband gaat gebruiken.

"Je hebt het poortzwaard." Ze steekt haar hand uit. "Geef het alsjeblieft terug."

Oh, tuurlijk. Het zwaard waar ik al die tijd aan dacht als van mij was oorspronkelijk van haar.

Dit is wanneer ik me ook realiseer dat iemand me in mijn eigen kleren heeft gekleed toen ik bewusteloos was. Hopelijk was die iemand Nero, hoewel ik heel erg het vermoeden heb dat het eigenlijk de monniken waren. De terugkeer van mijn kleding betekent dat het zwaard inderdaad op mij rust — maar ik wil er *echt* geen afstand van doen, vooral niet als dat betekent dat het weer in Liliths handen zal zijn.

"Ik zal je er later nog wat meer mee laten spelen," zegt ze geruststellend. "Geef het nu aan mij."

Als ik het niet doe, kan ze me toch dwingen, is wat ik mezelf vertel als ik haar het zwaard geef.

Met een kwaadaardige grijns activeert ze hem.

Als ik me herinner wat ze Nero met dat ding had aangedaan, besluit ik dat ik *niet* wil dat hij hierheen komt om me te redden.

"Haast je," zegt ze en ze pakt mijn hand.

Ze trekt me de kamer uit en ik struikel bijna over de dode lichamen van de Ordehandhavers en de monniken die de uitslaapkamer bewaakten.

Zou het helpen als ik schreeuw?

Waarschijnlijk niet.

Als we aan het einde van de gang zijn, zie ik Eric — Nero's teleporteurbondgenoot.

Ja!

Als iemand me levend uit deze puinhoop kan halen, dan is hij het wel.

Het beste deel is dat het niet nodig is om de 'goede dochter'-act te breken. Hij zal zelf weten dat hij me moet redden.

"Klaar?" zegt Lilith tegen Eric.

"Op jouw bevel," antwoordt hij in dat robotachtige spraakpatroon waar iedereen onder glamour last van heeft.

Oh nee. Kon Nero hem daarom niet bereiken? Omdat hij in Liliths klauwen was gevallen?

"Niet eerlijk," zeg ik tegen Lilith, terwijl ik mijn act voortzet. "Toen ik laatst deze man onder glamour probeerde te brengen, toen zei hij, 'Je vampierentrucjes werken niet bij mij.'"

"Jammer," zegt Lilith terwijl Eric een hand op onze schouders legt. "Dat laat zien hoe dringend we je krachten moeten laten groeien."

Voordat ik om opheldering kan vragen, poeft Eric ons weg.

Als we weer verschijnen, herken ik de ingang van de JFK-poortenhub.

De dichtstbijzijnde poort is een sprong van ons verwijderd, maar ik weet dat Lilith me kan pakken zonder te zweten, dus ik doe geen moeite met het nutteloze gebaar.

"Bedankt," zegt Lilith tegen Eric. "Nu ga je naar je kleine appartement teleporteren en vergeet je dat dit ooit is gebeurd."

"Ik zal het vergeten," zegt Eric en hij poeft dan weg.

Maar ik betwijfel of Nero het hem zal *laten* vergeten.

Ze zullen erachter komen dat Eric tijd mist en hopelijk waarom.

Tegen de tijd dat ze dat doen, is het voor mij misschien te laat.

"Daar doorheen, lieverd," zegt Lilith, naar een onbekende poort wijzend. "We hebben nogal een tocht voor de boeg."

Ik loop naar de poort en gebaar voor haar om als eerste naar binnen te gaan. Zodra ze dat doet, kan ik naar de dichtstbijzijnde poort duiken en hopen dat het niet naar een nucleaire woestenij leidt.

"Jij eerst," zegt Lilith en ze verplettert mijn hoop.

"Nee, na jou," zeg ik, terwijl ik mijn best doe om niet opdringerig te klinken.

Wat ik bijna zei was, "Leeftijd voor schoonheid" — maar ik ben blij dat ik dat niet heb gedaan. Ik heb haar eerder mensen met haar blote handen uit elkaar zien scheuren, en ik wil niet aan de ontvangende kant van zoiets staan.

Trouwens, ze lijkt geen dag ouder dan vijfentwintig.

Liliths lippen worden toch strakker. "Ik sta erop."

Shit. Ik kan beter zelf naar binnengaan dan er een door een verwekkerband in te stappen.

"Bedankt," zeg ik zachtjes en spring de poort in.

Lilith blijft me op de hielen zitten, en de wereld waarin we eindigen is een kale woestenij die geen kans biedt om te ontsnappen.

In mijn hoofd herhaal ik de kleur en locatie van de poort die we net zijn binnengegaan. Als ik ontsnap, moet ik de weg terug weten.

"Kun je me vertellen waar we heen gaan?" vraag ik beleefd aan Lilith. "Hoe leuk het ook is om gewoon met je om te gaan, ik zat midden in iets superbelangrijks toen je opdook."

Ze pruilt en gaat dan naar een groene poort. "Wat is er belangrijker dan qualitytime doorbrengen met je moeder?"

"De wereld redden," zeg ik, mentaal de route bijwerkend die ik probeer te onthouden. "Nostradamus heeft me verteld hoe ik Tartarus kon verslaan, en ik stond op het punt om er samen met Nero voor te trainen."

"Wat een toeval." Lilith gebaart me om de poort binnen te gaan. "Jou trainen en vervolgens Tartarus doden is precies waar dit uitstapje om draait — alleen doen we dat allemaal zonder de bemoeizuchtige Michel die onze stijl verkrampt."

Oh ja. Zij noemt Nostradamus 'Michel'. Misschien moet ik ook op een voornaambasis met de man zijn. Hij is tenslotte de bron van veel van mijn zorgen.

De wereld aan de andere kant van de groene poort

heeft een ware regenboog van kleurrijke manen aan de avondhemel staan, en in de verte zie ik een soort van reusachtige wezens rondlopen. Dit alles sla ik op voor de terugreis.

"Dus we gaan naar jouw wereld?" zeg ik met nepopwinding. "Daar zal Tartarus volgens Nostradamus aanvallen."

"Ja en nee." Lilith loopt naar een paarse poort op twee uur. "We gaan naar een plek waar Tartarus zal aanvallen, maar niet mijn wereld. Volgens Michel is de aanval waarover jij het hebt iets verder in de toekomst. Voordat Tartarus mijn wereld aanvalt, gaat hij er nog een vernietigen, die meer zoals de aarde is. *Dat* is waar we naartoe gaan."

"Maar waarom?" vraag ik. "Waarom wil je niet het plan van Nostradamus volgen om Tartarus op je eigen terrein onder ogen te zien?"

"Je bedoelt naast de miljarden mensen die we zullen redden op de wereld waar we naartoe gaan?" Ze trekt een wenkbrauw op. "Ze zullen allemaal sterven als we niet op komen dagen, weet je."

"Juist." Ik onderdruk de drang om te zeggen dat ze me niet iemand leek die ook maar iets gaf om een verre wereld die leeggezogen werd.

"Trouwens, als we Michels domme plan volgen, dan zullen alle jaren van hard werken die ik in mijn wereld heb gestoken, geruïneerd zijn," zegt ze en ze gebaart dat ik de paarse poort moet binnengaan. "Werelden met mensen maar zonder Cognizanten zijn vrij zeldzaam."

We stappen uit de poort in een besneeuwde grot en worden omver geblazen met een ijzige kou.

Lilith wijst naar een gele poort in de buurt en gaat verder. "Een godin zijn brengt voor mijn aanbidders ook bepaalde verantwoordelijkheden met zich mee. Ik betwijfel of Michel heeft gezegd hoeveel van hen zijn plan zullen overleven, maar dat aantal ligt vrij dicht bij nul."

"Hij is niet echt op de details ingegaan," zeg ik, terwijl ik de volgende stap van ons pad onthoud. "Vat het niet verkeerd op, maar ik had niet verwacht dat je zoveel om je mensen gaf."

Dat is zacht uitgedrukt. Ze heeft ze tot slaaf gemaakt, en heeft hun bloed gedronken en ze generaties lang leugens gevoerd.

Ze haalt haar schouders op. "Nou, het is alsof je een huisdier of vee hebt. Ik wil niet dat iemand gewoon even langskomt om hen kwaad te doen."

Kan dat waar zijn? Heeft ze iets dat op een geweten lijkt? Als ze tenminste een beetje om haar volk geeft, kan er meer in haar zitten dan alleen de dorst naar macht.

Maar ze vergeleek ze wel met vee.

We lopen door een rode poort naar een waterige wereld met een roze lucht, en ze voegt eraan toe, "Michels oorspronkelijke plan zou ook de Cognizanten van de aarde naar mijn wereld hebben gebracht — en zelfs als we Tartarus hadden verslagen, was ik misschien niet in staat geweest om ze allemaal te laten vertrekken."

Nu komt de waarheid boven water.

Haar wereld is een all-you-can-eat-buffet van bloed en kracht dat ze niet wil delen.

Ik maak een mentale notitie van de volgende poort waar ze naartoe loopt en zeg, "Weet je zeker dat Tartarus op deze alternatieve wereld waar je me mee naartoe neemt verslagen kan worden? Nostradamus zei —"

"Dat de kansen om Tartarus te doden beter zijn op mijn wereld," zegt ze. "Ik kon het niet helpen om op te merken dat hij nooit zei dat *mijn* overlevingskans in die omstandigheid groter was."

"Dus je denkt dat Nostradamus tegelijkertijd van jou *en* Tartarus af wil? Waarom zou hij dat doen? Ik dacht dat jullie twee vrienden waren."

We stappen door een andere set poorten. "Hij en ik zijn bondgenoten omdat hij de man die is geprofeteerd om me te doden *echt heel erg* haat," zegt ze. "Ik vermoed al heel lang dat Michel me in een oogwenk zou bedriegen als dat zou betekenen dat Tartarus zou sterven — en mijn intuïtie vertelde me onlangs dat ik op weg was naar een offerplaat." We lopen naar een lavendelkleurige poort. "Nee, bedankt." Ze gebaart dat ik naar binnen moet gaan. Aan de andere kant gaat ze verder. "Zoals je ongetwijfeld inmiddels hebt geleerd, kun je een ziener nooit vertrouwen. Huidig gezelschap inbegrepen." Ze knipoogt naar me. "Ik heb zo lang mogelijk gebruikgemaakt van Michel, maar nu moet ik mijn eigen plannen maken."

Echte les: je kunt Lilith nog minder vertrouwen dan een ziener.

"Waarom heb je me dan ontvoerd?" vraag ik. "Waarom ben je niet naar de Raden gegaan en heb je hen niet overtuigd om met de wereld te helpen die wij gaan helpen?"

"Ze vermoorden me liever dan naar me te luisteren," zegt ze. "Maar ook, als we Tartarus verslaan en direct daarna onze kaarten spelen, zal deze sappige wereld vol mensen rijp zijn voor een overname."

"Zoals in, je wilt weer niet delen," flap ik eruit en ik vergeet de goede dochter-act.

"Je snapt het," zegt Lilith nadat we door een andere hub zijn gegaan en de volgende poort binnengaan. "En ook nog iets anders: dankzij hun niveau van technologie, biedt de wereld in kwestie meer mogelijkheden voor een snelle power-up."

Oh? Ik weersta de verleiding om meer verduidelijking te krijgen of om überhaupt meer vragen te stellen. Het wordt al moeilijk genoeg om de route in mijn kortetermijngeheugen te onthouden.

Sterker nog, als we door nog een paar poorten gaan, begin ik ons pad uit het oog te verliezen — als ik dat nog niet heb gedaan.

Misschien kan ik Liliths woede riskeren door mijn telefoon te pakken en aantekeningen te maken?

Ik kan hem in mijn handpalm leggen en —

"We zijn er," zegt Lilith terwijl we een hub binnengaan die veel op die van JFK lijkt.

"Is dat zo?" Ik zucht van opluchting en herhaal de route die we net hebben genomen in mijn gedachten.

"Yep." Ze kijkt naar een ouderwets polshorloge. "We kunnen maar beter opschieten. Je grote tv-optreden is over een uur."

HOOFDSTUK ZEVENTIEN

"Mijn grote wat?" schreeuw ik, sneller lopend omdat ze me als een varken naar de slacht drijft.

"Heb ik dat niet gezegd? Je zult beroemd worden op deze wereld." Ze grijnst. "Is dat niet wat je altijd al hebt gewild? Om een tv-fenomeen te zijn?"

"Err," is het enige wat ik kan zeggen. Ik haal diep adem en probeer het opnieuw. "Ik wilde een beroemde tv-goochelaar worden. *Op aarde*. En dat was voordat ik wist dat Tartarus zou komen om iedereen te vermoorden."

"Nou, dit zal ongeveer zijn wat je hebt gewild, en dit is de beste manier om je klaar te maken voor Tartarus." Lilith leidt ons een gang in. "Concentreer je nu op het bedenken van trucs die mensen ervan zullen overtuigen dat je een vampier, een ziener en een kansmanipulator bent."

"Wacht, wist je dat ik een bedrieger was? Ben ik de laatste die deze dingen weet?"

"Michel heeft het me verteld," zegt ze. "Hij heeft een visioen gezien van jou en lieve Chester toen jullie het erover hadden. Hoe gaat het trouwens met hem? Ik hoor dat ik nu een kleindochter heb. Foxy, of zoiets?"

"Het is Roxy, en ze is nu een tiener," snauw ik en ik haal dan nog een keer adem. "Wacht. Niet van onderwerp veranderen. Waarom ga ik op tv?"

"Weet je nog hoe je je krachten als ziener hebt versterkt? De voorspelling van die aardbeving?"

"Ja."

"Nou, dit is hetzelfde," zegt ze. "Hoe meer mensen in je krachten geloven, hoe groter de boost zal zijn die je krijgt."

Mijn hoofd tolt.

In zekere zin is dit een droom die uitkomt.

In een andere is dit mijn ergste nachtmerrie — om onvoorbereid voor een groot publiek te moeten optreden.

Misschien moet ik vluchten?

Nee. Slecht idee. Ik ben zo ver gekomen zonder onder de verwekkerband te komen, dus ik kan net zo goed de schijn ophouden.

Als dit werkt en ik krachtiger word, dan zou het voor mij gemakkelijker moeten zijn om te ontsnappen — en ook om met Tartarus af te handelen, op welke wereld dan ook.

Een deel van me weet niet eens zeker of Lilith het mis heeft.

Misschien *is* deze wereld een betere plek om tegen Tartarus te vechten.

Hoe dan ook, wat ik nodig heb, is om Nero en de anderen op de hoogte te brengen van mijn verblijfplaats. Lilith heeft ze uit hebzucht voor de buit van deze wereld niet opgenomen in haar plannen, maar ik heb haar ambities niet en ik denk dat meer mensen een betere kans op winnen betekenen.

Ik weet alleen niet hoe ik iemand kan bereiken.

Als ik naar Hoofdruimte kon gaan, zou ik contact opnemen met Raspoetin, of de bannik, of zelfs Nostradamus, maar ik heb geen sap meer.

Of wel?

Ik controleer het voor de zoveelste keer en verifieer dat Hoofdruimte niet bereikbaar is.

Misschien zal Raspoetin hier een visioen van zien? Hij is nu tenslotte op een snellere wereld, dus zijn krachten kunnen hersteld zijn.

Aan de andere kant, als een kansmanipulator, kan Lilith ons tegen de ogen van een ziener beschermen, en dat doet ze waarschijnlijk.

We komen bij een deur die uit de geheime hubgangen leidt en volgen dan een pad tot we bij de hoofdlobby van de luchthaven komen.

Maar ik realiseer me dat dit geen vliegveld is.

Het is een gigantisch treinstation, zoals New Yorks Grand Central Terminal, maar dan honderd keer groter.

Het wemelt hier van de vreemd geklede mensen met kapsels die zwaar geïnspireerd zijn door de jaren tachtig.

Om het jaren tachtig-thema voort te zetten, lopen

de meeste tieners rond met gizmo's die griezelig veel op de Walkmans van Sony lijken. In hun oren zitten kleine oranje koptelefoons met draden — er is geen Bluetooth te zien.

"Hebben ze internet op deze wereld?" vraag ik Lilith in spottend afschuw.

"Nee," antwoordt ze. "Maar daardoor zullen meer mensen dan ooit worden afgestemd om je op tv te zien."

Oh, tuurlijk. Ik vergat bijna dat ik ga optreden.

Nu ik me dat herinner, heb ik last van monsterlijke plankenkoorts.

"Wanneer is deze show?" vraag ik, een dame met een matje ontwijkend die een jas met gigantische schoudervullingen draagt.

"Over een uur," zegt Lilith.

"En hoe ver is de studio?" vraag ik als we de straat opgaan en ik auto's zie die eruitzien alsof ze uit het 1985-gedeelte van *Back to the Future* zijn gekomen.

"Tien minuten loopafstand," zegt Lilith en ze begint midden in het drukke verkeer over te steken. "We zijn in het centrum van New Langdon."

Geen enkele auto raakt ons als we oversteken, wat me een idee geeft hoe ik een aantal effecten voor elkaar kan krijgen

"Ik heb een supermarkt en een bouwmarkt nodig," zeg ik, snel denkend. "En je hulp bij de show."

"Natuurlijk," zegt ze. "Wat je maar nodig hebt."

We lopen naar een supermarkt op de hoek, en ik vraag de jonge bediende of ze loten verkopen.

"Die hebben we, mevrouw," zegt hij met een vreemd accent dat me aan een mix tussen Brits en Australisch doet denken. "Ze zullen de nummers in vijfenvijftig minuten of zo aankondigen."

Het verbaast me niet dat het allemaal zo goed op z'n plek valt. Lilith helpt me al.

"Kun je je krachten gebruiken om de winnende nummers te kiezen?" fluister ik tegen haar.

"Laat een drekavac je in het bos schijten?" fluistert Lilith terug en begint dan zelfverzekerd nummers te noemen bij de kassa.

"Waar is het voor?" vraagt ze wanneer we de winkel verlaten, terwijl ik het hopelijk winnende ticket vasthoud. "Tenzij we Tartarus stoppen, zal deze wereld niet lang genoeg bestaan om de winst te innen."

"Je zult het wel zien," zeg ik. "Nu hebben we een bouwmarkt nodig."

We lopen langs verouderde winkels met een videotheek die duidelijk de lokale versie van Blockbuster is, dan weer een winkel die muziek verkoopt op cassettebanden, en nog een ander die op de kwaadaardige tweeling van Radioshack lijkt.

De ijzerhandel is normaal genoeg, en het duurt niet lang om te vinden wat ik nodig heb — het engste spijkerpistool dat ze verkopen.

"Waarvoor is dit?" vraagt Lilith, terwijl ze het apparaat bekijkt terwijl ik een doos spijkers pak. "Ik ken veel creatieve martelmethoden die geen rekwisieten vereisen."

"Ik laat iemand me hiermee neerschieten om te

bewijzen hoeveel geluk ik heb," leg ik uit terwijl ik naar een andere plank loop en een lasmasker pak. "Ik neem aan dat je je krachten kunt gebruiken om ervoor te zorgen dat elke spijker mijn lichaam zal missen?"

"Natuurlijk." Ze grijnst. "Je hebt dat masker niet nodig."

"Het masker is om dat deel van de voorstelling dramatischer te maken," zeg ik. "Het zal het gevoel van gevaar verhogen."

Het masker is er ook omdat ik Lilith niet vertrouw dat ze me niet voor de lol een spijker in mijn oog laat schieten, maar dat hou ik voor mezelf.

"Je hebt een geweldig gevoel voor drama," zegt ze, terwijl ze het masker goedkeurend bekijkt. "Ik heb het gevoel dat je me vandaag trots gaat maken."

"Ik hoop het. De volgende halte is een winkel voor kantoorbenodigdheden. Ik ken een aantal mentalismeroutines die —"

"Geen tijd," zegt Lilith terwijl ze naar haar horloge kijkt. "We zijn al te laat."

Ze sleept me door het equivalent van Times Square en een wolkenkrabber in met de mooiste lobby die ik ooit heb gezien.

"We zijn hier voor Pacifica's Got Talent," zegt Lilith tegen een stevige bewaker.

"Je bent te laat," zegt de man. "De deelnemers hadden hier al een uur geleden moeten zijn."

Liliths ogen veranderen in spiegels. "Je brengt ons erheen. Nu."

Onder glamour leidt de man ons naar de lift. Als we

de studiovloer bereiken, moet Lilith de glamourtruc nog een paar keer herhalen totdat ik overhaast in de make-up zit.

"Laat haar er nog bleker uitzien," zegt Lilith, terwijl ze me afkeurend aankijkt. "Vorstelijker, indien mogelijk. Meer zoals een vampier eruit zou moeten zien."

"Ze ziet er al ziekelijk uit," zegt de make-up dame met het accent dat iedereen hier lijkt te hebben. "Ik denk dat ze —"

Lilith gebruikt weer glamour, en ik ben zo bleek opgemaakt dat sommige mensen denken dat ik een porseleinen masker draag. Daarna doet het haarmeisje haar eigen ding, en ze beëindigt de behandeling door een fles haarspray op mijn hoofd te legen.

"Laten we gaan. Je bent bijna aan de beurt" zegt Lilith, terwijl ze me uit de make-upruimte sleept.

Voor ons staat een rij van andere deelnemers: de een ziet eruit als een zanger, een als een jongleur, en de laatste heeft griezelige clownsmake-up op.

Dan komt het besef bij me binnen.

Ik kom niet alleen op tv.

Ik ga meedoen aan een wedstrijd.

Als het formaat van deze show vergelijkbaar is met dat van de talentenjacht op aarde, moet ik me zorgen maken dat ik punten krijg van de jury en dat honderden toeschouwers naar me zullen staren.

Ik dacht niet dat mijn hartslag verder kon versnellen, maar het lukt op de een of andere manier.

"Ik ben uitgehongerd," zegt Lilith, en voordat ik een

hatelijke opmerking kan maken, gebruikt ze glamour op de clown voor ons en zegt hem niet te schreeuwen.

De andere deelnemers zijn zo bezig met hun eigen plankenkoorts, dat ze niet merken dat Lilith zich over de hals van de clown buigt en haar hoektanden erin laat zakken.

Ze letten ook niet op als ze grote hoeveelheden bloed van de arme man opdrinkt.

Misschien is het haar geluk dat aan het werk is?

Klaar met haar griezelige taak, verwijdert ze de rode neusspons van de clown en veegt haar mond ermee af. "Je moet je voeden," zegt ze tegen me. "Je zult sterker zijn als je dat doet."

"Nee, dank je," zeg ik.

"Wees niet te zelfverzekerd," zegt Lilith. "Drink hem."

Voordat ze de verwekkerband gebruikt om aan te dringen, bijt ik vrijwillig in de clown. Op deze manier kan ik er zeker van zijn dat hij na mijn maaltijd nog leeft.

Een paar slokjes later laat ik hem gaan.

"Dus." Lilith kijkt me met een dodelijke blik aan. "Smaakte dat grappig voor je?"

Ik weersta een kreun. Ze heeft zonder twijfel de clown gekozen om die flauwe grap te maken.

"Je zult vergeten dat dit ooit is gebeurd," beveelt Lilith de clown. "Oh, en je bent nu na ons aan de beurt."

De arme man geeft zijn plaats in de rij op en gaat achter me staan.

Shit.

Hij was misschien makkelijker op te volgen geweest.

Ach ja. De jongleur ziet er ook niet al te indrukwekkend uit.

"Ik voel me inderdaad beter," zeg ik tegen Lilith, en het is waar. "Ik had nog niet gemerkt dat bloed dit deed."

"Oh, het kan je geweldige dingen laten voelen," zegt ze. "Je voelt je niet alleen goed, je bent na een voeding een tijdje krachtiger. Soms kun je *veel* krachtiger zijn. Alles hangt af van de bron van de maaltijd."

"Krachtiger?" Ik kan er niets aan doen dat ik geïntrigeerd ben.

"Inderdaad," zegt ze. "Je zult het niet zo heel erg voelen als je zo van een mens drinkt, maar met een Cognizant wel. Hoe krachtiger ze zijn, hoe krachtiger je wordt nadat je van ze hebt gedronken."

Dat is cool, op een verontrustende manier.

Ik vraag me af of dit de reden is waarom Gaius Ariël verslaafd aan zijn bloed had gemaakt. Of waarom

—

Wacht. Ik *heb* ervaren waar Lilith het over heeft.

Misschien zelfs meer dan eens.

Toen ik van Nero had gedronken de eerste keer dat we seks hadden, voelde ik me geweldig. Sterker nog, wat we daarna deden, had een krater in de grond geslagen en had bomen geveld.

Inderdaad krachtiger.

Oh, en verklaart dit mijn non-stop drive om Nero

te redden? Het was gebeurd toen ik al Wolands bloed had gedronken.

Ik vraag Lilith of de hoeveelheid ertoe doet.

"Absoluut," zegt ze. "Hoe meer je drinkt, hoe meer kracht je krijgt. Mijn regel is: als ik de kans krijg om van een krachtige Cognizant te drinken, maak ik ze altijd leeg tot de laatste druppel om de voordelen te maximaliseren."

Geweldig.

Ze doodt ze, is wat ze bedoelt.

Ze doodt ze voor een tijdelijke uitbarsting van superkrachten.

Jemig, ik hoop dat ik meer van mijn DNA van mijn vader heb gekregen.

"Jij bent de volgende," zegt Lilith terwijl de jongleur het podium op strompelt.

Ik begin diep te ademen in een poging om mijn escalerende paniek te kalmeren. Wanneer het licht boven de ingang van het podium groen wordt, schuifel ik het podium op, met het masker onder mijn oksel en het spijkerpistool achter me aan slepend.

Iemand verbindt me met een microfoon, en ik loop verder, me als een zombie voelend.

In het begin is de podiumverlichting te verblindend om iets te zien. Dan passen mijn ogen zich aan en realiseer ik me dat de situatie *veel* erger is dan ik dacht.

Het is geen tv-studio, zoals tijdens mijn optreden op aarde.

Dit is een volledig theater, met duizenden toeschouwers in honderden rijen. Helemaal vooraan zitten zeven juryleden, en ze staren me allemaal met moordlust in hun ogen aan.

Maar dat is nog steeds niet de ergste ontdekking.

Volgens alle borden en waarschuwingen wordt deze show *live* uitgezonden.

Het is voor iedereen met plankenkoorts een nachtmerrie die tot leven komt — en er is geen Bailey die me kan redden.

HOOFDSTUK ACHTTIEN

"Hallo daar. Wat moet jij voorstellen?" zegt het meest linkse jurylid hooghartig. "Een goth of een geisha?"

Ik verslik me bijna in mijn eigen tong.

Het is al erg genoeg dat ik in paniek raak. Nu wil deze man extra stress toevoegen met zijn stomme commentaar?

Ik zuig lucht naar binnen en herinner me dat hij het verplichte onbeleefde 'Simon Cowell'-type moet zijn, en het gewoon showbusiness is.

Het is niet dat hij *mij* specifiek niet mag.

"Ik ben bovennatuurlijk," zeg ik. Mijn stem trilt een beetje. "Ik begrijp hoe moeilijk dat is om te geloven, daarom ga ik demonstreren wat ik kan doen."

Hij — een volwassen man — rolt met zijn ogen naar me en mompelt, "Dat geklets heeft werk nodig."

Beslissend dat mijn beste gok is om hem te negeren

alsof hij gewoon een uitslover is, zeg ik, "Om te beginnen, zal ik mijn vermogen om de toekomst te voorspellen demonstreren." Ik leg het spijkerpistool en het masker neer en haal het lot tevoorschijn. "Hier." Ik loop naar een prachtig vrouwelijk jurylid dat het verst van de humeurige man af zit en geef haar het lot. "Ik heb dit bedacht omdat iedereen altijd zegt, 'Als je de toekomst kunt zien, waarom win je dan niet de loterij'?"

Tegen de dichtstbijzijnde cameraman zeg ik, "Kun je dat aan de kijkers thuis laten zien? Ik wil dat iedereen weet dat het een gewoon lot is."

De man is goed. De camera zoomt meteen in op de nummers en iemand zet het geheel zelfs op een omvangrijk CRT tv-scherm boven het podium.

"Onthoud dit," zeg ik, naar het scherm wijzend. "Zou het mogelijk zijn om die tv af te stemmen op de trekking van de loterij?"

De cameraman geeft me een duim omhoog, dus ik stap weg van het jurylid om ervoor te zorgen dat niemand me kan verdenken van het wisselen van iets, of het stiekem wissen van nummers en het op de een of andere manier afdrukken van nieuwe.

Mijn kansen om er als een dwaas uit te zien zijn astronomisch omdat Liliths geluk hier op meerdere niveaus moet werken. Ten eerste moet het lot echt de winnende zijn, en ten tweede moet het loterijresultaat nu al bekend worden gemaakt.

Terwijl iemand het juiste kanaal op het scherm zet, valt een deel van het plan op zijn plaats — de uitzending toont een groot rad met witte ballen bedekt met getallen.

Terwijl het ding draait en draait, bouwt het de spanning op voor iedereen, vooral voor mij.

De eerste bal valt op zijn plaats, en het getal komt overeen met mijn lot.

De tweede komt ook overeen.

Het vrouwelijke jurylid mompelt mijn favoriete zin voor een toeschouwer en zegt, "Dit meen je niet."

Als het derde getal klopt, ontspan ik me.

Zelfs als de rest het mis heeft, heb ik nog steeds een sterk effect.

Mijn favoriete ding over deze demonstratie is dat ik echt iedereen voor de gek houd. Ik gebruik mijn krachten niet zoals ik had beweerd. Ze hebben nu even pauze. Zoals in elk magisch effect, zit er een onderliggende methode achter wat ik doe dat niets met mijn pseudo-uitleg te maken heeft.

Toevallig is de methode die ik gebruik bovennatuurlijk van aard en op zichzelf indrukwekkend.

Het volgende getal komt overeen, en het volgende.

Wanneer het laatste getal precies hetzelfde is, begint het publiek als een gek te klappen.

Mijn hartslag schiet omhoog, en ik word me bewust van een vreemd gevoel — alsof ik met heerlijk warme energie gevuld word.

Oh ja. Ik herinner me dit gevoel. Ik had het toen ik op aarde op tv was. Het moet zijn hoe het voelt om een op geloof gebaseerde krachtboost te krijgen.

Dat is goed. Het betekent dat een aantal mensen geloven dat ik de loterij echt heb voorspeld. Ze zijn ervan overtuigd dat wat er net gebeurde geen illusie is.

Pfff.

Het irriteerde me altijd als mensen dachten dat mijn mentale krachten echt waren. Maar nu ben ik ontzettend dankbaar voor de menselijke goedgelovigheid.

"Je bent geweldig," zegt het jurylid aan wie ik het lot heb gegeven. "Waarom ben je hier überhaupt? Je bent zojuist miljonair geworden met je gave."

"Nou, ik vind het leuk om op te treden," zeg ik eerlijk. "Ik zou het zelfs doen als ik al het geld in de wereld had."

"Het *was* een leuke truc," zegt het humeurige jurylid met een beetje meer respect dan eerder, maar niet veel. "Vooral goed voor een vrouwelijke goochelaar. En je ziet eruit alsof je je amuseert." Hij bekijkt me van top tot teen en trekt zijn neus op. "Je hoeft alleen maar aan je showmanschap en je aanwezigheid op het podium te werken. Het is ook duidelijk dat je op de een of andere manier —"

"Ik ben eerlijk gezegd nog niet klaar," zeg ik tandenknarsend. "Bewaar je kritiek voor het einde en je theorieën over mijn methodologie voor de roddelbladen."

Hij trekt een wenkbrauw op, en ik kan zien dat hij iets anders wil gaan zeggen.

Een uitbarsting van woede overheerst mijn plankenkoorts.

Zijn gedrag, vooral dat deel over 'vrouwelijke goochelaar', moet worden aangepakt.

Wacht eens even. Ik kan wraak nemen en een spontane demonstratie doen die Lilith zelf waardig is.

Als dit goed werkt, dan zal het een van mijn vampiervaardigheden versterken.

"Ik heb nog een paar onmogelijkheden gepland," zeg ik, boven het jurylid uit sprekend. "Ik wil dat de kijkers thuis er geen twijfel over hebben dat wat ik doe echt is. Het zijn niet — zoals jij het zegt — trucs."

"Dat is een flinke opdracht," zegt het irritante jurylid. "Er komen hier veel idioten naartoe die denken dat ze kunnen zingen, maar ze krijsen als gebroken platen. Net als jij geloven ze in hun eigen —"

"Als je zo'n scepticus bent, waarom meld je je dan niet vrijwillig aan voor de volgende demonstratie?" zeg ik liefjes. "Het gaat om mind control, maar omdat je ervan overtuigd bent dat ik alleen maar trucs doe, zou het niet bij jou moeten werken, toch?"

Normaal gesproken zou ik nooit voor een uitslover kiezen om me te helpen — dat is publieksmanagement 101 — maar dit is geen gebruikelijke situatie.

Hier geldt hoe sceptischer hij is, hoe sterker het effect zal zijn.

"Als je mij onder mind control krijgt, dan krijg je mijn volledige steun." Hij tilt een klein bord op waar een 10 op geschreven staat. "Moet ik bij je op het podium komen?"

"Nee." Ik verander mijn ogen in spiegels en het publiek snakt naar adem. Met een honingzoete stem zeg ik, "Ik wil dat je op handen en voeten het podium op kruipt."

De ruimte wordt doodstil.

Ze denken vast dat dit een slechte grap is.

Dan staat het jurylid als een robot op van zijn stoel, gaat op de grond zitten en begint als een brave marionet het podium op te kruipen.

De stilte wordt zwaar.

Ik kan het ongeloof van iedereen bijna horen.

De andere juryleden en cameramensen kijken nog verbaasder dan het publiek achter hen. Zoals ik al had vermoed, is mijn slachtoffer een echte primadonna, en niemand kan zich voorstellen dat een performer zoals ik hem had kunnen omkopen om zichzelf zo te vernederen — wat de beste niet-supernatuurlijke verklaring is.

"Goed gedaan," zeg ik als hij als een hond het podium oversteekt. "Nu kus je mijn schoenen en sta je op."

Word ik te BDSM-achtig voor familietelevisie?

Ach ja.

Hij geeft mijn schoenen een kus zoals ik had bevolen, dan staat hij langzaam op. Zijn uitdrukking is nog steeds leeg.

"Geef mijn dappere vrijwilliger een applaus," zeg ik, en dat breekt eindelijk de spanning. Iedereen klapt met krankzinnig enthousiasme.

Net als eerder voel ik een warm gevoel van kracht — en het wordt sterker.

Uh-oh.

Ik hoop dat het niet zo erg wordt als de vorige keer. Ik wil niet weer flauwvallen.

Ik haal diep adem.

Ik kan niet aan flauwvallen of andere mogelijke valkuilen denken — want daar ligt de kans op een paniekaanval op de nationale tv. In een wereld die niet van mij is, maar toch.

"Dank je," zeg ik als de ovaties kalmeren. "De andere kracht die ik wilde laten zien, is mijn vermogen om het geluk zelf te beheersen."

Ik pak de lashelm op en doe hem zo op dat ik mijn microfoon nog kan gebruiken.

"Is er iemand in het publiek die er zo een heeft?" Ik zwaai met het spijkerpistool in de lucht.

Er staat een grote man op, en ik vraag hem om ons op het podium te vergezellen.

"Pak dit." Ik geef de man mijn spijkerpistool. "Controleer of dit een gewoon spijkerpistool is, maar wees voorzichtig. Ik wil niet dat je je voet eraf schiet, voor het geval deze show niet verzekerd is."

Iedereen grinnikt, en de man bevestigt dat het pistool inderdaad een gewone is.

"Geef het alsjeblieft aan hem" — ik knik naar het jurylid — "en ga met een daverend applaus terug naar je stoel."

Terwijl de hardware-expert vertrekt, waarbij het publiek voorzichtig klapt, loop ik naar het einde van het podium, waar ik met mijn rug tegen een houten muur ga staan.

"Ben je er klaar voor?" vraag ik aan het jurylid.

Hij knikt als een robot, duidelijk nog steeds onder invloed van glamour.

"Mooi zo." Ik haal nog een keer adem. "Ik wil dat je met een van die spijkers op me schiet. Doe je best om te richten en maak je geen zorgen. Mijn macht over geluk gaat ervoor zorgen dat geen enkele me zal raken."

Dit is het dichtste bij de waarheid waar een goochelaar ooit bij in de buurt is gekomen.

De methode zal inderdaad de kracht van geluk zijn — Liliths kracht, niet de mijne.

Het humeurige jurylid richt het spijkerpistool op me.

Ik spreid mijn armen theatraal uit.

Iedereen in het publiek verschuift in doodse stilte naar de rand van hun stoel.

Ik heb me altijd afgevraagd wat er in iemands hoofd omgaat als ze getuige zijn van zo'n gevaarlijke stunt. Wil er iemand "Stop!" schreeuwen, wat waarschijnlijk het morele ding zou zijn om te doen? Of hopen ze stiekem dat de artiest gewond raakt?

Mensen hebben een morbide nieuwsgierigheid — daarom stoppen ze altijd om naar een ongeval op een snelweg te kijken.

Pang!

De eerste spijker raakt de muur op een centimeter afstand van mijn schouder.

Het publiek snakt collectief naar adem.

De volgende spijker slaat in de ruimte tussen mijn benen.

Wauw.

Als dat maar een centimeter hoger was geweest, dan stond ik letterlijk aan de muur genageld.

De volgende spijker zit zo dicht bij de bovenkant van mijn hoofd dat het een beetje verf van het lasmasker schraapt.

De volgende slaat tussen mijn uitgestrekte vingers.

Lilith moet veel controle hebben over de banen van deze spijkers en ze doet haar best om dit er goed uit te laten zien.

Wat op een week later lijkt, heeft het pistool eindelijk geen spijkers meer.

Ik stap opzij en kijk om.

Er is met de spijkers een silhouet van mij gemaakt.

"En daar heb je het," zeg ik. "Ik heb inderdaad veel geluk."

Het applaus is nu overweldigend. Het gaat maar door en ik merk dat iedereen, zelfs de juryleden, op zijn gestaan om hun waardering te tonen.

Mijn knieën voelen zwak aan, en het warme energiegevoel is terug, maar deze keer veel sterker.

Het is een ware vloedgolf.

Shit.

Ik moet van het podium af voordat het orgastische deel arriveert en me op mijn gezicht laat vallen — wat mogelijk een deel van het effect ongedaan zal maken.

"Ontzettend bedankt," zeg ik naar adem snakkend. "Stem op mij!"

Daarmee ren ik het podium af.

De ovaties stoppen niet.

Het vrouwelijke jurylid dat ik met het lot heb

achtergelaten, schreeuwt dat ik iets anders moest doen als toegift.

Lilith ontmoet me met een trotse grijns en omhelst me zelfs.

Ik doe mijn lashelm af zodat ik kan ademen en dan krijg ik een idee.

Ze kunnen hun toegift krijgen, en ik kan zonder moeite te doen nog meer indruk op ze maken.

Ik demp mijn microfoon en zeg dringend tegen Lilith, "Wissel van kleding met me."

De verbijsterde blikken van de andere deelnemers negerend, begin ik te strippen.

Omdat ze minstens zo sluw is als ik, doet Lilith snel mee en kleedt zich zonder twijfel uit.

Als onze kleren zijn gewisseld, geef ik haar het masker en ze doet hem op.

Yep.

Niemand zal de verwisseling kunnen detecteren.

"Ga daarheen en bewijs dat je kunt vliegen," zeg ik tegen haar.

Ik kan door het masker haar gezicht niet zien, maar ik weet zeker dat ze in afwachting grijnst.

Ze loopt gracieus het podium op.

Ik ga in de glamourmodus en laat de andere deelnemers vergeten wat ze net hebben gezien.

Terwijl ik dit doe, bedenk ik me dat ik dit kan gebruiken als een kans om te ontsnappen.

Maar eerst moet ik het beste van dit effect maken. Ik zoek een CRT-tv die laat zien wat er op het podium gebeurt en zet mijn microfoon weer aan.

Lilith gaat naar het midden van het podium en buigt.

De krankzinnige ovaties verdwijnen.

"Voordat ik de volgende demonstratie uitvoer, moet iemand me controleren op verborgen draden of magneten," zeg ik in mijn microfoon en Lilith loopt naar de nog steeds op het podium staande en waarschijnlijk onder glamour staande humeurige jurylid.

Zonder al te handtastelijk te worden, controleert hij haar op draden en vindt er geen.

Lilith zweeft langzaam omhoog.

Deze keer is de indrukwekkende snak naar adem zo hoorbaar dat ik het vanaf hier kan horen.

Iemand krijgt het briljante idee om New Age-klinkende muziek op de achtergrond te zetten terwijl Lilith steeds hoger stijgt.

Ik ben erg blij met haar optreden.

Als dit effect op zichzelf was gedaan, betwijfel ik of iemand zou hebben geloofd dat ik echt kon vliegen. David Copperfield heeft in het begin van de jaren negentig een levitatie-illusie uitgevoerd die er net zo uitzag zonder een godin-vampier te zijn — voor zover we allemaal weten, in ieder geval. Maar in combinatie met mijn andere demonstraties, moeten mensen geloven dat dit echt is.

Tenminste, dat hoop ik.

"Ik vlieg nu naar de leden van het publiek, zodat jullie me ook op draden kunnen controleren," zeg ik, en Lilith doet wat ik zeg — ze landt naast willekeurige mensen die blijkbaar geen geheime draden kunnen vinden.

Naarmate de kijkers thuis hun overtuigingen vormen, intensiveren de warme gevoelens zich verder.

Mijn ledematen beginnen te tintelen en ik ga zitten, bang dat ik ga vallen.

Daar gaat mijn kans om te ontsnappen. Ik heb me mee laten slepen door het optreden.

Mijn tenen krommen en ik voel een geloofsgerelateerd orgasme over me heen komen, vergelijkbaar met hetgeen dat ik tijdens mijn eerste tv-optreden had.

Het energiegasme, of hoe je het ook noemt, wordt op de voet gevolgd door een ander, en weer een ander.

Net als die eerste keer, verandert het genot in pijn als ik het gevoel heb dat mijn hele lichaam in een rauw zenuwuiteinde verandert dat iemand loopt te taseren.

De kamer draait om me heen en ik word duizelig.

Dan dringt er een nieuwe golf van warmte tot me door, waardoor mijn hersenen kortsluiting krijgen.

Ik stort in op de vloer en ik verlies mijn bewustzijn.

HOOFDSTUK NEGENTIEN

Ik kom weer bij en ga rechtop zitten.

Mijn hoofd lag op Liliths schoot, en we zitten in een rijdende auto, zonder nog een teken van de tv-studio te zien.

"Hoe zijn we hier gekomen?" vraag ik, uit het raam kijkend naar de talloze mensen die over de drukke straten van de stad om ons heen lopen.

"Toen ik klaar was met ons optreden, kwam ik erachter dat je bewusteloos op de grond lag," zegt Lilith. "Voordat de aanbiddende fans zich om je heen konden verzamelen, heb ik je naar buiten gedragen en hebben we deze taxi genomen."

Wauw.

De eerste keer was ik maar kort bewusteloos geweest. Heb ik vandaag misschien nog meer kracht gekregen?

"Hoe kan ik zien of het heeft gewerkt?" vraag ik in gedempte fluistering aan Lilith. "Ben ik nu een krachtigere ziener en kansmanipulator? En wat nog belangrijker is, kan ik vliegen?"

"Jouw gok is net zo goed als de mijne," zegt ze. "Ik stel me voor dat je als ziener niet echt het verschil zult voelen — afgezien van het feit dat je dagelijkse zienersenergie veel groter zou moeten zijn."

Om deze theorie te controleren, probeer ik naar Hoofdruimte te gaan, maar faal opnieuw.

Misschien zal de boost pas beginnen nadat ik hersteld ben van de aanval van Nostradamus?

"Als een kansmanipulator, met grotere kracht, zou je toegang moeten hebben tot gebeurtenissen met een lagere frequentie — die eruitzien als dikkere strengen," vervolgt ze.

Ik haal mijn kaartspel tevoorschijn, schud het door elkaar, sluit dan mijn ogen en probeer Chesters test opnieuw.

Ik stel me voor dat het kaartspel zich scheidt, eerst in kleuren, dan in soort, dan gesorteerd op waarden. Ik herinner mezelf eraan hoe cool het zou zijn om het kaartspel op orde te krijgen en, zoals eerder, mezelf voor te stellen dat ik deze test als kaartmagie zou uitvoeren — of het als een geheime methodologie zou gebruiken.

Het is deze keer makkelijker.

De kleurrijke lijnen — de strengen van het lot — verschijnen sneller dan eerst voor me.

Ik bekijk ze zorgvuldig en concentreer me op hun dikte.

Zoals eerder, voelen de dikkere strengen 'juister'

aan — en ik heb nu een idee waarom. Het is zoals Chester zei: de dikkere strengen vereisen meer energie-uitgaven. En Lilith zei net dat dikkere strengen van gebeurtenissen met een lagere frequentie zijn.

Combineer die informatie samen, en het is logisch dat een minder waarschijnlijke gebeurtenis — zoals een één uit tweeënvijftig factoriale kans — meer kansmanipulatievermogen gebruikt en door een dikkere streng wordt vertegenwoordigd.

Net als de vorige keer lijken de dunnere strengen gemakkelijker beheersbaar te zijn, ze zijn elastischer, terwijl de dikkere strengen onbereikbaar en onverzettelijk zijn.

Ik pak mentaal de dikste draad die ik kan zien.

Het is alsof ik met vette handen een paling probeer te grijpen.

Prima. Ik negeer de onverzettelijke streng voor het moment en probeer er een die iets dunner is — een die niet als 'juist' aanvoelt.

Deze ontsnapt ook aan mijn greep — net als de volgende dunste en de volgende.

Uiteindelijk vind ik echter in vergelijking met de anderen een streng van ongeveer gemiddelde dikte — en als ik er metafysisch druk op zet, breekt het.

Ik open mijn ogen en spreid de kaarten in mijn handen.

Ja!

Ik heb vooruitgang geboekt.

In plaats van alleen door kleur te zijn gescheiden, zoals eerst, zijn de kaarten ook in soort gescheiden. De waarden in elke set zitten nog steeds in een willekeurige volgorde, maar ik ben dichter bij mijn doel.

Het tv-optreden werpt zijn vruchten al af.

Ik doe de test opnieuw.

Het is deze keer makkelijker om hetzelfde resultaat te krijgen.

Nog een poging, en ik slaag erin om een dikkere streng naar mijn wil te buigen — en de helft van de schoppen zijn als gevolg daarvan gesorteerd.

"Dat is uitstekend," zegt Lilith, terwijl ze naar mijn werk kijkt. "Wees in het begin wel voorzichtig met te veel van jezelf te vergen. Er zijn grenzen aan hoeveel je in een dag kunt manipuleren." Ze pakt het kaartspel van me af, schudt het en verspreidt het volledig geordende kaartspel met een knipoog. "Die limieten worden groter naarmate je meer ervaring krijgt, zoals een groeiende spier, maar op dit moment heb je misschien niet veel meer om mee te spelen."

Shit.

Dat zou nuttige informatie geweest zijn voordat ik mijn bedriegersmojo aan het spelen met een spel kaarten verspilde.

Aan de andere kant, ik heb de oefening nodig. Ik ben nog lang niet in staat om met mijn nieuwe kracht iets nuttigs te doen.

Beslissend om Liliths waarschuwing te negeren, schud ik de kaarten en probeer de test te herhalen, maar er verschijnen geen strengen, hoe hard ik me ook concentreer.

Ik denk dat ik de limiet heb bereikt waar ze het over had.

Ach ja. Er is iets veel coolers waarvan ik moet bedenken hoe ik het moet doen.

"Wat dacht je van vliegen?" vraag ik gretig aan Lilith. "Hoe doe ik *dat*?"

"Ik weet het eerlijk gezegd niet," zegt ze. "Als ik het nodig heb, gebeurt het gewoon." Ze zweeft iets van haar stoel, maar niet zo hoog dat de taxichauffeur het zou merken. "Ik heb nooit hoeven oefenen met vliegen zoals ik dat met kansmanipulatie deed. Alle vampiergaven zijn zo moeiteloos. Je doet het gewoon, en dat is dat."

Okidoki.

Ik dwing mezelf om te vliegen.

Er gebeurt niets.

Misschien wil ik het niet graag genoeg, vooral niet als ik in een rijdende auto zit?

Ik dwing mezelf weer om te vliegen.

Maar niks.

Prima. Ik zal er later mee experimenteren.

Aangezien Lilith uit het raam staart en geen aandacht aan me besteedt, gebruik ik het moment om na te denken over wat mijn plan zou moeten zijn.

Ontsnap ik aan haar en sluit ik me weer aan bij Nero en de rest van de Cognizanten op aarde zodat we Tartarus op Liliths wereld kunnen trotseren, zoals Nostradamus suggereerde? Of ga ik hier op deze wereld de strijd met Tartarus aan, zoals mijn moeder wil?

De taxi stopt voor een rood licht en een grote groep schoolkinderen steekt de weg over.

Hun gezichten zijn engelachtig en zo onschuldig dat het als een emmer koud water in mijn gezicht is.

Waarom is dit überhaupt een dilemma?

Dit is een wereld met *ontelbare* mensen — ieder van hen is iemands kind, moeder, vader, broer, zus, echtgenoot, echtgenote.

Al deze mensen verdienen het net zo om te blijven leven als iedereen op aarde.

Als ik kan, dan zou ik ze moeten beschermen, vooral omdat sommigen van hen nu geloven dat ik een soort superheld ben. Om het beroemde citaat van *Spider-Man* te parafraseren: wanneer iemand je doordrenkt met een grote kracht, dan heb je een grote verantwoordelijkheid jegens hem.

Er is echt geen andere keuze.

Ik moet ze proberen te helpen. Het is de enige manier om met mezelf te kunnen leven.

Als ik het tenminste overleef.

Dus dat is dat. Ik blijf.

Nu moet ik uitzoeken wat dit betekent als het om Lilith gaat.

Ga ik nog steeds voor haar op de vlucht? Of ga ik akkoord met haar plannen?

Ja, dat laatste is moeilijk te vergeten. Er is een groot probleem met wat ze wil — dat de Cognizanten van de aarde uit dit conflict blijven.

Dat is haar hebzucht en dwaasheid. We hebben een veel betere kans om Tartarus te verslaan als ik het op een of andere manier aan Nero kan vertellen, zodat hij en de anderen kunnen helpen.

Maar hoe?

Moet ik met Lilith praten?

Nee. Daarmee loop ik het risico dat de verwekkerband los wordt gelaten en mijn vrijheid aanzienlijk beperkt zal worden.

Als ik toegang had tot Hoofdruimte, dan zou ik Raspoetin kunnen bereiken, maar er is geen tijd om mijn krachten te herstellen.

Ik heb een andere vorm van communicatie tussen Andere Werelden nodig — dat of ik moet vluchten en het nieuws persoonlijk aan Nero brengen, een zet die waarschijnlijk niet zal slagen gezien Liliths waakzaamheid en de constante dreiging van de verwekkerband.

Dan schiet het me te binnen.

Ik heb nog een alternatieve manier om overal in Andere Werelden te communiceren.

Het enige wat ik moet doen is Lilith verleiden om me het te laten gebruiken.

"Het maakt niet uit hoe vaak ik het probeer, ik kan niet vliegen," zeg ik tegen Lilith, en doe niet alsof ik gefrustreerd ben. "Sowieso voel ik me uitgeput." Ik masseer mijn slapen. "Als ik nog steeds een mens was, zou ik zeggen dat ik een goede nachtrust nodig heb. Of een vakantie. En een spabehandeling of twee."

"Arme schat." Lilith streelt mijn rug in een bizar zorgzaam gebaar. "Je hebt veel meegemaakt. Toen ik was veranderd, heb ik de eerste nachten geslapen om me aan te passen. Wat dacht je ervan om een dutje te doen als we in het hotel zijn?"

"Weet je het zeker?" Ik gaap, innerlijk juichend om mijn succes.

"Ik weet het zeker," zegt ze, net op het moment dat de auto bij een hotel stopt.

Terwijl we door de lobby lopen, kijken een paar mensen me nieuwsgierig aan.

"Ik denk dat ze je van je tv-optreden herkennen," fluistert Lilith. "Totdat Tartarus arriveert, zal jij het enige zijn waar ze over zullen praten."

Alsof om haar theorie te bevestigen, stopt een tienerjongen ons bij de liften, en smeekt hij me om een handtekening op zijn op een Rubiks ogende kubus te zetten.

Ik schrijf "The Amazing Sasha" op de kubus, dan vervloek ik mezelf dat ik niet aan een koele superheldennaam heb gedacht en al mijn kanskracht op het schudden van kaarten heb opgebruikt.

Als ik het nog steeds had, dan had ik een cool effect kunnen creëren waarbij ik de puzzel achter mijn rug neem, hem willekeurig omdraai en dankzij mijn krachten als bedrieger de kleuren zou sorteren.

Zelfs als een paar vierkantjes niet uitgelijnd waren, zou het een indrukwekkende prestatie zijn geweest.

Ach ja.

Ik haal mijn kaartspel tevoorschijn en voer wat kleine handdingen uit waarbij de kaart die de jongen noemt in mijn zak belandt.

"Hoe heb je dat voor elkaar gekregen?" vraagt het kind, met een openstaande mond.

"Kun je een geheim bewaren?" fluister ik samenzweerderig tegen hem.

"Ja." Hij leunt naar voren en zijn ogen worden groot.

"Dat kan ik ook," zeg ik met een knipoog, dan pak ik Lilith bij de elleboog en ontsnap ik naar de lift.

Eenmaal binnen drukt ze op de 25e verdieping en zegt, "Je moet me een aantal van je goochelmanieren leren. Het kan op mijn wereld helpen."

"Tuurlijk." De lift stopt en we stappen uit. "Maar misschien als ik me niet zo moe voel."

"Oké dan." Ze opent een deur en we gaan een saaie, tv'loze hotelkamer binnen. "Waarom rust je nu niet uit." Ze knikt naar het bed.

"Ja." Ik doe mijn schoenen uit. "Terwijl ik slaap, waarom oefen jij dit dan niet?" Ik geef haar een van mijn kaarten en laat haar zien hoe ze het in haar handen kan verbergen. "Dit heet palmen — en om het onder de knie te krijgen, dring ik er bij je op aan om met deze kaart in je hand rond te lopen totdat het voelt als het meest natuurlijke ding in de wereld. Je voelt je in het begin misschien wat schuldig bij het palmen, maar —"

"Schuld is voor mij geen probleem," zegt Lilith, die de kaart ongemakkelijk in haar handpalm pakt.

De drang om op die opmerking te reageren is sterk, maar ik weersta het met elk sprankje zelfbehoud dat ik bezit.

Ik ben te ver gekomen om over zo'n trivialiteit te worden ingehaald door de verwekkerband.

Ik ga op het bed liggen, sluit mijn ogen en zeg, "Welterusten."

"Rust, mijn liefste," zegt Lilith zachtjes, bijna moederlijk.

Nee. Ik stelde me dat laatste voor.

Lilith is ongeveer net zo moederlijk als een AK-47.

Mijn ademhaling kalmerend, doorbreek ik een nieuw record voor hoe snel ik in slaap val.

HOOFDSTUK TWINTIG

Ik voer de kogelvanger uit, met Nero als mijn sexy assistent.

De kogel zit tussen mijn tanden en de ovaties beginnen als ik zie dat mijn familie en vrienden in de problemen zitten.

Voordat er iemand wordt gedood, verschijnt er een bekend figuur voor me en bevriest ze de tijd om ons heen, zodat alleen zij en ik kunnen bewegen.

Ja.

Mijn plan heeft gewerkt.

Dit is een droom, en zij is de droomwandelaar — Bailey.

"Ik hoop dat je het niet erg vindt dat ik tussenbeide kom voordat deze aangename droom in een nachtmerrie verandert," zegt Bailey. "Voor therapeutische doeleinden, kunnen we — "

"Ik ben hier niet voor therapie," zeg ik snel. "Ik ben gaan slapen in de hoop dat ik je weer zou zien. Ik moet een bericht aan Nero overbrengen. Het is enorm belangrijk."

Bailey knippert naar me en we bevinden ons weer op een wolk met de nooit eindigende oceaan onder ons.

"Vertel me wat het probleem is," zegt ze terwijl de bank op het oppervlak van de wolk verschijnt.

Pom — haar schattige metgezel — materialiseert zich ook, en kijkt me met zijn enorme, mooie ogen aan.

Me bedenkend dat ik het me net zo goed comfortabel kan maken, neem ik plaats en zeg, "Het gaat om Lilith. Ze heeft me ontvoerd."

Ik ga verder met Bailey alles te vertellen, inclusief het deel over Tartarus — dat het oorspronkelijke plan was om hem op Liliths wereld te confronteren, en dat ik op basis van wat ik onlangs heb geleerd denk dat het plan veranderd moet worden.

"Waar kan hij je vinden?" vraagt Bailey. "Dat is het eerste wat Nero zal eisen om te weten."

Dankbaar dat ik het eerder uit mijn hoofd heb geleerd, geef ik haar een stap-voor-staproute van de JFK-hub op aarde naar deze wereld.

"Laten we zeker weten dat ik het goed heb," zegt Bailey. Maar in plaats van het terug te zeggen, laat ze me een droom zien van zichzelf die de route loopt die ik net beschreef.

"Je hebt het," zeg ik en vertel haar over het hotel waar ik momenteel in zit. Als het duidelijk is dat Bailey dit ook heeft, vraag ik, "Weet je waar Nero is?"

"Op aarde, denk ik," zegt ze. "Ik ben zelf op

Gomorrah, maar ik kan snel op de aarde zijn. Van daaruit zal ik hem gewoon bellen."

"Goed," zeg ik. "Als je dat doet, dan word ik wakker en doe ik ondertussen mijn best om met Lilith om te gaan."

"Wees voorzichtig," zegt Bailey, terwijl ze Pom streelt. "Ik hoop nog steeds op een dag aan je nachtmerries te kunnen werken. Je hebt tot nu toe een interessant leven gehad."

Ik glimlach naar haar. "Dat is afgesproken. Als ik Tartarus overleef, dan heb ik vast gloednieuwe nachtmerries voor je professionele plezier."

Daarmee sta ik op en dwing ik mezelf om wakker te worden.

Het werkt.

Met een schok open ik mijn ogen in de hotelkamer.

HOOFDSTUK EENENTWINTIG

Niet eens een beetje suf, kijk ik om me heen.

Lilith is nergens te bekennen.

Ik sta op en zie een handgeschreven briefje op het bed naast me liggen.

Ik ben wat gaan eten. Ik ben zo terug.

- Mama

Iets gaan eten? Ik hoop dat het geen klein kind is, of een non, of een kitten.

Ik ga zonder na te denken de badkamer in.

Heb ik weer — zodra ik beslis dat ik niet aan Lilith hoef te ontsnappen, geeft ze me een kans om dat te doen.

Tenzij ik *moet* vluchten?

Ik kan altijd later weer contact met haar opnemen, als Tartarus er is.

Op de automatische piloot pak ik een wegwerptandenborstel die het hotel heeft verstrekt, knijp er wat tandpasta op en val mijn tanden aan.

Dan valt er in mijn geheugen iets op zijn plaats — en er volgt een golf van angst.

Hoe had ik dit niet eerder kunnen beseffen? Ik heb een visioen gehad dat ik in de badkamer van een hotel mijn tanden stond te poetsen!

Ik stond precies hier vlak voordat —

Mijn besef komt te laat.

Mijn vampiersupergehoor pikt hetzelfde geluid op dat ik in mijn visioen had gehoord — dat van iemand die de deur opendoet en de kamer binnensluipt.

Net als in het visioen, doe ik zelfs geen moeite om te spugen terwijl ik de tandenborstel opzij gooi en dan met topsnelheid uit de badkamer schiet.

Ik vermijd het deze keer tenminste om tegen de grote indringer op te botsen.

Maar amper.

Terwijl ik naar hem kijk, verdwijnen alle twijfels die ik had.

Het is hetzelfde groeihormoon dat in een man is veranderd.

Hij is alleen geen man, zoals ik heb ontdekt. Hij is een weerwolf.

Ik doe een stap terug wanneer er een aantal puzzelstukjes op hun plaats vallen — het rare haar van de jaren tachtig op zijn hoofd, de outfit, de polaroidfoto.

Het klopt allemaal.

Het is op deze wereld normaal.

Ik begrijp ook waarom hij een mandaataura mist.

Hij komt niet van de aarde.

Daarom was Eduardo, de alfaweerwolf, er zo zeker van dat hij zo'n weerwolf niet kende.

Ik ga nog wat verder naar achteren en herinner me wat ik in mijn visioen had geprobeerd, zodat ik dat niet nog een keer doe.

Niet dat ik veel opties heb: het is glamour of vechten.

Nou, glamour werkte niet — wat teleurstellend is, gezien het feit dat het nu door geloof wordt gestimuleerd.

Tenzij mijn visioen van een toekomst was waar ik niet op tv ben geweest?

Nee.

Ik kan het niet riskeren.

Deze kerel kan de lokale alfa zijn en dus te machtig voor glamour of, voor zover ik weet, kunnen weerwolven gewoon niet onder glamour gebracht worden.

Waardoor de optie overblijft om te vechten, maar dat werkte ook niet.

Tenzij ik het deze keer beter kan? Of in ieder geval anders?

Het zou goed zijn om hem tegen te houden en te bidden dat Lilith op het nippertje terugkomt.

Het is een poging waard.

Een manier om tijd te rekken is door te kletsen, dus zeg ik, "Hoi. Wat kan ik voor je doen?"

De man buigt zijn hoofd, kijkt dan naar de foto in zijn hand, en dan terug naar mij. Grommend glinstert hij van energie.

Deze is geen prater.

Net als in mijn droom, scheuren zijn kleren aan flarden terwijl hij in zijn gigantische wolvenvorm verandert.

Ik loop achteruit, mijn hart bonst nog harder dan in mijn visioen.

Verdoem de toekomst en zijn voorspelbare patronen.

Grommend laat de weerwolf zijn enorme tanden zien en valt hij me aan.

Mijn hoektanden strekken zich uit, ik ontwijk een uithaal van zijn poot en de hoek van het bed wordt weer verpletterd.

Ik duw mijn handen in mijn zakken, trek al mijn resterende flitspapier eruit samen met een aansteker en verblind ons beiden terwijl ik het aansteek.

Hij herstelt zich eerst en haalt met zijn andere poot naar me uit.

Wetende hoe koppig de toekomst kan zijn, had ik deze manoeuvre verwacht, dus hoewel ik verblind ben, draai ik me met bovennatuurlijke snelheid opzij, en wordt het dressoir gedecimeerd in plaats van mijn gezicht.

De laatste keer had ik hem in zijn ribben geschopt, dus schop ik nu tegen zijn hoofd.

Het werkt niet beter dan in mijn visioen.

De man ontwijkt de uithaal en zet zijn tanden in mijn dij, net als eerst.

Ik bijt gefrustreerd op mijn eigen tanden en probeer mijn evenwicht te bewaren.

Hij schudt me heen en weer, en ik verlies het gevecht, mijn hoofd slaat tegen de hoek van een nachtkastje terwijl ik val. Hij sleept me dan door de kamer.

Alweer.

Met mijn armen zwaaiend, vecht ik met al mijn kracht. Als ik de toekomst nu niet verander, dan ga ik door het raam, en dat is het dan.

Het werkt niet.

Zijn tanden klemmen me strakker vast, en hij gromt terwijl hij zijn hoofd schudt en me in de lucht gooit.

Er is een bekend moment van gewichtloosheid voordat mijn rug het raam raakt.

Glas breekt om me heen, snijdt mijn huid open terwijl ik het kozijn probeer te pakken om mijn handpalmen aan flarden te scheuren terwijl het momentum me naar buiten draagt.

Dit is het dan.

Ik val als een baksteen.

HOOFDSTUK TWEEËNTWINTIG

Door de overdosis aan adrenaline lijkt de afdaling langzaam te gaan.

Ik verbaas me over hoe snel mijn hoofdwond en huidwonden genezen, maar ik weet ook dat geen helend vermogen me van deze val of om nauwkeuriger te zijn de landing ervan kan redden.

Op de negentiende verdieping, herinner ik me iets belangrijks.

Het tv-optreden.

Er zouden mensen moeten zijn die geloven dat ik kan vliegen.

Hoop ik.

Ik zou het zeker niet geloofd hebben, en Felix ook niet. Maar Ariël misschien wel.

Dus ja. Er moeten gelovigen zijn.

Dat, plus het feit dat vampiers — of in ieder geval Lilith — kunnen vliegen, is voor mij potentieel goed nieuws.

Ik vlieg alleen *niet*.

Ik val.

Waarom werkt het niet? Lilith zei dat er geen speciale techniek was, maar toen ik in de auto probeerde te vliegen, kon ik het niet. Op dat moment vroeg ik me af of ik het misschien niet genoeg wilde, maar nu wil ik het zeker wel. Ik wil het meer dan wat dan ook.

Er gaat nog een verdieping voorbij.

Ik dwing mezelf met alle wanhoop die voortkomt uit mijn huidige situatie om te vliegen.

Nog een verdieping.

Ik zie mezelf als lichter dan lucht. Ik neurie zelfs 'I Believe I Can Fly' — althans totdat ik me herinner wie dat liedje zingt. Ik neurie dan 'Learning to Fly' van Pink Floyd.

Er passeren nog twee verdiepingen.

Zo oprecht als ik kan, probeer ik te geloven dat ik dit kan. Ik herinner mezelf eraan dat vliegen niets is in vergelijking met het vermogen om in de toekomst te kijken. Vogels en vliegtuigen kunnen immers vliegen, maar geen enkel wezen of machine kan doen wat een ziener kan.

Nog steeds niets — er zijn niet veel verdiepingen over om het uit te vogelen.

Ik sluit mijn ogen om me te concentreren en herinner mezelf eraan dat ik een vampier ben.

En niet *zomaar* een vampier.

Ik ben Liliths dochter, dus vliegen is mijn geboorterecht.

In de buurt van de vijfde verdieping gebeurt er iets, en ik voel een verbazingwekkende lichtheid zich door mijn hele lichaam verspreiden.

De luchtweerstand houdt op en mijn afdaling lijkt te stoppen — maar ik ben bang om mijn ogen te openen.

Wat als dit is hoe iedereen zich voelt na de grond te hebben geraakt? Wat als dit de lichtheid van mijn ziel is die mijn lichaam verlaat?

Ik hoor in de verte een soort van opgewonden kreten.

Mijn oren lijken nog steeds te werken. Dat is geruststellend.

Op hoop van zegen.

Ik haal diep adem en open mijn ogen.

Ik zweef op vijftien meter boven de grond in de lucht.

HOOFDSTUK DRIEËNTWINTIG

Ik kijk naar beneden.

Er staan mensen naar me te staren en te wijzen.

Dus daar kwam het geluid vandaan. Jammer dat ze op deze wereld geen mobieltjes met camera's hebben. Deze prestatie had viraal kunnen gaan.

Goed. Tijd om uit te zoeken hoe dit vlieggebeuren werkt.

Ik wil naar boven zweven.

Tot mijn verbazing lukt het.

Nu het eindelijk werkt, doet vliegen me denken aan de manier waarop ik tijdens Hoofdruimte zweef als ik me met andere zieners verenig — alleen voel ik me nog lichter.

Langzaam zweef ik omhoog naar verdiepingen met dubbele cijfers. Dan, steeds sneller en sneller, bereik ik de twintigste verdieping en zoek het gebroken raam waar ik vandaan ben gekomen.

De reuzenwolf staart me aan, zijn oren wijzen naar achteren en zijn tanden zijn ontbloot in een grom.

"We hebben nog wat onafgemaakte zaken, jij en ik," sis ik dramatisch naar hem. "Ik heb heel veel vragen en je zult ze voor me beantwoorden."

Ik bal mijn handen tot vuisten en strek mijn armen uit in Supermanstijl en versnel.

Terwijl ik de afstand verklein, vraagt een deel van me zich af waarom ik terug ben gegaan om met die kerel te vechten in plaats van te vluchten. Ik denk dat het is omdat als ik mezelf niet kan bewijzen dat ik een gewone weerwolf kan verslaan — hoe groot en sterk hij ook is — ik nooit zal geloven dat ik iemand als Tartarus aankan.

En ik ben het zat dat willekeurige vreemden me proberen te vermoorden. Genoeg is genoeg.

Misschien als ik een paar bloederige voorbeelden stel, dat mijn naam op een lijst van mensen zal komen om nooit mee te rotzooien.

De weerwolf gromt en haalt naar me uit terwijl ik het raam net boven hem binnenvlieg. Zijn tanden klappen een haar onder mijn schouder op elkaar.

Ik vlieg omhoog en schop hem tegen zijn snuit.

De weerwolf vliegt door de kamer en botst met zo'n kracht tegen de deur dat hij versplintert.

Hij begint op te staan, maar langzaam, alsof hij verbijsterd is.

Terwijl ik in de lucht zweef, pak ik zijn achterpoot als een honkbalknuppel vast en zwaai hem omhoog, wat erin resulteert dat zijn hoofd tegen het plafond slaat.

Het gips valt naar beneden terwijl hij op de grond valt, zijn achterpoot zit nog steeds in mijn greep en zijn hoofd hangt naar één kant.

Ik heb hem bewusteloos geslagen of hij doet alsof.

Als het het laatste is, dan is het een misrekening.

Ik pak zijn achterpoot steviger vast en vlieg naar het raam.

Hij is nog steeds buiten westen of doet alsof, terwijl zijn hoofd tegen het raamkozijn ramt.

Er is een geluid van klauwen die het tapijt achter ons verscheuren.

Verdorie.

Hij was niet alleen.

Een groep kleinere weerwolven stormt de kamer binnen.

Stond kansmanipulatie weer aan mijn kant? Als ons gevecht een paar seconden langer had geduurd, dan had ik met een hele roedel te maken gehad.

"Jullie zijn te laat," schreeuw ik treiterend tegen de nieuwkomers terwijl ik het raam uit zweef.

Ze kijken me met zoveel woede in hun hondenogen aan dat ik bang ben dat een of meer van hen het risico zal nemen om naar me toe te springen. Met mijn vangst op sleeptouw, vlieg ik naar boven om te voorkomen dat dat gebeurt en ontspan pas als ik het dak van het hotel ver achter me heb gelaten.

Nu ik hierboven ben, blijf ik richting de wolken gaan, totdat de mensen op de grond op mieren lijken.

Dat is wanneer mijn gevangene bij begint te komen — en nu weet ik zeker dat hij niet deed alsof.

Zijn herstel is traag, dus ik schud even goed met hem.

Zijn ogen gaan eindelijk open en op een onnatuurlijke manier voor een wolf wijder open. Dat wil zeggen, als een bovennatuurlijk wezen iets onnatuurlijks kan doen.

Zijn blik gaat naar de mensen onder ons, en zijn hele lichaam verstijft als bloed uit zijn oren, muil en neus begint te stromen.

Oh shit.

Hij moet onder de versie van het mandaat van deze wereld zitten, en hij wordt nu gestraft, omdat hij zijn harige vorm aan de dreuzels laat zien.

"Gast," zeg ik. "Ik betwijfel of iemand op de grond je echt met veel details kan zien. Verman je."

Hij zegt niets en blijft bloeden — en ik kan de verleiding niet weerstaan. Ik til hem hoger en bijt in zijn harige poot.

Hoe kan zoiets smerigs zo goed zijn?

De man moet inderdaad erg krachtig zijn. Zijn bloed is als met chocolade bedekte heroïne.

Grommend bij mijn beet glinstert de weerwolf met die nu vertrouwde energie, en de harige poot in mijn greep verandert in een menselijk been.

Een naakt mensenbeen — dat vastzit aan al het andere dat naakt ondersteboven bungelt.

Nou, dit is gênant.

Maar aan de andere kant, het had erger kunnen

zijn. Ik zou de naakte kunnen zijn, en hij zou van mijn lichaamsvloeistoffen kunnen genieten.

"Laat me gaan," gromt de weerwolf terwijl het bloed uit zijn openingen stroomt.

Ik kijk naar de verre grond onder ons, dan terug naar hem, en kanaliseer Lilith met mijn glimlach. "Weet je het zeker? Ik begrijp dat het klote is om door iemand die een derde van je gewicht is te worden verslagen, maar dat is geen reden om zomaar het leven op te geven."

Hij verbleekt en realiseert zich zijn woordkeuze. "Alsjeblieft," zegt hij moeizaam. "Ik hou niet van hoogtes."

"Hou je niet van hoogtes?" vraag ik, bezorgdheid veinzend. Dan, alsof ik de controle over mijn vliegen verlies, duik ik schokkend een meter naar beneden.

De blik van afschuw op zijn gezicht is onbetaalbaar.

"Wat wil je?" gromt hij.

Heeft mijn kansmanipulatie me een weerwolf met hoogtevrees gegeven, of is het gewoon een gelukkig toeval? Bestaat er voor mij nog zoiets als toeval?

"Niets," zeg ik en ik herhaal de tactiek van naar beneden vallen.

Hij verbleekt nog een tintje witter. "Hoe kan ik je laten stoppen?"

"Door me te vertellen waarom je me probeerde te vermoorden," zeg ik en om mijn mening over zijn acties te benadrukken, duik ik nog een paar meter naar beneden.

"Je bent duidelijk een Cognizant, maar toch ben je

op tv gegaan en heb je je krachten getoond door de loterij te winnen," zegt hij bevend. "We hebben het gecontroleerd — het was geen illusie — dus je moet je bedrieglijke krachten hebben gebruikt om dit te doen. Nu blijkt dat zelfs je vliegkunsten echt waren — wat ik nog steeds niet kan geloven." Hij kijkt naar beneden. "Wat had je verwacht dat er zou gebeuren?"

"Ik had verzachtende omstandigheden," zeg ik, en terwijl ik dat doe, realiseer ik me hoe interessant het is dat Lilith geen melding heeft gemaakt van de lokale Cognizanten. In feite liet ze het klinken alsof ze niet bestonden toen ze zei dat ze de buit van deze wereld niet met een Cognizant van de Aarde wilde delen. Had ze het als een voor de hand liggende conclusie opgevat dat Tartarus alle lokale Cognizanten zou doden?

"Je kunt zoveel excuses maken als je wilt, maar de Raden zullen je een kopje kleiner maken," zegt hij een beetje te stoutmoedig naar mijn smaak, dus val ik nog een meter naar beneden om hem te kalmeren.

Hij gromt als reactie en zegt mokkend, "Ik was niet de enige die je onderzocht. Mijn ordehandhavers zijn daarbuiten en je bent zo goed als dood. Vooral als je me vermoordt."

"Hoe heet je?" Ik pas mijn grip aan om zeker te zijn dat hij niet wegglijdt. Doordat hij zo ongeveer peentjes zweet, is hij zo glibberig als een overgebruikte strippaal.

"Obo," gromt hij.

"Wat, zoals het houtblaasinstrument?"

"Nee," zegt hij. "Dat is een hobo, met een 'h' aan het begin. Mijn naam is een afkorting voor Oboroten'."

Ik grijns. "Als in, weerwolf in het Russisch?"

"Mijn ouders waren niet erg subtiele mensen," zegt hij nors.

"En de appel viel niet ver van de boom," zeg ik. "Vallen, snap je?"

"Ja, heel slim," zegt hij sarcastisch.

"Oké, Obo. Laten we teruggaan naar de zaak die voor ons ligt." Ik pak zijn been opnieuw om ervoor te zorgen dat hij niet wegglipt en ons gesprek voortijdig beëindigt. "Ik kom uit een andere Andere Wereld en ik ben van plan om jullie wereld van de ondergang te redden. Ik verwacht niet veel bedankjes, maar mij vermoorden zal niemand helpen."

"Waar heb je het over?" Obo komt omhoog, zijn buikspieren spannen zich aan. "Hoe kun jij, een enkele vampier, een hele wereld redden? En van wat? De grootste bedreiging voor ons bestaan ben jij. Door op tv te komen, loop je het risico dat je onze aard aan de mensen onthult."

"Ik moest op tv om mijn krachten te vergroten om jullie allemaal te helpen. Over wat of van wie ik je red — hoeveel weet je over Tartarus?"

Hij laat zichzelf hangen. "Ik heb van Tartarus gehoord. Is hij niet gewoon een mythe waar ze je bij Oriëntatie over vertellen om je bang te maken dat je de Andere Werelden in gaat?"

"Helaas niet, nee. Tartarus is een echte entiteit, en hij komt hierheen om jullie wereld te verslinden."

"Natuurlijk komt hij dat doen. En jij bent uit de goedheid van je vampierenhart hierheen gekomen om ons te redden." Zijn woorden druipen van zoveel sarcasme, dat ik overweeg om hem te laten vallen, maar ik duikel gewoon naar beneden om hem bang te maken.

Het werkt. Hij begint sneller te ademen.

"Als je zo'n scepticus bent, waarom denk *jij* dan dat ik hier ben?" vraag ik wanneer hij een beetje is gekalmeerd. "Waarom zou ik zo'n doelwit op mijn rug zetten?"

"Misschien ben je dom en hunker je naar macht," zegt hij. "Het is eerder gebeurd."

"Ik vind het dom om me dom te noemen," zeg ik en ik maak mijn greep iets losser, waardoor zijn been bijna uit mijn greep glipt.

Hij begint weer peentjes te zweten. "Prima, wat jij wil. Het maakt niet uit waarom je het hebt gedaan. Het is niet mijn taak om dat te weten. Ik laat zulke vragen aan degenen over die de leiding hebben."

"Wat *is* dan je taak?" vraag ik terwijl een mogelijk slecht idee bij me opkomt.

"Ik ben een ordehandhaver," zegt hij trots. "Ik pak Cognizanten zoals jij op om de toorn van de Raad onder ogen te zien. Dood of levend."

Ik zak sadistisch een paar meter naar beneden om hem eraan te herinneren wie de leiding heeft. "Je hebt geluk," zeg ik en ik besluit mijn dubieuze idee uit te voeren. "Ik zal je je werk laten doen."

Hij staart me vol onbegrip aan, hoorbaar hijgend. De laatste duik was duidelijk ontnuchterend.

"Je neemt me mee om met je Raad te praten," zeg ik. "Hopelijk zijn ze niet zo dom als jij."

Hij komt weer omhoog, zijn ogen staan zo wijd open alsof ik slagtanden had gekregen. "Is dit een truc? *Wil je* ze onder ogen komen?"

"Geen truc," zeg ik. "Ik ben hier om jullie wereld te redden, zoals ik al zei, maar ik kan het niet alleen. Jij en je Raad zullen me moeten helpen om jullie te redden, en de eerste stap is dat we een praatje maken."

Hij knippert met zijn ogen. "Als je hier zeker van bent, breng me dan naar beneden zodat ik je kan blinddoeken en we —"

"Je naar beneden brengen?" Ik grinnik. "Dat gaat niet gebeuren. We gaan er samen naartoe vliegen."

"Maar —"

"Ik ga met mijn ogen wijd open," zeg ik vastberaden. "Als mij iets onvoorziens zou overkomen, heb ik nog steeds de kans om je te laten gaan."

"Prima." Zijn kaakspieren spannen zich aan. "Laten we erheen vliegen. Als je het niet erg vindt, houd ik mijn ogen dicht als we gaan."

"Zolang je me kunt vertellen waar ik heen moet zonder te kijken, dan kan ik je blinddoeken."

Hij haalt zijn schouders op — wat ondersteboven duidelijk moeilijk te doen is. "Ga naar het noorden."

Dat doe ik, en terwijl ik vlieg, merk ik dat de metropool onder ons op een eiland in de vorm van een driehoek met twee gelijke zijden is gebouwd.

"Als ik mijn terminologie goed heb, is die landmassa een gelijkbenige driehoek," zeg ik tegen mijn gevangene. "Dat is best wel gaaf."

"Een gouden driehoek," zegt hij zonder zijn ogen te openen. "De west- en oostkant van het eiland hebben een gouden verhouding tot de zuidkant."

"Indrukwekkend," zeg ik sarcastisch. "Ik wist niet dat trigonometrie zo'n basisvaardigheid was voor een weerwolfordehandhaver."

"Elk Cognizantkind hier weet dit," zegt Obo, terwijl hij de toon van een gids aanneemt. "Zie je, lang geleden was deze landmassa een pentagram — een vorm met gouden driehoeken aan de uiteinden. Toen veroorzaakte een van de afstammelingen van Rūaumoko een grote aardbeving die alleen dit eiland boven water achterliet. Kort daarna hebben we het mandaat geïmplementeerd. Ik hoop dat je in kunt zien waarom iedereen op deze wereld gevoelig is als het om flitsende machtsvertoningen gaat." Hij opent zijn ogen en vernauwt ze naar me.

Geweldig. Het zal veel moeilijker zijn om mijn tv-optreden aan deze mensen te rechtvaardigen. Ervan uitgaande dat ik het überhaupt kan.

Op mijn lip bijtend, vlieg ik de komende paar minuten stilletjes door en doe ik mijn best om erachter te komen wat ik tegen de Raad zal zeggen.

Obo corrigeert mijn koers een paar keer tot het duidelijk wordt dat we naar waar het smalste deel van het eiland vliegen wat als een pijl wijst.

"Hoe zit het met de geometrische vormen?" vraag

ik wanneer ik een ander eiland in de verte zie. "Dat ziet eruit als een pizza met een stukje eruit, hoewel ik zeker weet dat er een betere wiskundige term voor is."

"Die vorm wordt een sector genoemd en de reden dat er zoveel patronen in de landmassa's op deze wereld zijn, is Rūaumoko, de krachtigste grondverzetter-Cognizant die ooit heeft geleefd," legt Obo uit. "Hij geloofde dat hij een god was en verscheurde het oorspronkelijke samenhangende continent in vormen die hij prettig vond. Deze wereld heeft veel legendes over die apocalyptische gebeurtenissen — en zelfs moderne wetenschappers verklaren het met behulp van een dubieuze symmetrische tektonische plaattheorie." Hij staart naar de snel naderende vorm. "Hoe dan ook, het heet Pacman-eiland en het is waar de lokale Raad zit."

"Wacht, wat?" Ik laat hem bijna vallen. "Pacman? Dat is een spel dat we op mijn wereld hebben. Hoe ken jij het?"

Hij veegt het zweet van zijn voorhoofd en haalt kalmerend adem. "Hebben ze op jullie wereld ook een Oriëntatie?" weet hij na een moment te zeggen.

"Dat hebben we," zeg ik defensief. "Misschien heb ik het niet helemaal afgemaakt, maar dat is niet mijn schuld."

"Nou, als je dat wel had gedaan, dan zou je weten dat alle goede ideeën voor games, boeken en films routinematig worden 'geleend' door de Cognizanten uit verschillende werelden," zegt hij. "Daarom vind je vaak vergelijkbare talen, populaire cultuur, technologische vooruitgang en nog veel meer."

Natuurlijk. Waarom heb ik daar niet aan gedacht? Het klinkt alsof ik het telraam naar de drakenwereld kan brengen en de volgende Bill Gates kan zijn.

Wacht eens even.

Is Bill Gates een Cognizant? Heeft hij het idee voor *Windows* van een plek als Gomorrah gekregen? Als dat zo is, waarom sprong hij dan niet meteen naar AI of VR? Of zweef —

"Sommige technologieën worden door de Raden gecontroleerd," zegt Obo, duidelijk mijn gedachten lezend. "Boeken, strips en muziek zijn de dingen waar de wereld het meest in deelt. Tenzij het boeken zijn over politieke ideologieën die hun tijd vooruit zijn."

Ik sla dit in mijn hoofd op om hier meer over te praten met dr. Hekima, ervan uitgaande dat ik het overleef.

Nu we dicht genoeg bij Pacman-eiland zijn om het te zien, bestudeer ik het met alle intensiteit van mijn nieuwe en verbeterde vampiervisie.

In tegenstelling tot de betonnen jungle die het stadseiland was dat we achter hebben gelaten, ziet dit eruit als een bosreservaat, alleen op enorme steroïden. Overal waar het oog reikt zijn vierhonderd meter hoge sequoia-achtige bomen te zien die gezamenlijk elke zichtbaarheid uitwissen van wat er op de grond gebeurt.

Als in, ik zou in het midden van een hinderlaag kunnen landen en het niet weten.

Wat enig.

"Komen de mensen hier niet?" vraag ik aan Obo terwijl ik met tegenzin mijn afdaling begin.

"We hebben ervoor gezorgd dat veel dieren op dit eiland worden beschermd," zegt hij trots. "Het is afgeschermd zodat zeelieden niet zomaar aan kunnen meren. Als iemand van de regering ooit komt om dingen te controleren, dan laten onze illusionisten ze zien wat we willen dat ze zien. En als een stroperstype erin slaagt om op de een of andere manier door de beschermelingen te breken, dan worden ze ofwel opgegeten door de dieren die ze kwamen doden, of onder glamour geplaatst om nooit meer terug te komen."

Opgegeten? Over overkill gesproken.

Ik vraag me af wat ze in een paar decennia zullen doen als Google, of het equivalent van deze wereld, besluit om satellietbeelden van alles te maken en ze online te zetten. Dat, en kleine drones, zouden op een dag een probleem kunnen zijn voor deze Raad.

Dat wil zeggen, als ze er nog zijn nadat Tartarus is gearriveerd.

Daarom ben ik hier.

"Land daar." Obo wijst naar waar het oog van de Pacman zou zijn.

Terwijl ik door de bossige toppen van de enorme bomen ga, zie ik de plek die hij bedoelde.

Het is een weide, en op het gras staan mensen die eruitzien als een cosplay-conventie of figuranten in een film over boselfen.

Velen wijzen met hun vingers naar mij, terwijl sommigen echte wapens op me richten — die met de middeleeuwse fantasievibe botsen die ze hebben.

Ik vlieg voorzichtig naar beneden en zorg ervoor dat Obo niets kritieks breekt terwijl ik hem op de grond laat vallen.

Dan de dreiging die overal vandaan komt negerend, land ik en zwaai naar hen. "Hallo. Ik ben hier om een heel belangrijk gesprek met jullie te hebben." Om de een of andere reden zeg ik het met een Texaans accent. Het moet door alle wapens komen.

"Het lijkt erop dat we een hoorzitting krijgen," zegt een kerel met een bossige baard die niet bij zijn elfenoutfit past. Aan de andere kant, voor zover ik weet, hebben elfen misschien baarden, vooral als ze ook hipsters zijn.

"Een hoorzitting is wat ze wilde," zegt Obo.

De man met de baard knikt, haalt dan een walkietalkie onder zijn tuniek vandaan en rotzooit met de bediening. Als de gizmo sist, zegt hij, "Lizzy, breng de tv hierheen, zodat we het bewijs kunnen bekijken."

Een jonge vrouw met een vriendelijk, rond gezicht poeft tot bestaan.

Dit moet Lizzy zijn, en ze is een teleporteur, net als Eric.

Ze heeft een zwarte, multi-level standaard met een grote CRT-tv en videorecorder bij zich. Het doet me denken aan de opstelling die onze leraar seksuele voorlichting had gebruikt toen hij de horrorfilmachtige documentaire uit de jaren tachtig liet zien genaamd *The Miracle of Life*. De grafisch afgebeelde live geboorte daarin was voor mij de beste motivatie voor onthouding voor ontelbare jaren erna — niet te vergeten, iets waar ik nog steeds bij gelegenheid nachtmerries van krijg.

Misschien moet ik *daar* Bailey's hulp bij vragen.

De man met de baard loopt naar het apparaat en pakt de elektrische stekkers die naar de tv en videorecorder leiden.

Na een moment van concentratie verschijnen er vonken tussen zijn huid en de pluggen. Dan komt de tv tot leven.

Interessant.

Is hij een technomancer zoals Felix?

Maar nee. Lizzy werkt met de besturing, dus de man met de baard moet gewoon elektrische krachten hebben.

Ik noem hem Sparkles.

De videorecorder komt vervolgens tot leven, en er begint een korrelige video, die mij op het podium laat zien, terwijl ik de voorspelling voor de loterij doe en de rest.

Het ziet er geweldig uit en ik zie er niet uit alsof ik flipte, ook al deed ik dat wel. Hoe verleidelijk het ook is, ik weersta de drang om Sparkles om een kopie van de band te vragen.

Er wordt op dit moment van me verwacht dat ik berouw heb.

"Stem hem nu af op live-tv," zegt Sparkles, en Lizzy doet dit.

Er is een tv-nieuwsprogramma en ze hebben een foto van me.

"We hebben het lot gecontroleerd," zegt de nieuwslezer. "Het is echt en het werd net voor de voorstelling gekocht. De mensen bij de loterij verzekeren ons dat het onmogelijk is dat het systeem —"

Sparkles stopt met het leveren van elektriciteit aan de tv en hij valt uit. Aangezien ze niet langer nodig is, legt Lizzy de afstandsbediening op de videorecorder en poeft weg.

"Bedankt voor je komst," zegt Sparkles op een nare manier tegen me. "Je zult nu voor die gruwelijke misdaad boeten."

Op dat moment verandert Obo in zijn wolvenvorm, en de vingers en wapens van de anderen wijzen weer naar mij — deze keer nog dreigender.

HOOFDSTUK VIERENTWINTIG

Ik beoordeel mijn kansen om weg te vliegen als ze allemaal tegelijk op me zouden schieten.

Heel laag.

Waarschijnlijk nul.

"Ik kan het uitleggen," zeg ik snel. "Ik ben gekomen om alle mensen op deze wereld van een vreselijk lot te redden. Ik wist niet dat er hier ook Cognizanten waren, anders had ik eerst met jullie gesproken."

De raadsleden zien er verward uit en zijn daardoor iets minder bereid om me in kleine stukjes te hakken.

"Ik ben een ziener," ga ik verder en ik spreek snel verder. "Ik heb gezien dat Tartarus de wereld waar ik vandaan kom zal gaan vernietigen, en toen kwam ik erachter dat hij ook naar deze wereld zal komen — en veel eerder. Dus ben ik hierheen gekomen om hem tegen te houden."

Terwijl ik pauzeer om adem te halen, merk ik dat niemand me met een kogel of hun magische mojo heeft neergeschoten — en een aantal hebben zelfs hun armen laten zakken.

Mooi.

Misschien overleef ik het toch.

"Zei je *Tartarus*?" zegt een oudere vrouw met lapis-kleurige ogen fronsend. "Misschien moeten we Jaylen erbij halen? Hij overleefde —"

"Oh, alsjeblieft," zegt Sparkles, terwijl hij met zijn ogen rolt. "We gaan de arme illusionist niet met deze leugens lastigvallen."

"Ik lieg niet," zeg ik. "Tartarus komt eraan en er is geprofeteerd dat ik degene ben die hem zal doden. En omdat ik niet zeker wist of ik krachtig genoeg was, heb ik het tv-optreden gedaan om sterker te worden. Nogmaals, ik wist niet dat ik op jullie collectieve tenen zou gaan staan — hoewel het er toch niet echt toe doet. Het doel van het mandaat is om te voorkomen dat mensen over de Cognizanten te weten komen. Maar zodra Tartarus arriveert, zullen er hier geen mensen meer zijn — en ook geen Cognizanten."

Ik heb bewust elke vermelding van Liliths betrokkenheid weggelaten. Ze hebben misschien van haar gehoord, en de dochter zijn van het vleesgeworden kwaad zal mijn zaak niet helpen.

Sparkles zucht theatraal en schudt zijn hoofd. "Wauw. Ze zal alles zeggen om zichzelf te redden."

"Ik ben alleen in gevaar, omdat ik daarvoor gekozen heb." Ik knik naar Obo. "Waarom zou ik hierheen komen als ik jullie niet wil waarschuwen om je voor te bereiden? Ik had met gemak naar een hub kunnen vliegen en naar huis kunnen gaan, zodat jullie het zelf uit konden zoeken met de Apocalyps die nog gaat komen."

Veel meer mensen zien er nadenkend uit, en sommigen — zoals de oudere dame die het over een overlever had — zien er zelfs overtuigd uit.

"Je wist dat we op je zouden jagen, waar je ook naartoe zou gaan," zegt Sparkles, maar hij klinkt minder zeker.

"Eerlijk gezegd heb ik op de wereld waar ik vandaan kom machtige bondgenoten," zeg ik. "Je zou me daar niet kunnen raken."

"Dit zou kunnen verklaren waarom Criswell weg is gegaan," zegt een slanke vrouw die als een van de eersten haar wapen liet zakken.

"Wie is Criswell?" vraag ik aan Sparkles.

"Een ziener die een paar maanden geleden, samen met zijn vrienden en familie, is verdwenen," zegt hij nors, zijn uitdrukking nog verontrustender.

"En daar heb je het," zeg ik. "Hij moet het einde van de wereld hebben voorzien, maar vond de rest van jullie niet belangrijk genoeg om jullie erover te waarschuwen."

Sparkles streelt gedurende een paar lange seconden zijn baard. "Ik vertrouw je nog steeds niet," zegt hij, en de weinige mensen die nog steeds op me richten, knikken goedkeurend. "Je brak de meest heilige regel die we hebben."

"Heb je niet iemand met de kracht om te vertellen of ik de waarheid spreek?" vraag ik, terwijl ik rondkijk op zoek naar ogen met limbale ringen en vind niks.

Waar is een draak als je er een nodig hebt?

Over draken gesproken, ik mis Nero — en niet alleen omdat hij hier mijn niet-liegende huid kan redden.

"We kunnen een van de stenen gebruiken," zegt de oudere vrouw met de vreemde ogen.

"En een artefact van onschatbare waarde verspillen?" gromt Sparkles.

"De inzet kan niet hoger zijn," zegt ze. "We hebben nog tien stenen over. We kunnen er hiervoor wel eentje missen."

Sparkles fronst, haalt zijn walkietalkie weer tevoorschijn en speelt met de bedieningselementen.

"Ja?" zegt een vrouwelijke stem.

"Breng de stenen hierheen," beveelt Sparkles en hij legt de portofoon weg.

Lizzy poeft weer tevoorschijn. Deze keer heeft ze een mooie juwelendoos in haar handen.

Als ze hem opent, zie ik een stel grote stenen die een magisch, oceaanblauw licht uitstralen.

Ah.

Dit laat een belletje rinkelen.

Er zit ook een ketting in de doos waar een steen in past.

Dat bevestigt het.

Toen ik voor het eerst de Raad van New York zag, hadden ze hetzelfde op me gebruikt. Die keer was het Nero die een blauwe steen energie had gegeven om hem zo te laten stralen — en nadat hij dat had gedaan, had het zijn waarzeggende vaardigheden overgenomen. Hier heeft een of andere draak de stenen al met die kracht voorgeladen.

Misschien Nero zelf?

Aangezien het nu niet het moment is om te vragen of de knappe man met wie ik naar bed ga dit aan hen heeft gegeven, wacht ik stilletjes tot Lizzy de steen in de ketting stopt en hem dan om mijn nek hangt.

Sparkles blaast zich op. "Daarmee zul je alleen —"

"De waarheid vertellen," zeg ik. "Ja, ik ben bekend met deze magie en ik wil beginnen met te zeggen dat als je meer stenen nodig hebt, ik iemand heel intiem ken die ze voor je op kan laden."

Mijn ketting straalt groen — wat onomstotelijk bewijst dat ik de waarheid spreek.

Zoals ik van plan was, puilen ieders ogen uit hun kassen.

Ze moeten over draken weten — wat volgens mij logisch is, gezien de *Lord of the Rings*-sfeer van deze groep.

In het geval dat de impliciete dreiging niet duidelijk was, voeg ik eraan toe, "En voordat jullie een beslissing nemen over mijn lot, moet je weten dat de persoon in kwestie extreem boos op je zou zijn als mij iets zou overkomen."

Mijn ketting glanst weer groen.

"In feite," zeg ik, terwijl ik me brutaler voel bij de verafschuwde en onder de indruk zijnde blikken rondom, "vermoed ik dat als je me doodt, de komst van Tartarus de minste van je zorgen zal zijn."

De steen bevestigt mijn woorden opnieuw.

"Ben je klaar met je dreigementen en opschepperij?" vraagt Sparkles.

"Ik heb alleen feiten genoemd," zeg ik, en de steen gloeit groen. "Waarom vraag je me niet wat je moet weten, zodat we ons op wat belangrijk is kunnen concentreren — iedereen van Tartarus redden?"

"Ben je echt een ziener?" vraagt hij.

"Ja," zeg ik met een groene bevestiging.

"Heb je echt een visioen gezien waarin deze wereld is vergaan?"

"Nee," zeg ik. "Ik had geen zienerskracht meer voordat ik dat kon doen. Ik voorzag dat mijn eigen wereld zou vergaan, en toen vertelde iemand anders me dat hetzelfde hier gaat gebeuren."

"Wie is die iemand?" vraagt hij. "Is het een andere ziener?"

Shit.

Ik had Lilith hier liever buiten gehouden.

"Het was geen ziener, maar ze had gezegd dat een ziener haar de informatie had gegeven," zeg ik, waarbij ik zorgvuldig mijn woorden kies om ervoor te zorgen dat de steen me geen leugenaar noemt. "Ik geloofde haar omdat ze geen reden heeft om te liegen — dat zou de reden moeten zijn dat je *mij* gelooft."

"Laten we zeggen dat we je geloven," zegt de slanke vrouw van eerder. "Het feit blijft dat Tartarus een vernietiger van werelden is. Wat kunnen we doen, behalve vluchten?"

"Zoals ik al eerder zei, is er geprofeteerd dat ik degene ben die Tartarus doodt. De profetie is door een ziener gemaakt die krachtiger is dan ik. Oh, en behalve dat ik een ziener ben, ben ik een vampier, zoals je kunt zien. En een kansmanipulator."

De steen bevestigt mijn woorden en iedereen, zelfs Sparkles, lijkt onder de indruk te zijn van mijn zeldzame drietal van krachten.

"Ik heb ook bedrog en illusies bestudeerd — de goochelende soort," zeg ik. "Wat in deze situatie zou kunnen helpen."

"Hoe?" vraagt de oudere vrouw van eerder met een frons.

Misschien waren bedrog en illusies niet het beste om over te praten als je probeert als het toonbeeld van eerlijkheid te klinken.

"Hebben jullie veel bodes op deze wereld?" vraag ik als een idee zich in mijn geest begint te kristalliseren.

Ze knikt terwijl Sparkles fronst.

"En kunnen jullie, de raadsleden, over dingen praten die gewoonlijk door het mandaat verboden zijn?" vraag ik.

Ze knikt weer, maar dan behoedzamer. Ze moet anticiperen waar ik heen wil.

"Oké. Dan denk ik dat jullie allemaal op tv moeten komen om meer macht te krijgen, zoals ik heb gedaan," zeg ik voordat ze mijn idee kunnen uitjouwen. "En ik kan helpen illusies te ontwerpen om je vaardigheden nog groter te laten lijken."

"Ze is krankzinnig," zegt Sparkles. "Zij gelooft misschien haar waanideeën, maar dat maakt haar niet minder gek."

"Ik ben geestelijk volkomen gezond," zeg ik, en de steen bevestigt mijn woorden — hoewel ik denk dat het dat hoe dan ook zou doen, zolang ik maar de waarheid van mijn woorden geloofde.

"De reikwijdte van dit gesprek groeit veel verder dan deze Raad aankan," zegt de oudere vrouw van eerder. "We moeten de vertegenwoordigers van andere Raden hierheen halen en Jaylen ook laten komen. Hij weet het meest over Tartarus, aangezien hij hem heeft overleefd."

Naast Nostradamus nog een overlever? Dat is inderdaad interessant.

"Dat doen is net zo goed als toegeven dat we haar geloven," zegt Sparkles, ongelukkig kijkend.

"Ik geloof in de kracht van die stenen," antwoordt de vrouw. "Ik zie ook geen reden voor haar om dit te verzinnen."

Met tegenzin rommelt Sparkles met zijn walkietalkie.

Voordat het apparaat tot leven kan komen, duikt Lizzy op, met een verwachtingsvolle uitdrukking op haar ronde gezicht.

"We moeten zoveel mogelijk vertegenwoordigers van de andere Raden bijeenroepen als we kunnen," zegt hij tegen haar. "We moeten ook met Jaylen spreken, als hij tenminste beschikbaar is."

"Begrepen," zegt Lizzy en ze teleporteert weg.

Er gebeurt gedurende ongeveer een minuut helemaal niks, dus ik kijk of ik mijn zienerskrachten terug heb.

Helaas niet.

Na nog een paar minuten komt Lizzy terug en heeft ze een ander persoon bij zich, deze is in een toga gekleed — misschien van een Raad met een andere esthetiek, meer van het oude Griekenland?

De volgende persoon die Lizzy meeneemt is in gewone kleren gekleed, en degene daarna draagt een cocktailjurk.

In tegenstelling tot de aarde, waar alle raadsleden van hun gewaden en maskers houden, lijkt het erop dat deze wereld een thema heeft dat voor iedereen anders is.

Naarmate er meer en meer raadsleden bijeenkomen, schets ik mentaal de details van mijn idee over hoe we onze kansen in deze strijd kunnen verbeteren.

Mijn gedachten worden onderbroken als ik zie dat er naast Lizzy nu een dozijn meer teleporteurs zijn die mensen sneller en sneller naar binnen brengen.

De nieuwkomers wisselen verhit gefluister uit met de lokale raadsleden, en mijn gezicht brandt onder het gewicht van alle nieuwsgierige blikken.

Na nog een paar minuten verschijnt Lizzy terwijl ze de schouder van een oude man vasthoudt.

"Hallo, Jaylen," zegt de oudere vrouw die erop stond dat hij hierheen werd gebracht. "Sorry dat ik je stoor, maar deze bezoeker heeft iets dat jij, van alle mensen, misschien wilt horen."

Nieuwsgierig bestudeer ik de nieuweling.

Als Samuel L. Jackson honderdentien jaar oud zou zijn, dan zou hij deze man in een film kunnen spelen — ervan uitgaande dat de acteur het bodemloze verdriet in Jaylens ogen zou kunnen projecteren.

"Ik ben altijd blij om je te zien, Roslin," zegt hij met een hese stem tegen de vrouw.

Flirten? Goed voor hem.

Roslin bloost een beetje, kijkt om zich heen naar de luidruchtige mensen en wijst dan met haar hand naar de grond.

De weide trilt door een mini-aardbeving, die meteen ieders aandacht trekt.

"Vertel iedereen alsjeblieft wat je ons net hebt verteld," zegt Roslin tegen me.

Ik doe wat ze zegt — en pauzeer alleen halverwege, wanneer de steen om mijn nek stopt met glanzen, waarschijnlijk zit hij zonder waarzeggende mojo.

Het is leuk om te kunnen liegen, dus verfraai ik delen van het verhaal een beetje, en beweer dat ik hier uit vrije wil naartoe ben gekomen in plaats van toe te geven dat mijn psycho moeder me ontvoerd heeft.

Zodra de naam Tartarus wordt genoemd, wordt Jaylens uitdrukking zo donker als degene die ik op het gezicht van Nostradamus heb gezien.

Hij haat Tartarus, dat is duidelijk.

"Begrijp ik hieruit dat iedereen de onzin gelooft die net uit haar mond is gekomen?" vraagt Sparkles luid en hij staart naar zijn collega's.

De meerderheid van de raadsleden knikt met wisselend enthousiasme.

"Zullen we erover stemmen?" zegt Roslin. "Degenen die denken dat we de komst van Tartarus als een geloofwaardige bedreiging moeten behandelen, steek alsjeblieft je hand op."

Bijna alle handen gaan omhoog, zelfs die van mensen die niet knikten toen Sparkles vroeg of ze me geloofden.

Schouderophalend steekt Sparkles zijn eigen hand op. "Goed dan. Ik denk dat het geen kwaad kan om voorbereid te zijn," mompelt hij. "Maar als Tartarus niet komt, dan zal deze veel te verantwoorden hebben."

"Ik zou willen dat ik dit allemaal verzon," zeg ik. "Voor ieders bestwil."

"Juist," zegt Roslin. "Nu dat geregeld is, wil ik dat Jaylen het overneemt. Hij is de enige persoon die ik ken die de komst van Tartarus op een wereld heeft overleefd. En als illusionist kan hij ons laten zien wat we kunnen verwachten."

Juist. Dat had ze eerder gezegd, maar het valt nu pas op zijn plek. Geen wonder dat Jaylen die uitdrukking op zijn gezicht had toen ik de komende invasie noemde.

Tartarus moet hem diep gekwetst hebben.

"Iedereen die het erg vindt om mijn illusie te zien, zeg het alsjeblieft," zegt Jaylen terwijl hij rondkijkt.

Niemand heeft bezwaren, dus steekt hij zijn dunne armen op en schiet rode energie naar ons.

Het bos om ons heen is door de hub vervangen waar Lilith en ik vandaan zijn gekomen.

"Laten we met mijn thuiswereld beginnen," zegt Jaylens lichaamloze stem. "Ik zal jullie er nu heen brengen."

Ons gezichtspunt vliegt in de poort waar Lilith en ik in deze wereld zijn gestapt, en volgt dan snel het pad naar de aarde dat ik uit mijn hoofd ken — alleen gaan we er niet op aarde uit, maar volgen we een andere set poorten, die ook bekend zijn.

Als we onze bestemming bereiken, zie ik dat mijn vermoeden juist was.

Jaylen heeft ons meegenomen naar een wereld waar ik geweest ben. Degene met alle gemummificeerde lichamen die ik op weg van en naar Liliths en Nero's werelden heb gezien.

Alleen is Jaylens wereld hier springlevend — de luchthaven bruist van de hectische activiteit die aan het JFK van New York doet denken.

Net als een film die op vooruitspoelen staat, gaat het gezichtsveld van het vliegveld, over de snelweg, dan door een stadsblok, de trap op van een gebouw en naar een appartement waar een veel jongere Jaylen voor een tv zit.

Op het scherm is een man te zien die vaag op Jaylen lijkt, vooral de oudere versie van vandaag.

"Als je naar Tartarus kijkt, dan zie je iemand tegen wie je opkijkt of die je aanbidt," zegt Jaylens lichaamloze stem. "Daarom zie ik mijn overleden opa."

Juist. Nostradamus had in *zijn* herinneringen zijn mentor gezien.

Tartarus heeft een groen scherm op de achtergrond — alsof de studiodirecteuren achter hem iets met CGI wilden doen, maar waren vergeten om dit te doen.

"Aanschouw," zegt Tartarus. "Ik ben eindelijk gekomen en je zorgen en tragedies zijn voorbij."

Terwijl hij spreekt, krijg ik een vreemd gevoel. Het is alsof hij elk woord van die cryptische boodschap meent. Alsof ik hem zou moeten geloven. Alsof zijn woord de waarheid is.

Wanneer ik dit vermeld, legt Jaylen uit, "Tartarus heeft de kracht om je zijn woorden te laten geloven. Gelukkig werkt het niet bij degenen onder ons die beter weten."

Interessant. Tartarus ziet er dus uit als iets heiligs zodat je hem wilt geloven — geen wonder dat hele werelden van hem verliezen.

"Ik ben onder vele namen bekend," zegt Tartarus op dezelfde vertrouwensbevorderende manier. "Weet dat degenen die in mij geloofden, nu beloond zullen worden." Hij lacht zaligmakend, en ik vraag me af hoeveel miljarden mensen hem als hun godheid zien. "Maar voor degenen die geen vertrouwen in mij hadden, maak je geen zorgen," zegt hij met een nog bredere glimlach. "Nu ik geopenbaard ben, kun je geloven. Het is nooit te laat."

Het lef van deze man. Hij doet hetzelfde wat Lilith

op haar wereld deed, maar op grotere schaal. En, in tegenstelling tot Lilith die haar onderdanen min of meer in leven liet, is Tartarus van plan om ze direct nadat hij zichzelf tot hun god heeft gemaakt leeg te zuigen.

"Binnenkort zal ik jullie essenties — jullie zielen — naar mij toe halen om je bij mij te voegen," zegt Tartarus en zijn ogen stralen hemelse warmte uit. "We zullen één worden."

Wat een slimme poppenkast. Als mensen dit laatste deel geloven — en velen zullen dat doen — dan zal hun geloof zijn kernkracht versterken, die van het consumeren van levensenergie. Wat het meest duivels is, is dat van wat hij in die laatste verklaring heeft gezegd niets gelogen is. Wanneer hij iemand leegzuigt — of diens essentie eet — dan worden ze 'als één', in een zeer strikte zin van het woord.

"Nu zullen mijn kinderen arriveren," vervolgt Tartarus. "Behandel ze met het respect dat je mij zou geven, omdat ze een verlengstuk van me zijn. We hebben hetzelfde doel."

Weer waar. Ze zijn hier allemaal voor een all-you-can-eat-buffet.

Tot slot verdwijnt Tartarus van het scherm, en de programmering gaat naar een nieuwslezer, die meteen begint te speculeren over wat de kijkers net hebben gehoord, en die zinnen als Judgement Day en Second Coming laat vallen.

Jaylen is hier niet in geïnteresseerd. Hij hoort

buiten iets gebeuren, dus staat hij op en loopt naar zijn raam op de derde verdieping om naar buiten te kijken.

In het midden van de straat gaat een glimmende plasmapoort open.

Het lijkt op de poorten bij de hubs, maar dan kleiner en zwakker.

"Een aantal van de kinderen van Tartarus zijn teleporteurs die krachtig genoeg zijn om tijdelijke poorten te openen," verklaart Jaylens lichaamloze stem wanneer iemand naar adem snakt. "Deze poorten zullen maar anderhalf uur bestaan, maar dat is meer dan genoeg tijd voor deze schurken om de wereld droog te zuigen."

Terwijl hij spreekt, komt er een stroom mensen de poort uitgerend, die er allemaal uitzien als iemand die Jaylen in verschillende mate vereert en liefheeft.

De mensen op straat staren hen vol ontzag aan. Sommigen vallen op hun knieën, terwijl anderen daar gewoon staan, alsof ze bevroren zijn. Ze moeten engelen of hun eigen overleden familieleden zien.

De kinderen van Tartarus verspreiden zich langzaam uit de poort en steken dan hun handen uit als in gebed.

Er springen energiebogen in hun handen van de mensen die het dichtst bij hen staan.

Voordat iemand met zijn ogen kan knipperen, veranderen de mensen in de gemummificeerde omhulsels die nu deze wereld bedekken.

Ondanks dat hij ver weg staat, voelt Jaylen dat zijn

levenskracht ook leeg begint te lopen, maar niet zo snel.

"Het spijt me, maar ik wil het volgende deel niet in detail herbeleven," zegt zijn stem terwijl de wereld om ons heen even zwart wordt. "Laat me gewoon zeggen dat die monsters op een methodische manier elk levend wezen zullen opzoeken. De mensen zullen ze meteen leegzuigen, maar de Cognizanten zullen ze in voedsel en fokdieren scheiden. De laatste zullen worden gebruikt om kinderen te maken met nuttige krachten voor hun vader. Van mijn hele familie was ik de enige overlevende."

Hoewel ik Jaylen niet kan zien, wordt de duisternis om ons heen zwaar van zijn pijn.

"De volgende delen zijn mijn extrapolatie, in plaats van een feitelijk verslag van de gebeurtenissen," zegt hij met een onstabiele stem terwijl hij ons een kamer laat zien die bedekt is met tv-monitoren.

Het is als een surveillancekamer in een bank, maar dan groot genoeg voor tientallen locaties van over de hele wereld.

Op elk scherm is een soortgelijke scène te zien.

Ergens in de wereld opent zich een poort, de kinderen van Tartarus rennen eruit, en vernietiging volgt.

Op één scherm gebeurt dit in de woestijn. Op een ander scherm, op een eiland in de oceaan. De meeste tonen echter steden.

Op een groter scherm loopt Tartarus door wat op een tv-studio lijkt en al snel wordt hij door een tiental van zijn kinderen vergezeld. Hij en zijn troep zuigen elke persoon die hun pad kruist leeg en laten de omhulsels in hun kielzog achter.

Er verschijnt een teleporteervrouw die het pad van Tartarus blokkeert — en ze heeft een koninklijk uitziende man bij zich.

"Dat zijn twee van de krachtigste raadsleden die we hadden," legt Jaylen uit. "Ik heb later een cel met hen gedeeld in de broedputten. Als iemand een kans had gehad om Tartarus te verslaan, dan zouden zij het zijn geweest."

Tartarus kijkt de nieuwkomers aan en richt zich op de vrouw, met zijn armen op haar gericht op hetzelfde moment dat zijn kinderen de koninklijke gast aanvallen.

Er stroomt een paarse energie van de vrouw naar Tartarus. Ze schreeuwt van de pijn en begint zichtbaar te verschrompelen, alsof ze in een snel tempo veroudert. Haar energie aftappen lijkt een langzamer proces te zijn dan bij mensen, maar het verlengt haar pijn.

Ondertussen verandert de vorstelijk uitziende man in een weerwolf die nog groter is dan Obo, en hij begint de kinderen van Tartarus in stukken te scheuren terwijl ze hem proberen leeg te zuigen van energie.

Ze zijn duidelijk niet zo in het zuigen bedreven als hun vader.

Als de weerwolf klaar is met zijn laatste slachtoffer, laat de teleporteervrouw een gekwelde schreeuw horen en poeft ze weg.

Wauw. Ze heeft haar kameraad achtergelaten om zichzelf te redden. Dat is niet cool en totaal zinloos, want afgaande op wat Jaylen net heeft gezegd over de broedputten, zal ze later toch gepakt worden.

Nu de teleporteur weg is, wijst Tartarus met beide handen naar de weerwolf en begint er oranje energie naar hem toe te stromen.

De oren van de weerwolf gaan hangen, zijn staart glijdt tussen zijn poten terwijl hij begint te janken, zijn harige lichaam begint steeds meer op een rozijn te lijken.

Zonder het energiezuigen op te geven, gaat Tartarus naar hem toe en slaat hem met een enkele klap tegen de snuit neer.

Met die optimistische noot, is de illusie van Jaylen voorbij.

Ik ben terug in de wei, omringd door groen en alle raadsleden — die er nu heel grimmig uitzien.

Net als ik, kijken ze niet uit naar het komende gevecht.

In tegenstelling tot hen, weet ik dat Tartarus iemand is die ik onder ogen *moet* zien.

Het is blijkbaar mijn lot.

Als ik eerder niet zeker was van mijn vooruitzichten, dan ben ik nu nog minder zelfverzekerd. Om te beginnen had ik niet gedacht dat Tartarus zoveel steun zou hebben. 'Hem verslaan' betekende altijd het doden van slechts één zeer krachtige man, niet een heel leger van zijn volwassen kinderen. Maar nu lijkt het erop dat hij slechts een stukje van de puzzel is. Hij zal arriveren, op tv komen en zijn gebroed op iedereen loslaten — een keten van gebeurtenissen waar veel moeilijker mee om te gaan is.

Ik denk dat we een groter plan nodig hebben. Een plan dat het doden van al zijn helse gebroed zal omvatten.

Terwijl ik hierover nadenk, verschijnt Lizzy, de lokale teleporteur, naast de tv-installatie.

Haar ogen zijn groot en ze is bleker dan een aantal van de aanwezige vampiers.

"Zet de tv aan," zegt ze op een holle toon tegen Sparkles. "Je moet dit zien."

Sparkles grijpt de kabels en brengt de tv tot leven.

Haar handen trillen en Lizzy stemt op een kanaal af.

Mijn hartslag schiet omhoog terwijl ik wacht tot het beeld verschijnt.

Als dit is wat ik denk dat dit is, dan zijn al mijn inspanningen voor niets geweest.

Als Tartarus al hier is om zijn toespraak op tv te houden, dan is deze wereld — en ik ook — gedoemd.

HOOFDSTUK VIJFENTWINTIG

Het beeld verschijnt, en ik realiseer me dat de wereld niet verdoemd is.

Maar dat ben ik wel.

Het scherm toont Lilith. Ze zweeft een paar meter boven de grond, zoals ik geleerd heb om te doen.

"Mijn naam is Lilith. Degene die zich eerder aan jullie openbaarde, is mijn dochter, Sasha," zegt mijn moeder in de camera, en de Cognizanten om me heen draaien zich van het scherm om me aan te staren, hun uitdrukkingen worden donkerder.

"Ik ben een godin van bloed en geluk," gaat Lilith verder. "En ik zal dit voor jullie kijkplezier bewijzen."

Haar ogen worden spiegelachtig en ze werpt haar blik op de mensen in de eerste rij van het studiopubliek.

Na hun aandacht te hebben getrokken, zegt ze, "Kom. Ik zal je bloed drinken."

De toeschouwers staan één voor één op en lopen het podium op.

Als de eerste man daar aankomt, laat Lilith hem knielen en tot haar bidden. Dan drinkt ze hem gedurende de langste tien seconden in de tv-geschiedenis.

De rest van het publiek schreeuwt en probeert te vluchten.

Onverschrokken door de reacties van de mensen drinkt Lilith uit de rest van de betoverde mensen voordat ze die truc met het eten op afstand doet die ze op de chorts uitvoerde, waarbij een kleine stroom bloed van elk lid van het publiek naar Liliths hebzuchtige mond gaat.

Iedereen om me heen — zelfs de vampiers — staren vol afschuw naar de tv.

Ik denk dat ze niet beseften dat deze laatste truc mogelijk was.

Ondertussen kan ik het niet helpen, maar ik vraag me af of *dit* was wat Lilith in haar handgeschreven briefje bedoelde toen ze zei dat ze 'iets te eten zou halen'.

Over grote understatements gesproken.

Wat Lilith eigenlijk doet, is natuurlijk haar kracht laten groeien op precies dezelfde manier zoals ik dat had gedaan. Ze moet jaloers zijn geworden op mijn tv-verslaggeving en besloten hebben om er zelf ook wat van te krijgen.

Voordat ik dit verder kan verwerken, laat Sparkles de tv-kabel vallen en draait hij zich met bliksem op zijn handpalmen naar me toe. "Je was ons met je verhalen over Tartarus aan het vertragen, zodat ze vrij kon zijn om *dat* te doen," snauwt hij. "Nu ben je dood."

Wapens en bewapende vingers vliegen weer naar me toe.

Verdorie.

Ik wist dat Lilith m'n dood kon worden, maar ik had niet gedacht dat het op zo'n manier zou gebeuren.

HOOFDSTUK ZESENTWINTIG

ER KLINKT EEN BEKEND GEBRUL VAN BOVEN DE BOOMTOPPEN UIT — een gebrul dat klinkt alsof er menselijke woorden in zitten. Op de meest bloedstollende manier die mogelijk is, lijkt het te zeggen, "Raak haar aan en sterf!"

Voor het geval het niet duidelijk was van wat voor soort wezen het gebrul is, duikt er een grote draak vanuit de lucht op en hij gooit vijf IKEA-winkels vol boomtakken op ieders hoofd.

De raadsleden verstijven waar ze staan.

De draak landt, glinstert van magie en verandert in een watertandend lekkere naakte Nero met zijn handen nog steeds als klauwen en met limbale ringen die zijn losgeslagen.

Mijn hart springt op en ik realiseer me hoe dolblij ik ben om hem te zien — niet alleen omdat hij heeft voorkomen dat er gehakt van me werd gemaakt. Het kan iets te maken hebben met die harde, maar toch kusbare mond, perfecte buikspieren, gebeeldhouwde borstspieren, en laat me niet eens beginnen over wat er onder zijn middel gebeurt.

Ja, ik heb mijn bazige mentor echt gemist en ik had nooit gedacht dat ik dat zou zeggen.

"Leg nu je wapens neer," gromt Nero dreigend en hij haalt me daarmee uit mijn geile verering. "Jullie echte vijand is Tartarus — net zoals Sasha jullie al heeft uitgelegd."

Geschokt doen ze wat hij zegt.

"Jij bent het," zegt Roslin. Haar lapiskleurige ogen gaan met zo'n gretige interesse over Nero's lichaam dat ik de drang krijg om haar te slaan. Ik verzet me echter, omdat ze tot nu toe aardig tegen me is geweest. "Je hebt in ruil voor een aardbeving van mij je kracht aan de stenen gegeven," vervolgt ze. "Weet je dat nog?"

Nero kijkt haar aan, zijn limbale ringen krimpen.

"Ja." Hij loopt naar me toe, haalt de opgebruikte sieraden van mijn nek en schiet er met een lichtboog op die hem onmiddellijk oplaadt. Hij geeft de ketting aan Roslin en zegt, "We verspillen kostbare tijd. Stem gewoon of je ons wilt vertrouwen, zodat we jullie kunnen helpen of weg kunnen gaan."

Hij zegt het op zo'n manier dat het klinkt alsof hij heel erg de voorkeur geeft aan het laatste.

Sparkles duwt zijn borst uit. "Jij vertelt ons niet wat we moeten doen. En wie zegt dat ze zou kunnen vertrekken?"

Nero schudt geïrriteerd zijn hoofd, vervaagt dan in

beweging en haalt uit met zijn klauwen voordat iemand een piepje kan laten horen.

Ik verwacht half dat Sparkles in stukken op ons neer zal regenen, maar Nero is vandaag duidelijk in een genadige stemming.

Zijn klauwen hebben alleen de baard van Sparkles rondom zijn kin weggesneden, waardoor de gruwelijke baard een knipbeurt heeft gekregen.

In de tijd die de schaamhaarachtige resten van de baard nodig hebben om op het gras te vallen, vervaagt Nero en komt hij weer naast me staan.

"Is er nog iemand die Sasha wil bedreigen?" vraagt hij hard.

"Nee, nee. We zijn klaar om te stemmen." Roslin kijkt de nog steeds herstellende Sparkles met samengeknepen ogen aan.

Niet verrassend, stemmen ze ervoor om ons te vertrouwen.

"Jouw publiek," zegt Nero tegen me, met een lichte glimlach in zijn ogen.

"Hoe ben je überhaupt hier terechtgekomen?" fluister ik. "Hoe wist je waar ik zou zijn?"

"Bailey heeft me over jullie gesprek verteld, dus dat is hoe ik het pad naar deze wereld wist, en Raspoetin voorzag dat je een ordehandhaverweerwolf naar dit zeer anders uitziende eiland zou slepen," legt hij stilletjes uit. "We zullen het hier later over hebben. Je moet eerst een familiekwestie oplossen."

"Juist." Ik kijk de menigte aan. "Die vrouw op tv is inderdaad mijn moeder. Ze is krankzinnig, misschien crimineel, maar ik denk dat ze kan helpen. Ze is erg krachtig en ze haat Tartarus." Ik haal diep adem en kijk om me heen. "Ik heb een idee van wat we nu moeten doen, maar ik wil dat jullie allemaal een open geest hebben. Zoals ik jullie eerder begon te vertellen, heeft het te maken met jullie bodes en raadsleden die op tv komen en jullie krachten onthullen."

Ik stop om dat te laten bezinken.

Sparkles staart me boos aan. "Dat is een vreselijk idee. Stel dat deze Tartarus van jou komt, en we hem verslaan. Als we ons bestaan aan de mensen onthullen, dan zullen ze van ons af willen komen of ervoor kunnen zorgen dat wij ons van hen ontdoen."

"Niet per se," zeg ik. "Niet als dit op de manier wordt afgehandeld die ik in gedachten heb. Als het zorgvuldig wordt geïmplementeerd, dan zou mijn idee de Cognizanten in staat moeten stellen om nadat Tartarus is verdwenen met mensen samen te leven."

Iedereen behalve Nero kijkt nieuwsgierig.

Heeft Raspoetin hem al verteld hoe dit zal gaan? Als hij dat heeft gedaan, dan is het niet eerlijk. Ik wilde dat Nero zou buigen en zou zeggen hoe slim hij me vindt.

"Klinkt te mooi om waar te zijn," zegt Sparkles.

"Misschien," zeg ik. "Maar ik denk dat dit een deel van de schade die Lilith en ik hebben veroorzaakt ongedaan zou maken — en de machtsgreep van Tartarus zou belemmeren als hij erin slaagt om op tv te komen zoals we in Jaylens herinnering zagen."

"Ze heeft gelijk," zegt Roslin. "Mensen vragen zich al dingen af waarvan we niet willen dat ze zich dat afvragen. Als we op straat tegen het gebroed van Tartarus vechten, dan zullen ze nog meer weten."

"Precies," zeg ik. "Maar we gaan mensen een kader geven dat voor hen logisch is. Het zal een misleiding van ongeëvenaarde omvang zijn, maar gelukkig voor jullie ben ik toevallig een meestergoochelaar."

"Stop met het opbouwen en vertel het ze," zegt Nero ongeduldig. "Lilith moet tegengehouden worden."

"Het is eenvoudig," zeg ik triomfantelijk. "We zullen doen alsof we superhelden zijn."

HOOFDSTUK ZEVENENTWINTIG

"Wat?" Sparkles probeert aan zijn baard te trekken, maar merkt dat het meeste ervan weg is.

"Super. Helden," articuleer ik. "Net als Superman. Heb je dat stripboek of die film hier?" Ik kijk naar Obo, die heftig knikt.

Sparkles fronst. "Ik begrijp het niet."

"We zullen zeggen dat we superhelden zijn en het dan op tv bewijzen," zeg ik. "We schilderen Tartarus als een superschurk af. Op deze manier kunnen we hem in het openbaar bestrijden en de mensen zullen zelfs helpen."

De meeste raadsleden zien er nog steeds dubieus uit.

Ze denken misschien terug aan hun stripverhalen en herinneren zich verhalen als *X-Men*, waar de specials en de mensen niet echt zo vreedzaam met elkaar kunnen opschieten als ze zouden moeten.

Opmerking voor mezelf: zorg ervoor dat je ons

geen "mutanten" of "meer geëvolueerd" noemt, want dat is slechte PR.

"Het is pure grootheidswaanzin," zegt Sparkles.

"Oh echt? Wat stel jij dan voor?" vraag ik aan hem.

"We kunnen de mensen onder glamour brengen," zegt Sparkles onzeker.

"Het zal vrijwel onmogelijk zijn om glamour op miljarden te gebruiken," zegt een vampierraadslid. "Er zijn er niet genoeg van mijn soort om dat in een dozijn levens te laten gebeuren."

Jaylen schraapt zijn keel. "Onze voorouders noemden zichzelf goden. Dat is wat Tartarus en die tv-vrouw doen. Misschien moeten we hetzelfde doen?"

"Dat heb ik overwogen," zeg ik. "Maar daar lijkt jullie wereld te modern voor, en uiteindelijk is er geen groot verschil tussen zoiets als heidense goden en de superhelden in stripboeken. Op aarde is er een superheld genaamd Thor, die in de mythologie een god van de donder was." Ik kijk betekenisvol naar Sparkles, omdat zijn soort de inspiratie voor die specifieke mythe zou kunnen zijn geweest. "Het belangrijkste verschil is dat mensen superhelden als goede jongens zien die hun belangen behartigen. Aan de andere kant kunnen goden als egoïstisch gezien worden — niet de beste PR."

Sparkles — en vele anderen — zien er nog steeds onzeker uit.

"Tijd is van essentieel belang," herinnert Nero iedereen eraan. "Als dit een te hoge prijs is om voor het behoud van jullie leven te betalen, dan zullen Sasha en ik met alle liefde vertrekken. Houd er echter rekening mee dat als ze eenmaal weg is, je niemand zult vinden om deze leugen zo goed mogelijk aan de mensen te verkopen."

Bluft Nero over weggaan?

Als dat zo is, dan is hij goed.

Ik geloof het helemaal — en ik ben erg goed in het lezen van dat soort signalen.

"Ik zeg dat we opnieuw moeten stemmen," zegt Roslin.

"Ik ben het ermee eens, maar onthoud dat dit onze samenleving voor altijd zal veranderen," zegt Sparkles pompeus.

"En dat er daadwerkelijk een samenleving zal zijn om de veranderingen te ervaren," antwoord ik.

"Degenen die voor Sasha's plan zijn, steek je handen op," zegt Roslin, terwijl haar arm in de lucht schiet.

Bijna alle handen in de wei gaan omhoog, hoewel sommigen, zoals Sparkles, ze met tegenzin opheffen.

"Dat is dan geregeld," zegt Roslin. "Het lijkt erop dat we Sasha moeten vertrouwen om van ons superhelden te maken."

Ik onderdruk een tevreden grijns.

Dit zal mijn beste misleiding ooit zijn. Een illusie die zo verbazingwekkend is dat geen enkele goochelaar, zelfs niet zo groot als Houdini, er ooit van zou dromen om het uit te voeren.

Ik kijk Lizzy aan en zeg, "Kun je mij en Nero naar die studio brengen?" Naar enkele van de teleporteurs kijkend, voeg ik eraan toe, "Kun je ook de machtigste raadsleden en bodes meenemen, vooral degenen met de meest opvallende krachten?"

Lizzy loopt naar mij en Nero toe en pakt onze schouders. Terwijl we op het punt staan weg te poefen, hoop ik dat ze niet tot een verraderlijke en zelfopofferende graad tegen mijn superheldenidee is. Ze zou ons immers naar het midden van een vulkaan kunnen teleporteren. Of naar de bodem van de oceaan.

Voordat die gedachte in volwaardige angst kan opbloeien, teleporteren we — en terwijl we op de nieuwe plek verschijnen, kijk ik vol afgrijzen om me heen.

HOOFDSTUK ACHTENTWINTIG

We zijn in de tv-studio. Aangezien we echter onze tijd op het eiland van de Raad hebben genomen, heeft Lilith zich met het grootste deel van het resterende publiek gevoed — sommige op zeer creatieve en verontrustende manieren.

Oh, en de camera's draaien nog steeds.

Ze moet glamour op de cameramannen hebben gebruikt, want elke normale, semi-geestelijk gezonde persoon zou allang zijn ontsnapt.

"Moeder, luister naar me!" schreeuw ik zo pompeus als ik kan, en ik zweef omhoog, om in het bereik van de camera te komen.

Lilith kijkt eerst naar mij, dan ziet ze Nero en de andere raadsleden die binnenvallen. Woedend ontbloot ze haar hoektanden, en grijpt het handvat van het poortzwaard bij haar heup.

"We komen in vrede," zeg ik snel. "Ik vertegenwoordig de helden van de *Defenders League*. Er komt een grote bedreiging naar deze wereld en we hebben besloten dat het tijd is om samen te werken."

Lilith houdt haar hoofd schuin terwijl ik dichter bij haar zweef.

Om er zeker van te zijn dat de camera op mijn rug gericht is, verlaag ik mijn stem zodat alleen iemand met vampiergehoor mijn volgende woorden hoort. "Ik ben meer over Tartarus te weten gekomen — en de enige manier waarop we kunnen winnen is als de Cognizanten van deze wereld, evenals die van de aarde, ons met de taak helpt. Ik heb een plan, maar je moet meespelen. We gaan van Tartarus een schurk maken en de mensen vertellen dat we superhelden zijn wiens doel het is om hem te stoppen. Zeg iets groots, in de trend van onze meningsverschillen opzij willen zetten, en zet dan de camera's uit zodat we kunnen praten."

Ik moet het Liliths besluitvaardigheid en snel denken nageven. Bijna onmiddellijk kijkt ze me met vriendelijkheid en liefde op haar gezicht aan — iets waarvan ik dacht dat haar gezichtsspieren er niet toe in staat waren. Ze spreidt haar armen alsof ze me wil omhelzen en zegt, "Mijn dochter. Tartarus — die schurk — heeft me betoverd en hij heeft ervoor gezorgd dat ik al deze arme onschuldige mensen pijn heb gedaan." Ze gebaart naar haar recente snacks. "Zodra ik je hoorde spreken, overwon moederliefde de vuile magie. Ik ben er weer!"

Een beetje inconsistent met wat ik net heb gezegd, en te melodramatisch, maar ze heeft ter plekke geïmproviseerd.

"Laten we die camera's uitzetten zodat we een privémoment kunnen hebben," zegt ze tegen de cameramensen.

Ze doen wat ze beveelt, en zodra de schijnwerpers voorbij zijn, verdwijnt alle schijn van moederlijke zorg uit haar gezicht.

"Wat is dit plan van jou?" vraagt ze, terwijl haar ogen zich vernauwen en ze steeds meer van de arriverende Cognizanten in zich opneemt. "Ik heb tegen je gezegd dat ik deze wereld voor mezelf wilde nadat Tartarus is verslagen."

"En ik zeg je dat hij niet door ons tweeën verslagen kan worden," antwoord ik. "Besef je dat als hij komt, hij een heel leger meeneemt?"

"Is dat zo?" Lilith fronst. "Michel heeft nooit gezegd dat zijn kinderen *zo* talrijk waren."

Ik klem mijn kaken op elkaar. "Laat me niet over die klootzak van een Nostradamus beginnen. En laten we ons bij de anderen voegen, zodat ik mezelf niet hoef te herhalen."

Ze knikt en we vliegen naar de overweldigde raadsleden van deze wereld.

Ik doe mijn mond open om te spreken, maar op dat moment teleporteert Eric naar binnen, terwijl hij Vlad en Kit bij hun schouders houdt.

"Net op tijd," zegt Nero terwijl ik naar ze staar. "Breng de rest van hen hierheen."

"Wat doen jullie hier?" roep ik uit.

Voordat Vlad of Kit kan antwoorden, komt Eric terug met Ariël — evenals een robot die veel lijkt op degene die Felix in het gevecht met Baba Jaga had gebruikt.

"Hallo," zegt de robot. Dan gaat de plaat open en zie ik het grijnzende gezicht van Felix.

Wauw.

Dit moet Golem versie twee zijn, de power suit-editie. Felix zei dat hij er met Itzel aan zou werken, dus dit moet het resultaat zijn.

"Ik kan niet geloven dat jullie er ook zijn," zeg ik, terwijl ik me naar voren haast om ze allebei te omhelzen. Alleen is Felix helemaal van metaal, en Ariël is zo stijf dat ze net zo goed een robot kan zijn.

Mijn toestand als vampier moet haar nog steeds angst aanjagen.

Ik trek me voorzichtig terug en geef ze een grote glimlach. "Niet dat ik niet blij ben om jullie te zien, maar waarom zijn jullie gekomen?"

"Ze hebben een boost nodig," zegt Nero. "Iedereen die kritisch is voor de verdedigingsinspanning heeft dat nodig."

Oké dan. Klinkt alsof Raspoetin mijn superheldenplan heeft voorzien; anders zou Nero niet zo voorbereid zijn.

"Ik weet niet of ik wil dat mijn vrienden deel uitmaken van de verdedigingsinspanning," sis ik naar hem.

"We stonden erop," zegt Ariël.

"Heel erg," voegt Felix eraan toe.

"En jij vertelt me niet wat ik moet doen," zegt Kit.

"Wat zij zei," zegt Vlad.

"Goed dan." Ik zucht. "Ik wil graag officieel zeggen dat dit een slecht —"

Eric komt terug, deze keer heeft hij Lucretia en Chester bij zich.

"Als dit geen familiereünie is," zegt Chester sarcastisch als hij Lilith ziet. "Moeder, je ziet er prachtig uit, zoals altijd."

Lilith antwoordt met iets hatelijks, maar ik hoor het niet omdat ik Lucretia aan het knuffelen ben. Net als bij Felix en Ariël, ben ik blij om haar te zien, maar ik vind het niet prettig dat ze in gevaar wordt gebracht.

"De tijd staat nog steeds niet aan onze kant," zegt Nero. "Waarom laten we Sasha niet uitleggen wat er gaat gebeuren?"

Ik kijk iedereen aan. "Hier is mijn plan. We laten iemand voor alle aanwezigen superheldenkostuums maken. We creëren ook achtergrondverhalen en, het allerbelangrijkste, plannen voor jullie krachtdemonstraties — waarbij ik kan helpen om ze zo spectaculair mogelijk te maken. Als je eenmaal beter bent in wat je kracht ook is, gebruik het dan om Tartarus en zijn handlangers te verslaan."

"En dit moet snel gebeuren," voegt Nero eraan toe. "Tartarus zal om 18.45 uur verschijnen."

Iedereen kijkt naar de klok achter hem. Het is al 14.15 uur.

"Waarom ben je daar niet mee begonnen?" vraag ik aan Nero.

"Ik kreeg de kans niet," zegt hij. "Hoe dan ook, we liggen nog steeds op schema om het te halen."

"En hoe weet je *dat*?" vraagt Sparkles.

Eric teleporteert naar binnen en heeft Raspoetin bij zijn schouder vast.

"Dit is mijn vader, een ziener," leg ik uit als ik hersteld ben van mijn verrassing. "Ik wed dat hij de reden is dat Nero weet wat de toekomst brengt."

"Inderdaad," zegt Raspoetin, en ik kan het niet helpen dat ik de verlangende blik zie die hij Lilith geeft — wat het officieel maakt. Hij is een masochist. "Ik heb wat kracht opgeslagen en heb het gebruikt om iets over elke plek te leren waar de krachten van Tartarus in deze wereld zullen komen, en wanneer. Ik weet ook waar zijn basiswereld is, en —"

"Wat bedoel je met 'basiswereld'?" vraagt Sparkles.

"Tartarus herbevolkte een hele wereld met talloze nakomelingen die zijn energieverslindende kracht delen," zegt Raspoetin geduldig. "Ze noemen de wereld Tartarus, en om echt te winnen, moeten we ervoor zorgen dat die wereld geïsoleerd raakt van de rest van de Andere Werelden."

Wauw.

Hoe moeten we dat doen?

"Als je de toekomst hebt gezien, heb je dan gezien dat we zullen winnen?" vraagt Sparkles.

Dat is een goede vraag.

Ik wou dat ik hem als eerste had gevraagd.

"Ik weet het niet," zegt Raspoetin terwijl hij naar zijn schoenen kijkt. "Ik stond op het punt om visioenen in dat opzicht te zien toen Nostradamus me weer in

Hoofdruimte aanviel en me de rest van mijn kracht ontnam."

"Nostradamus is een andere ziener," leg ik voor de lokale bevolking uit. "Hij is de reden waarom ik nu ook geen kracht heb."

Om er zeker van te zijn dat ik nog steeds geen sap meer heb, probeer ik naar Hoofdruimte te gaan.

Nee. Ik moet nog steeds opladen.

"Stomme Michel," moppert Lilith binnensmonds. "Voor iemand die beweert Tartarus dood te willen, houdt hij er erg van om met ieders vermogen te knoeien om de bastaard daadwerkelijk te doden."

"We weten in ieder geval waar al die poorten opengaan," zegt Vlad, zijn gezicht somber, zoals gewoonlijk. "Dit geeft ons een kans om te vechten."

"En ik zal die locaties met jullie delen zodra we hier klaar zijn," zegt Raspoetin en hij kijkt naar Nero. "Wil je ze over de rest vertellen?"

"Juist," zegt Nero, terwijl hij naar de lokale bevolking kijkt. "De Cognizanten van de aarde en een paar bondgenoten van elders nemen al hun gevechtsposities hier op deze wereld in."

"Wat?" Het gezicht van Sparkles wordt gespannen, zijn vingers vonken van de bliksem. "Jullie zijn gewoon naar binnen gemarcheerd zonder het met ons te bespreken?"

"Ja, dat klopt." Nero ziet er niet geïntimideerd uit. "Er was geen tijd om op jullie goedkeuringen te wachten. We hebben meer gedaan dan alleen maar naar binnen walsen. Onze ordehandhavers hebben belangrijke leiders in jullie menselijke regeringen en militaire organisaties onder glamour gebracht om hen ons te laten helpen — of Sasha's plan nu wel of niet werkt. Maar het is nog steeds nodig dat iedereen zijn kracht vergroot."

"Met het oog daarop," zeg ik. "Zullen we ons op het superheldenplan concentreren?"

Niemand maakt bezwaar, dus vertel ik ze snel mijn ideeën tot nu toe: dat Roslin een held kan zijn genaamd Earth Shaker, Sparkles kan Sir Lightning zijn, en Lizzy zal de Ether Runner zijn.

Ze vinden het leuk, dus noem ik een paar andere namen voordat ik door Ariël word onderbroken, die zegt, "Ik wil Batwoman zijn."

"En ik zal haar Joker zijn," zegt Chester en knipoogt naar Ariël.

"Hé." Felix zet zijn robot in een heldhaftige pose. "In dat geval ben ik Iron Man."

"Al die personages bestaan al in strips," zegt Obo.

Felix fronst. "Stomme Andere Wereld-plagiaat. Hoe zit het met Steel?"

"Zullen we de namen zo origineel mogelijk houden?" zeg ik.

"Goed," zegt Felix. "In dat geval wil ik Neo Golem zijn. Niet vanwege Neo uit *The Matrix*, maar omdat deze Golem de nieuwe is en neo nieuw betekent."

"Whatever," zeg ik. "Voordat je het vraagt, we gaan geen ork uitnodigen voor het team en hem Hulk noemen."

"Of Horc," zegt Felix.

"Is Batman serieus uit den boze?" Ariël ziet eruit als een kind met een kriebelige trui op Kerstmis. "Wat dacht je van Sugar Glider? Ze komen het dichtst in de buurt van vleermuizen en het klinkt best cool."

"Het klinkt als een goede naam voor een pornoster," mompelt Felix en hij schuift zijn masker net op tijd terug om te voorkomen dat hij geslagen wordt.

"Ik zal Jester zijn," zegt Chester en hij grijnst er als een. "In plaats van een paars pak zoals dat van de Joker, kan ik een van die puntige hoeden dragen."

"En eruitzien als Harley Quinn uit de cartoons," mompelt Felix binnensmonds.

Ik zucht.

Toen ik me het einde van de wereld voorstelde, had ik nooit gedacht dat er zoveel vrolijkheid zou zijn.

"Ik zal Ninja Fox zijn," zegt Kit en ze verandert zichzelf in een echte vos in een zwarte ninja-outfit. Het resultaat is schattiger dan een meme van een kat in een konijnen-onesie.

"Kit wordt de gemakkelijkste superheld om aan mensen te verkopen," zegt Felix. "Ze is eigenlijk Mystique die ook in dieren en monsters kan veranderen."

"Ik denk dat Mystique dat ook *zou kunnen* doen," zegt Ariël. "Hoewel ik denk dat het was toen ze werd geboost door A—"

"Focus," zeg ik met een oogrol. "Wil iemand *anders* zijn eigen naam kiezen?"

Een aantal van hen wel, en ik laat het toe. Dan bespreken we de elementen van hun outfits en achtergrondverhalen. Blijkbaar was Sugar Glider oorspronkelijk een Amazone — iets wat Felix en ik met tegenzin toestaan. We maken wel duidelijk dat Ariëls outfit er niet uit gaat zien als die van Wonder Woman en dat ze geen lassorekwisiet kan hebben.

"Elke teleporteur moet de beste ontwerpers uit de filmindustrie van deze wereld halen om snel de vereiste outfits te maken," zeg ik. "Neem een vampier met je mee voor het geval je iemand onder glamour moet brengen."

Ze volgen mijn suggestie, en ik laat Eric me naar een lokale goochelwinkel brengen om een lange lijst van benodigdheden te halen, als aanvulling op de benodigdheden die ik al in mijn zakken had.

Tegen de tijd dat we terug zijn, dragen sommige 'helden' al hun outfits, waardoor het er uitziet als een kruising tussen Comic-Con en een Halloweenfeest.

"Laten we het nu over de krachtdemonstraties hebben," zeg ik en ik pak de rekwisieten uit de goochelwinkel.

Voor elke held maak ik een geschikt optreden en voeg ik showiness toe door gebruik te maken van elke magische methodologie die ik kan bedenken. Een aantal van de illusies die ik bedenk zijn zo goed, dat ik bijna zou willen dat er een andere goochelaar was, gewoon om het niveau van mijn sluwheid te waarderen.

"Hoe zit het met mij?" vraagt Lilith halverwege mijn bezigheid. "Wat is mijn superheldennaam en achtergrondverhaal?"

Oh, tuurlijk.

Ik vind het zo moeilijk om haar als held te zien, dat ik ben vergeten om dit voor haar te doen.

"Wat dacht je van Lady Night?" zeg ik, terwijl ik haar bekijk.

"Misschien Vrouwe van de Nacht?" Ze zweeft omhoog en neemt een vreemde houding aan.

"Nee, dat klinkt alsof je een courtisane bent," zeg ik. "Wat dacht je van Night Lady?"

"Prima." Ze heft haar kin op. "Wat is mijn verhaal?"

"Je hebt ons al min of meer ingesloten," zeg ik. "Wat dacht je van: je werd door Tartarus zelf vervloekt om menselijk bloed te drinken, en je bent een anti-schurk die vooral gedreven wordt door je liefde voor je lieve dochter — en je haat voor degene die je in dit monster heeft veranderd."

"Wat is een anti-schurk?" vraagt ze.

"Een beetje als een antiheld, maar het tegenovergestelde," zegt Felix met de robotachtige stem die uit zijn pak komt als de gezichtsplaat naar beneden is. "Het is iemand die goede doelen heeft, maar deze op immorele wijze wil bereiken. Oh, en die waarschijnlijk weigert om typische schurkachtige dingen te doen, zoals baby's eten."

"Dus *niet* Lilith," zegt Raspoetin binnensmonds. "Ze eet zonder enige dwang baby's."

"Dat heb ik gehoord," zegt ze. "Het is niet mijn schuld dat babybloed zo heerlijk is."

Iedereen — vooral de lokale Cognizanten —

wisselen ongemakkelijke blikken uit die zich lijken af te vragen of ze een grapje maakt.

Ik vermoed dat ze geen grapje maakt, maar ik vertel ze dat niet omdat ik wil dat mijn superheldenteam een goed moreel heeft.

Lizzy en een stel andere teleporteurs komen met meer outfits terug, en mensen beginnen ze aan te trekken. Ondertussen stuur ik teleporteurs naar lokale ziekenhuizen om mensen met vreselijke verwondingen te lokaliseren. Dit zal de vampiers en de genezers onder ons in staat stellen om *dat* vermogen echt te demonstreren.

Ik ga verder met mensen namen geven en de rest totdat Nero mijn schouder pakt en fluistert, "We moeten praten."

Hij zegt het op zo'n manier dat ik weet dat verzet zinloos zou zijn — niet dat ik me er tegen wil verzetten.

"Felix, Ariël, kunnen jullie het even overnemen?" zeg ik. "Geef iedereen die nog geen naam heeft gekregen een naam en kleed ze aan en beslis in welke volgorde iedereen op tv moet komen."

Voordat ze kunnen antwoorden, trekt Nero me achter het podium.

Shit.

Hij is nog iemand die ik bijna was vergeten, daarom heeft hij zijn superheldenoutfit niet aan, of wat dan ook.

Het is dat of mijn onderbewustzijn dat het expres heeft gedaan, omdat ik Nero graag naakt zie.

"Ik denk dat je samen met alle anderen een boost moet krijgen," zeg ik hees tegen hem. Me hyperbewust van al die mannelijkheid die zo dicht bij me staat.

"Oh?" Nero omlijst mijn gezicht met zijn grote handen, zijn uitdrukking wordt vreemd teder. "En wat zou mijn superheldennaam moeten zijn?"

"Grote Slang?" zeg ik, naar beneden kijkend naar het ding tussen ons dat het moeilijk maakt om me te concentreren. "Of Machtige Draak —"

Nero legt me met een hongerige kus het zwijgen op, en door de volgende momenten, word ik eraan herinnerd waarom ik moet winnen.

Ik heb veel om voor te leven.

Allerlei prachtige dingen.

Grote, harde dingen.

"Dit zouden we niet moeten doen," mompelt Nero uiteindelijk en hij trekt zich van me af.

"Dit zouden we zeker wel moeten doen." Ik trek hem terug. "Dit is erg motiverend."

Hij kreunt. "Dat kunnen we niet doen. We zullen deze hele ruimte en al je helden vernietigen."

Juist. Seks buiten zijn afgeschermde drakenkasteel leidt ertoe dat ik zijn bloed drink, en dat leidt naar ongemakken zoals kraters in de grond en gekapte bomen.

Ik lik aan mijn lippen. "Er moeten dingen zijn die we wel kunnen doen. Misschien kun je —"

"Niet veilig," gromt hij. "En dit is niet de reden waarom ik je hierheen heb gebracht."

"Niet?"

Hij blaast een gefrustreerde adem uit. "Ik wilde voor de laatste keer proberen om ergens met je over te praten. Raspoetin heeft me verteld dat het zinloos zal zijn, maar ik ben het nog steeds aan mezelf verplicht om het te proberen."

"Laat me raden. Het gaat over het weglopen van de strijd met mijn staart tussen mijn benen?"

"Ik zou het 'terugtrekken en iemand anders het gevecht laten vechten' noemen," zegt hij.

Ik knars met mijn kiezen. "Het kan me niet schelen hoe je het zou noemen. Hoe vaak moeten we hetzelfde argument herhalen?"

"Het is nu anders," zegt Nero. "Zelfs als Tartarus vandaag overleeft, zal het plan dat we hebben opgesteld hem eeuwen terugzetten. Hij heeft zijn leger nodig om de aarde binnen te vallen — dus als ze vandaag grote verliezen lijden, dan zal er geen invasie zijn."

"Raspoetin heeft daar niets van gezien. Dat is gewoon optimistisch gissen." Ik schud met mijn hoofd. "We hebben het hier al over gehad. Tartarus moet gestopt worden."

Nero's wenkbrauwen trekken zich samen. "Je bent niet echt een superheld. Je doet alsof je er een bent. Of ben je dat vergeten?"

"Ik weet wat ik ben — daarom is er niets wat je kunt zeggen om me van mening te laten veranderen."

"Weet je het zeker?" Zijn ogen schitteren met een vreemd licht, de limbale ringen breiden zich uit. "Zelfs niet 'Ik hou van je?'"

HOOFDSTUK NEGENENTWINTIG

Ik knipper met mijn ogen naar hem.

Hij leunt naar voren, zijn blik boort zich in de mijne. "Als je sterft, zal ik er niet tegen kunnen."

Ik blijf maar knipperen.

En knipperen.

En knipperen — alsof mijn hersenen kortsluiting hebben gekregen en nu een reboot nodig hebben.

Houdt hij van me?

Van alle argumenten die ik van hem had verwacht, stond *dat* niet op de lijst — dat is misschien waarom hij het zei.

Maar meende hij het?

Ik bedoel, ik weet dat hij om me geeft, op zijn norse, overbezorgde, vaak overdreven manier, maar dit —

"We zijn klaar om de tv-demonstraties te starten," kondigt iemands stem aan en het onderbreekt mijn verwarde gedachten. "We hebben gestemd en besloten dat Sasha als eerste en Nero als tweede moet gaan, dus we hebben jullie nodig."

"Ik kom eraan," zeg ik, puur op de automatische piloot.

Nero geeft me een onleesbare blik en vervaagt.

Terwijl ik volg, herinner ik me te laat dat wanneer iemand iets zegt van het soort dat Nero zojuist heeft laten vallen, er van je wordt verwacht dat je iets terugzegt — in het ideale geval, hoe *jij* je voelt.

Maar ik kreeg de kans niet om dat te doen, en ik ben te overweldigd om het uit te zoeken.

Wat dacht hij wel niet, om *nu* zo'n gesprek te beginnen? Het zou te veel zijn, zelfs als er *geen* Armageddon om de hoek stond.

Als ik terugkom, zie ik Raspoetin Nero twee spandex gedrochten met schubben en glitter geven. "Dit zijn twee exemplaren van je outfit. We realiseerden ons dat je er geen had en hebben dit in een van de kleedkamers hier gevonden. Aangezien Sasha je geen naam heeft gegeven, ben je Drakon."

"Hoe origineel," weet ik te zeggen. "Je hebt hem 'draak' genoemd, maar in het Russisch."

Het maakt niet uit hoe hij heet, Nero kleedt zich aan terwijl ik daar sta, nog steeds zijn openbaring aan het verwerken. Dan geeft iemand me iets wat bedoeld is om *mijn* superheldenoutfit te zijn.

"Wacht even," zeg ik, terwijl ik een deel van mijn spraak terugkrijg dankzij woede. "Dit zal me eruit laten zien als een stripper die een dominatrix speelt."

"Je hebt niet aangegeven wat je wilde, dus stelde

Lilith een kopie van haar eigen outfit voor — wat ook iets was dat hier ergens lag," legt Felix uit en hij knikt naar Lilith, die inderdaad een identiek excuus voor een outfit draagt. "Trek het gewoon aan en ga je demonstratie doen."

Ik schud mijn hoofd, ga naar de achterkant van het podium en kleed me om.

"Je bent aan de beurt," zegt de cameraman als ik weer naar buiten loop.

Shit. Ik heb niks over mezelf voorbereid. Dit gaat te snel, ik heb hier minstens een maand voor nodig.

Ach ja.

Ik haal diep adem en loop voor de camera en doe mijn best om niet aan de plankenkoorts toe te geven die aan me knaagt.

"Beste burgers, ik ben het weer — deze keer kom ik uit mijn superheldenkast." Ik zweef van de grond om ze aan onze laatste ontmoeting te herinneren. "Ik noem mezelf *Vespa* en ik ben een superheld die voorbestemd is om Tartarus te verslaan — een schurk die vandaag de wereld zal proberen over te nemen."

De Cognizanten in de menigte klappen, maar ik wou dat er wat ongedeerde mensen in de buurt waren, zodat ik de reacties van normale mensen kon peilen.

Met mijn vampiergeboobste gehoor, hoor ik Ariël en Felix in gedempt gefluister mijn superheldennaam belachelijk maken.

Serieus? Het is niet dat ik mezelf naar mijn overleden voertuig heb vernoemd. Ik bedacht Vespa op basis van een acroniem in het Engels - als in, Vampire, of Vampier, Seer, of Ziener, en Probability Manipulator, oftewel Kansmanipulator.

Sugar Gliders, Neo Golems en anderen in glazen huizen mogen geen stenen gooien.

Hoe dan ook, ik zit vanwege onbaatzuchtigheid aan deze heldennaam vast. Omdat ik een aardig persoon ben, heb ik alle coole namen die ik kon bedenken aan anderen gegeven.

"Jullie hebben mijn moeder ontmoet, Lady Night." Ik gebaar in de verte. "Ze kreeg haar krachten toen Tartarus haar met vampirisme vervloekte — en ik kreeg de mijne omdat ze toen zwanger van me was."

Heb ik net het achtergrondverhaal van *Blade* gestolen? Nee. Niet als ik geen vampierdoder ben geworden.

In ieder geval, de krachtdemonstratie is wat de sleutel is — niet wat ik zeg.

"Nu, zoals het gezegde luidt, 'Buitengewone claims vereisen buitengewoon bewijs.'" Ik land zachtjes op het podium. "Ik verwacht niet dat jullie gewoon geloven dat ik een superheld ben. Ik zal jullie mijn krachten onder testcondities laten zien. Dan, en alleen dan, kun je voor jezelf beslissen wat je wel of niet wilt geloven."

Ik ga verder met het demonstreren van de krachten die ik de laatste keer dat ik op tv was niet kon laten zien.

Om te beginnen genees ik een zwaargewonde vrouw die een van de teleporteurs mee heeft genomen uit een lokaal ziekenhuis. Ik doe dit door met een mes in mijn pols te snijden en de vrouw mijn bloed te laten drinken.

Ik hoop dat Ariël dit stuk niet ziet.

De verwondingen van de vrouw genezen zonder een spoor achter te laten, wat zelfs indruk op mij maakt.

Geen illusies hier.

De vrouw komt bij bewustzijn en kijkt verward om zich heen en vervolgens komen een paar Cognizanten haar halen.

Het gevoel van plezier dat ik de laatste keer dat ik in de lucht was beleefde, raakt me weer — maar niet zo intens als voorheen. Welke impuls ik ook heb gekregen voor mijn vampirisme, het moet een subtiele zijn.

"Nu zal ik mijn eigen supergenezende vaardigheden bewijzen," zeg ik, en in plaats van mezelf echt te snijden, voer ik het effect uit waarbij ik mijn hand lijk af te hakken en vervolgens het verloren ledemaat met mijn krachten 'genees'.

Het aangename gevoel wordt sterker, maar ik negeer het en ga door.

"Ik beweeg sneller dan de snelste persoon ter wereld," zeg ik. Om dit te 'bewijzen', voer ik mijn versie van de klassieke podium illusie genaamd 'teleportatie' uit — degene waarbij de illusionist met behulp van stiekeme zaken in plaats van met mystieke superkrachten van de ene locatie naar de andere gaat.

De aangename gevoelens worden nog sterker.

Mensen geloven duidelijk zelfs het valse deel van de

demonstratie — zoals ik had gehoopt dat ze zouden doen.

Dankzij de dingen die ik echt heb gedaan, worden podiumillusies niet meer als zodanig ervaren.

Dit belooft veel goeds voor wat we voor de rest van de Cognizanten hebben voorbereid — en zij hebben de boost meer nodig dan ik.

"Mijn zintuigen zijn scherper dan wie dan ook die ik ken," ga ik verder, haal dan een speciale blinddoek tevoorschijn en voer mijn favoriete 'zien zonder zicht'-routine uit.

Het aangename gevoel is op het randje van overweldigend.

Ik moet stoppen, want als ik door blijf gaan, dan val ik weer flauw.

"De volgende superheld die jullie zullen ontmoeten is een naaste bondgenoot van me," zeg ik theatraal. "Zijn naam is Drakon."

Ik stap van het podium en laat Nero mijn plaats innemen.

Misschien komt het door mijn demonstratie die mijn zicht al een boost geeft, of het komt gewoon door de goede verlichting, maar Nero ziet er daar spectaculair uit, terwijl hij met zijn vreemde ogen in de camera kijkt.

Zonder een woord te zeggen verandert hij in zijn drakenvorm, zijn outfit barst in stukken.

Oh ja.

Op een wereld met special effects op tachtiger jaren-niveau wordt het niet beter dan dit voor wat betreft demonstraties. Nero als een draak is zo massief dat hij het hele podium inneemt, en zelfs met de superhoge plafonds in het theater, strijkt de bovenkant van zijn schubbige hoofd het plafond. Langzaam knippert hij in de camera, pronkt met de limbale ringen en blaast voor de lol een klein stroompje vuur uit.

De Cognizanten die daar in plaats van het publiek zitten, slaken geschrokken kreten, wat aan het drama van dit alles bijdraagt.

Met nog een flits keert Nero terug naar zichzelf en geeft de dames thuis iets om over te kwijlen voordat hij de intacte versie van zijn outfit aantrekt en van het podium vervaagt.

Kit is na Nero aan de beurt. Ze vertelt iedereen dat ze Fox Ninja is, en verandert dan in een hele dierentuin vol wezens en mensen, inclusief een man met wit haar die volgens haar de president van dit land is.

Felix gaat na Kit. Voor het grootste deel laat hij zijn ruimte-tijdperkpak voor zichzelf spreken, maar hij toont ook zijn vermogen om willekeurige elektronica over de hele wereld te beheren.

Dan gaat Ariël, met prestaties van kracht die nog groter zijn dan waartoe ze in staat is door een klein beetje te gebruiken dat ik uit een magisch boek heb geleerd dat door een man is geschreven die vele jaren als martial arts-leraar heeft gewerkt. Blijkbaar worden veel van die zeer indrukwekkende 'vuist breekt beton'-video's op YouTube met bedrog gedaan — de exacte methode waar de goochelaar in mij van genoot om te leren en nog meer van de uitvoering ervan.

Vervolgens zijn een aantal van de mensen van de lokale Raad aan de beurt, met Roslin als Earth Shaker en ga zo maar door.

Na ongeveer een uur van demonstraties word ik het zat om alles te zien en besluit ik Nero te zoeken om ons eerdere gesprek voort te zetten.

Niet dat ik weet wat ik zal zeggen als ik hem vind. Ik weet alleen dat er iets gezegd moet worden.

Ik sprint door een gang om te zien of mijn optreden mijn snelheid heeft verhoogd zoals ik had gehoopt.

Yep.

Ik ben nog niet zo wazig als Nero is geweest, maar dit is het dichtste wat ik er ooit bij in de buurt ben gekomen.

Als ik de doorgangen van de studio met hoge snelheid doorloop, vind ik Nero — hij is alleen niet alleen.

Op de vloer naast hem ligt een bewusteloze weerwolf, terwijl hij in zijn rechterhand een nek heeft.

Een nek die vastzit aan een persoon wiens voeten dertig centimeter boven de vloer bungelen.

Een zeer bekend persoon.

"Nostradamus?" zeg ik verbijsterd. "Wat doe jij hier?"

De ziener gromt iets onverstaanbaars. Je keel laten verbrijzelen kan dat doen.

"Nero, laat hem gaan, alsjeblieft," zeg ik. "Ik wil

weten waarom hij hierheen is gekomen na alles wat hij heeft gedaan."

Met een gegrom laat Nero zijn slachtoffer vallen — die op de grond naast de weerwolf valt die ik nu als Marius herken.

"Ik denk dat ik dat vanuit jouw oogpunt heb verdiend," zegt Nostradamus hees, terwijl hij over zijn nek wrijft. "Sasha, het spijt me dat ik jouw krachten en die van je vader heb afgenomen. Ik moest wel. Ik zweer het."

"Echt waar?" Ik sla mijn armen over elkaar. "Ik zou graag willen horen waarom — vooral in het bijzijn van Nero, die kan zien of je liegt."

"Ik reken eigenlijk op zijn leugendetectie." Nostradamus haalt iets uit zijn zak en legt het onder de neus van Marius.

De weerwolf herstelt onmiddellijk en jankt als een hond terwijl hij weer opstaat.

Waren dat stukjes spek of vlugzout?

"Spreek," gromt Nero tegen de ziener. "Overtuig me om je niet te doden."

"Tartarus arriveert over twintig minuten op deze wereld." Nostradamus klopt op de grond om zijn donkere bril te lokaliseren en verbergt er vervolgens zijn verwoeste ogen achter.

"Nee." Ik kijk naar Nero. "Raspoetin heeft gezegd dat de poorten om 18.45 uur open gingen. We hebben nog ongeveer een uur."

"Dat is wanneer zijn leger arriveert." Nostradamus aait de jammerende Marius kalmerend. "Tartarus en een selecte groep van zijn nakomelingen komen altijd eerder aan, zodat hij zijn tv-optreden kan doen."

Shit. Dit klopt met Jaylens ervaring.

"Je hebt ons nog steeds geen reden gegeven waarom je Sasha's krachten hebt afgenomen," zegt Nero hardvochtig. "Of die van Raspoetin, trouwens."

"Dat heb ik gedaan," zegt Nostradamus. "Het is zoals ik je tijdens de raadsvergadering op aarde heb verteld. Alles moet precies goed verlopen en ik wil niet dat nog een ziener zich met de resultaten bemoeit."

"Maar ik ben voorbestemd om te winnen, toch?" vraag ik. "Dat is toch wat je lang geleden voorzag, voordat ik zelfs maar geboren was?"

Nostradamus zucht. "Je vader heeft die specifieke toekomst veranderd toen hij je van je moeder stal en je door mensen liet opvoeden. Dus we moeten ons allemaal aanpassen. Ik heb meer dan twintig miljoen versies gezien van wat er gaat komen — en daarom weet ik ontelbare manieren om te falen. Maar in één toekomst is er een kans. Het probleem is, zoals altijd, dat er kansmanipulatie in het spel is, dus ik kan je niet met zekerheid zeggen dat we zullen winnen."

"Niet goed genoeg," sist Nero en hij probeert hem weer te wurgen.

Marius gromt naar Nero terwijl Nostradamus snel zegt, "Ik ben een van de mensen die erbij moet zijn als je hem onder ogen ziet, Sasha. In elke toekomst zonder mij, falen we."

Ik kijk naar Nero en hij knikt boos. Nostradamus vertelt de waarheid.

"Goed dan. Je blijft leven," zegt Nero grimmig. "Maar als je geen overwinning kunt garanderen, dan laat ik Sasha haar leven niet riskeren."

Voordat ik Zijne Keizerlijke Majesteit eraan kan herinneren dat ik keuzes voor mezelf maak, zegt Nostradamus, "Ze moet hem vandaag onder ogen komen. Anders is ze zo goed als dood."

Nero's handen worden klauwachtig, en hij slaat een vuist tegen een muur naast Marius, en het verbrijzelt in stukken.

Onverschrokken van de vernietiging gaat Nostradamus verder. "Zonder Sasha zal Tartarus niet worden gedood. Dat is zeker. En als hij het overleeft, dan zal hij onderzoeken waarom de mensen hier zo goed voorbereid waren op zijn komst. Hij zal over Sasha te weten komen en hij zal zijn zinnen op haar zetten en niet stoppen totdat ze dood is — het maakt niet uit waar je haar verbergt."

De ziener moet de waarheid spreken, omdat Nero in een uitbarsting van woede een andere muur breekt.

"Niet dat ik weg ga lopen, maar hoe kan dat laatste deel waar zijn?" vraag ik terwijl Marius jammert. "Hoe kan Tartarus me doden op, laten we zeggen, de drakenwereld?"

"Hij kan energie aftappen van draken, net als van andere Cognizanten." Nostradamus kalmeert Marius met een krabbel achter de oren. "Het zal hem tientallen jaren kosten om zijn troepen op te bouwen en aan te vallen, maar hij zal aanvallen. Oh, en omdat hij weet dat hij tegenover een ziener en een kansmanipulator zal staan, zal hij een leger van hen fokken."

Voordat Nero de hele boel om ons heen kan laten instorten, leg ik een hand op zijn schouder. "Stop, alsjeblieft. Ik moet dit doen. We hebben geen keus."

Nostradamus knikt. "Deze verrassingsaanval is de beste kans tegen Tartarus. Het is het resultaat van jarenlange planning van mijn kant en —"

"Wacht," zeg ik. "Ik dacht dat je wilde dat we in Liliths wereld tegen hem zouden vechten?"

"Hij loog toen hij zei dat het de enige optie was," gromt Nero. "Nu begrijp ik waarom. Hij wist dat *deze* kans er ook zou zijn."

"Dat wist ik," zegt Nostradamus. "Zoals altijd had ik moeite om te anticiperen op wat Lilith zou doen, omdat ze een kansmanipulator is."

"Nu we het daar toch over hebben," zeg ik. "Hoe heb je deze keer überhaupt de komst van Tartarus kunnen voorzien? Heeft hij die Lug niet meer?"

"Ik ben nu een veel, veel betere ziener," zegt Nostradamus duister. "Maar je brengt een goed punt naar voren. Lug is nog een reden waarom ik nooit zeker kan zijn van een uitkomst. Hij zal er zijn, aan de zijde van Tartarus."

"Als we weten waar hij zal zijn, waarom plaatsen we daar dan geen bom met een timer?" Nero balt en ontspant zijn vuist. "Of sturen we geen eskader mensen om hem neer te schieten?"

"Vanwege Heph, de zoon van Tartarus die zoiets als krachtvelden rondom zichzelf en zijn vader kan creëren." Nostradamus pakt iets van een soort rundergehakt en geeft het aan Marius. "Kogels of vuur van een explosie kunnen Hephs velden niet binnendringen. Alleen het poortzwaard kan dat."

"Een krachtmanipulator?" zeg ik. "Waarom hebben wij er geen?" Ik kijk Nero beschuldigend aan.

"Ik heb er eeuwen naar gezocht, maar ze zijn buitengewoon zeldzaam," antwoordt hij. "Ze zien er ook niet traditioneel menselijk uit, dus ze kunnen niet op moderne werelden met een mandaat leven."

"En Tartarus heeft de wereld vernietigd waar de meesten van hen leefden," voegt Nostradamus eraan toe. "Hun krachtvelden konden zijn kracht niet stoppen."

"Geweldig, dus zelfs als we er een hadden, dan zou het niet helpen," mompel ik. "Het nieuws wordt steeds beter."

"We moeten opschieten," zegt Nostradamus.

"Wacht even," zegt Nero. "Wat kun je ons nog meer over deze strijd vertellen?"

"Ik kan je vertellen wie wel en niet moet gaan," zegt Nostradamus. "Ik kan je ook vertellen wie zijn krachten kan gebruiken en hoe. En wie dat niet zou moeten doen." Hij kijkt Nero scherp aan.

"Als je zegt dat *ik* niet kan gaan, dan zal ik dit allemaal afblazen," gromt Nero naar hem.

"Nee, jij moet gaan." Nostradamus duwt zijn bril hoger op zijn neus. "Je kunt alleen niet in je drakenvorm veranderen. In elke toekomst waarin je dat doet, gaat het allemaal naar de hel."

"Dat is gewoon geweldig," zeg ik. "Kunnen we ademen als we daar zijn? Mogen we onze armen gebruiken?"

"Ik probeer alleen maar te helpen," zegt Nostradamus defensief. "Mijn leven staat net zozeer op het spel als het jouwe. Ik ben een van de mensen die je mee moet nemen."

"Goed dan," zeg ik. "Vertel ons wie er nog meer op deze zelfmoordmissie moet gaan."

"Behalve ik en jullie twee, zou het Lilith moeten zijn," zegt Nostradamus. "En Vlad, omdat vampiers moeilijker voor Tartarus en zijn soort zijn om af te tappen. Roslin, omdat haar vermogen om de aarde te beheersen ons zal helpen om met de poort om te gaan. Bovendien zou Chester behulpzaam zijn bij het omgaan met Lug, maar we moeten hem overtuigen om met ons mee te doen. Met zijn kansmanipulatiekrachten kan ik niet voorspellen wat hij zal doen." Hij haalt diep adem. "Alle lokale vampiers die willen, moeten zich ook aansluiten, om dezelfde reden als Vlad, maar niet Lucretia, omdat je je zorgen zal maken over haar lot en daardoor zul je verliezen. Om die laatste reden kunnen we Ariël, Felix of Raspoetin ook niet meenemen."

Ik staar boos naar de ziener. "Probeer je te zeggen dat het me niet kan schelen wat er met Nero en Vlad gebeurt? Niet te vergeten met mijn halfbroer Chester en mijn biologische moeder —"

"Het is wat jullie van hedgefondsen een kostenbatenanalyse zouden noemen," zegt

Nostradamus. "Lilith, Chester en Nero zijn zo cruciaal voor de missie, dat ze ondanks je gevoelens over de kwestie zullen moeten gaan. En Vlad moet gaan, omdat ik hem in de versie van de toekomst zag waarin er een kans is om te winnen."

"Dat is gewoon geweldig," zeg ik. "Anders nog iets?"

"De teleporteurs kunnen ons alleen daarheen brengen, maar ze kunnen niet blijven en vechten," zegt Nostradamus, mijn sarcasme negerend. "Ik heb een miljoen toekomsten gezien waarin Tartarus erin slaagt om een teleporteur te dwingen om hem in veiligheid te brengen."

"Wat als we ze hem onder glamour brengen?" zegt een bekende stem van om de hoek.

Is dat —

Yep.

Lilith stapt uit haar schuilplaats, waar ze waarschijnlijk het hele gesprek heeft afgeluisterd.

"Als ze onder glamour staan, dan zijn ze zo goed als dood," antwoordt Nostradamus onberoerd.

Liliths glimlach is roofzuchtig. "Dat is een offer dat ik bereid ben om te brengen."

Nostradamus schudt zijn hoofd. "Waarom zouden ze sterven als ze in de gevechten met het gebroed van Tartarus enorm kunnen helpen? Als ze bij ons blijven en sterven, heeft niemand er iets aan."

"Prima," zegt Lilith. "Maar ik ben nu in de stemming om *iemand* onder glamour te brengen."

"Je zult de kans krijgen," zegt Nostradamus. "Kunnen we gaan?"

"Laten we gaan," zegt Nero en hij loopt door de gang.

Als we de hoek tegenover de plek waar Lilith zich verstopte omgaan, botsen we tegen Chester aan, die ook lijkt te hebben afgeluisterd.

Wat een geluk dat hij op het juiste moment op de juiste plaats was, net als zijn moeder.

"Ik heb alles gehoord," zegt hij en bevestigt mijn vermoeden. Er verschijnt een satirische grijns op zijn gezicht terwijl hij aankondigt, "Mama, zus, ik ga met jullie mee. Natuurlijk heb ik wel een paar ideeën over mijn compensatie."

"Verdomde kansmanipulatoren," mompelt Nostradamus binnensmonds.

We gaan weer lopen en Nero en Lilith zoeken uit wat ze voor Chester zullen doen als dank voor zijn hulp. Hij laat zich vrij snel overtuigen — wat me doet denken dat hij hoe dan ook zou hebben geholpen, maar hij melkt de situatie omdat hij dat kan.

Zodra we bij het podium zijn, lokaliseren we iedereen, behalve Vlad.

"Waar heb je Vlad voor nodig?" zegt Kit als ik vraag of ze hem gezien heeft.

"Hij gaat ons in een episch gevecht helpen." Chester trekt gewelddadig aan de rand van zijn Jester hoed.

"Wat leuk. Kan ik ook mee?" Kit staat nog net niet op en neer te springen van anticipatie.

"Je zult in je huidige toegewezen post enorm helpen," zegt Nero.

"Goed dan," pruilt Kit. "Ik zal Vlad voor je halen."

Ze gaat weg en terwijl we op Vlad wachten, vertellen we Eric over de mensen waar Nostradamus op aandrong om mee te nemen en dat hij en de andere teleporteurs, in tegenstelling tot Vlad, niet bij het gevecht kunnen zijn. Daarna rekruteren we Roslin — die vervolgens een stel lokale vampieren en teleporteurs overtuigt om ons ook te helpen.

Vlad komt vanachter de coulissen vandaan gelopen. Hij is helemaal in het zwart gekleed en hij houdt een van de lansen vast die tijdens Nero's campagne werden gebruikt om de draak te doorboren — degenen met de superharde diamantachtige punt. Het wapen is een onderdeel van zijn superheldenpak. Misschien niet erg creatief, hebben we hem de *Spietser* genoemd naar een Vlad uit de geschiedenis van de aarde waar de lokale bevolking nog nooit van heeft gehoord.

Het is een van de vele superheldennamen die we mensen hebben gegeven die ook kunnen werken als ze besluiten om een carrière in de porno-industrie na te streven.

"Waar gaan we naartoe?" vraagt een van de lokale teleporteurs.

"Het heet Fun Palace," zegt Nostradamus zonder een vleugje vrolijkheid in zijn stem. "Het zit op Avenue S en North 24th Street."

"Ik ken het," zegt de man.

"Kun je het me laten zien?" Eric loopt naar hem toe.

De lokale teleporteur knikt en pakt Eric bij zijn schouder. Ze poefen weg en komen bijna meteen weer terug.

Vervolgens pakt elke teleporteur twee lokale vampiers bij de schouder en brengen ze naar hun bestemming voordat ze terugkomen om Vlad en de rest van de vampiers te vervoeren.

"Jouw beurt." Eric komt naar me toe, kijkt naar Nero en legt voorzichtig een hand op mijn schouder. Hij raakt dan Nero aan en we poefen nog een keer.

We komen aan in een gigantische open ruimte die verlicht is door blacklights en die tot de rand gevuld is met oud ogende arcade machines die overal om ons heen piepen en tingelen.

Ik herken *Galaga*, *Donkey Kong*, *Pacman*, *Space Invaders*, *Dig Dug*, *Defender* en *Frogger* omdat dit allemaal spellen zijn die Felix me ooit heeft laten proberen. Dat ze hier bestaan is nog meer bewijs dat de game rip-off business een echt ding is in de Andere Werelden.

De zaak is bijna leeg. De weinige mensen die hier zijn, zitten achterin rond een muur van tv's in plaats van spelletjes te spelen.

Ze kijken naar de show waar we net vandaan komen, en dat is geen wonder.

Wanneer hebben ze voor het laatst echte wonderen op tv laten zien?

"Ik kan niet geloven dat dit gebeurt," zegt de ene slungelige tiener tegen de andere. "Echte superhelden. Hoe kan dit geen grap zijn?"

"Je hebt die lekkere meid zien vliegen," zegt zijn vriend. "Er waren geen draden of iets dergelijks te zien. Ik zeg je, deze shit is echt."

Ben ik de lekkere meid in dit gesprek, of is het mijn moeder?

"Je wilde iemand onder glamour brengen?" zegt Nostradamus tegen Lilith zodra hij opduikt. "Waarom plaats je die mensen niet onder glamour om ze te laten vertrekken?"

Ze slentert naar de tv's en de mensen snakken naar adem. Ze herkennen haar als een van de superhelden die ze net op het scherm hebben gezien.

Ik verwacht half dat Lilith hun bloed gaat drinken, maar ze zal wel te vol zijn van daarstraks omdat ze ze alleen maar betovert om te vertrekken, zoals Nostradamus suggereerde.

"Heb je je huisdierweerwolf achtergelaten?" vraag ik aan Nostradamus, terwijl ik om me heen kijk op zoek naar Marius.

De ziener knikt somber. "Als ik dat niet had gedaan, dan zou hij voor niets zijn gestorven."

Hij legt zoveel nadruk op het 'niets'-gedeelte van dat antwoord dat ik een hol gevoel krijg in mijn buik.

Ik ben er bijna zeker van dat Nostradamus heeft voorzien dat mensen in onze groep 'niet voor niets' zullen sterven.

"Ga weg en kom niet meer terug," zegt Nostradamus tegen Eric en de rest van de teleporteurs als ze Roslin en de laatste van de groep brengen. "Het is enorm belangrijk."

Als ze weg poefen, zegt Nostradamus, "Iedereen, verstop je achter de speelmachines, zodat ze ons pas zien als het te laat is."

"Waar zullen ze zijn?" vraag ik. "We moeten hun gezichtspunt weten."

Nostradamus wijst naar het middelpunt van de kamer. "De poort gaat daar open."

We verspreiden ons allemaal en duiken achter de arcadekasten.

"Hier is het actieplan," zegt Nostradamus van achter de *Galaga*-machine. "Dirk is het kleinkind van Tartarus, degene die verantwoordelijk is voor de stabiele poort die op het punt staat te openen. Hij zal als eerste aankomen. Hij moet snel geëlimineerd worden, anders kan Tartarus ontsnappen."

"Laat hem aan mij over," zegt Vlad van achter de *Multipede*.

"Geweldig," zegt Nostradamus. "De andere twee kritische doelen, naast Tartarus zelf, zijn Lug, de kansmanipulator, en Heph, de krachtveldmeester."

"Ik handel de bedrieger af," zegt Chester van achter de *Missile Command*. "Het zou een no-brainer moeten zijn."

"Hij is krachtiger dan jij," zegt Nostradamus. "Maak je maar geen zorgen. Ik zal je helpen."

"Hoe weten we wie wie is?" zegt Lilith van achter de *Space Invaders*, en ik hoor het gesuis van het poortzwaard dat geactiveerd wordt.

"Heph en Lug zullen opvallen als de twee die eruitzien zoals ze zijn. De rest van hen zal het vermogen van Tartarus hebben om als iemand te verschijnen die je vereert," zegt Nostradamus.

"Afgezien daarvan ziet Heph er niet traditioneel menselijk uit, en Lug is degene met de wilde ogen."

"Ik vraag me af als wie ik de rest zal zien?" mompelt Lilith.

Dat is een goede vraag. Wie vereert de geïncarneerde duivel?

Lucifer, misschien?

Als in, de duivel, niet mijn kat.

"Er is geen tijd meer," zegt Nostradamus met spoed. "Roslin, je doel is om de aarde de poort te laten opslokken — en zo veel mogelijk bondgenoten van Tartarus mee te nemen."

"Ik zal het doen," zegt Roslin ernstig van achter de *Defender*.

Plotseling voel ik een extreem sterke golf van angst. Het is alsof iemand niet alleen over mijn graf heeft gelopen, maar het ook voor de goede orde heeft gebombardeerd.

Ik doe mijn best om kalm te blijven en gluur van achter mijn schuilplaats.

De lucht in het midden van de kamer glinstert, en er materialiseert zich daar een poort.

Een poort die op die in Jaylens illusie lijkt. De oranje plasmagloed is zwakker dan die van de permanente poorten, duidelijk zwakker.

Mijn hartslag schiet omhoog, ik kijk toe hoe een man naar buiten stapt en ik kan het niet helpen dat ik staar als ik zie wie het is.

HOOFDSTUK DERTIG

LOGISCH GEZIEN, WEET IK DAT DIT DIRK IS, DE teleporteur die de poort creëerde. Nostradamus had gezegd dat hij als eerste naar buiten zou komen.

Wat ik echter zie, is Criss Angel, de tv-goochelaar die zo'n sterke indruk op me heeft gemaakt toen ik jong en, nou ja, beïnvloedbaar was.

Betekent dat dat ik hem respecteer? Ik denk dat dat er het dichtst bij in de buurt komt. Ik bedoel, ik bewonder de man — maar aan de andere kant, ik respecteer bijna elke beroemde goochelaar, en ook talloze onbekende.

Het vreemde is dat ik op een gegeven moment verliefd was op Criss Angel. Nu voel ik echter niets als ik naar hem kijk — en niet alleen omdat ik weet dat dit een handlanger van een schurk is in plaats van mijn idool.

Nu ik een voorproefje van Nero heb gehad, ben ik

blijkbaar geruïneerd voor alle andere mannen, hoe goed ze ook in podiummagie zijn.

Er komen nog twee mensen de poort uit.

De ene is Lug uit de herinneringen van Nostradamus, en de andere moet Heph zijn.

Wauw.

Zeggen dat Heph er niet 'traditioneel menselijk' uitziet, is als een drekavac onaangenaam noemen. Heph is vaag humanoïde, maar hij heeft meer gemeen met een grizzlybeer dan met een mens. Gezien het feit dat Heph het resultaat is van een fokprogramma, heeft Tartarus waarschijnlijk iemand gedwongen om zich voort te planten met iets wat nog meer op een beer leek dan dit — een angstaanjagende gedachte.

De volgende mensen die uit de poort stappen zien er allemaal verrassend vertrouwd uit. De ene is David Copperfield, de andere is David Blaine. Het volgende paar lijkt op Penn en Teller, terwijl de volgende twee Siegfried en Roy zijn. Terwijl ik met open mond toekijk, blijven beroemde goochelaars maar komen en komen, gevolgd door een paar iets minder bekende. Er zijn zelfs een aantal lang overleden sterren zoals Dunninger, en mensen die een stempel hebben gedrukt als schrijvers van magische boeken, zoals Tony Corinda, die de klassieke *13 Steps to Mentalism* had geschreven.

De volgende persoon die de poort uitloopt kan alleen maar Tartarus zijn. Wie anders zou ik als de man zien die ik echt vereer, tot het punt dat ik zelfs een poster van hem in mijn kamer heb hangen?

Met die kenmerkende driehoekige wenkbrauwen en een mysterieuze blik die je ziel lijkt te doordringen, is Tartarus Harry Houdini.

Grr. Als ik nog een misdaad nodig had om aan de oneindige lijst van Tartarus toe te voegen, zou ik 'het imago van de grote man bezoedelen' eraan toevoegen.

Tartarus/Houdini en de rest beginnen zich te verspreiden om ruimte te maken voor meer aankomsten.

Roslin moet Tartarus ook zien, omdat de vloer van de speelhal begint te trillen en het midden van de kamer uit elkaar scheurt — en de poort opslokt samen met een stel kinderen van Tartarus.

Ja!

Het is alleen dat Tartarus zelf en een groot aantal van zijn handlangers blijven staan.

Te veel, helaas.

Roslin is echter nog niet klaar. Het asfalt buiten het gebouw begint te schudden en te stijgen. Even later wordt de ruimte om ons heen donkerder omdat alle ramen en deuren door de aarde worden bedekt die de weg naar buiten blokkeert.

"Haal die grondverzetter," schreeuwt Tartarus en hij wijst naar de *Defender*-machine, waarachter Roslin vandaan gluurt.

De handlangers wijzen in dezelfde richting als hun voorvader.

Paarse energiebogen stromen van Roslin naar elk van hen.

Roslin schreeuwt haar longen uit haar lijf,

verschrompelt en verandert in een krentenachtig omhulsel.

Een piek van adrenaline raakt mijn hersenen, waardoor er een vreemd gevoel over me heen komt. Ik word me hyperbewust van mijn omgeving.

Met behulp van mijn ooghoeken — en misschien zienerskracht — kan ik precies vertellen wat er om me heen gebeurt, zelfs op plaatsen waar ik geen goed zicht op heb.

Is dit iets nieuws wat ik kan doen, dankzij mijn blinddoek-/loterijoptredens op tv?

Wat het ook is, het zal handig zijn — hetzelfde geldt voor de snellere snelheid en de rest van de boosts.

"Val ze aan!" schreeuwt Nostradamus van achter zijn schuilplaats. "Laat ze ons niet één voor één uitschakelen."

Juist. Ze zijn misschien in de meerderheid, maar als we allemaal tegelijk aanvallen, zal dat het groepscenario dat we net zagen voorkomen.

"Ik ken die stem," mompelt Tartarus, terwijl zijn blik over de hele speelhal gaat. "Dirk, wees klaar om —"

Voordat Tartarus die zin kan afmaken, springt Vlad van achter de *Multipede* vandaan en doorboort de schouder van Dirk/Criss Angel met zijn lans.

Dirk gromt van de pijn en teleporteert dan weg — en neemt Vlad en de lans met zich mee.

De rest van ons haast zich met een oorlogskreet naar de energiezuigers, waarbij ik mijn zinnen zet op James 'the Amazing' Randy.

Naast het feit dat hij een goochelaar en mentalist is, is James Randy een debunker van paranormale claims, dus het is een beetje ironisch dat hij — of iemand die er net zo uitziet als hij — met mij gaat vechten, een echte vampier/ziener/bedrieger. Ik ontwijk Randy's uithaal met een snelheid waar ik in mijn training met Thalia nooit in ben geslaagd, en breek dan zijn kaak met een enkele klap.

Wauw.

Ik betwijfel of Thalia me nog zo makkelijk kan verslaan. Of helemaal niet.

Ik raak Randy in de zonnevlecht en sla hem neer. Dan schop ik voor de goede orde nog een paar keer tegen zijn onbeweeglijke lichaam.

Wat indrukwekkend is, is dat ik me nog steeds hyperbewust ben van de kamer en wat er overal gebeurt.

Dit zal zeer nuttig zijn voor mijn magische optredens — ervan uitgaande dat ik dit overleef en ze kan doen.

Dirk duikt weer op bij de flipperkasten, en zodra hij dat doet, rukt Vlad de lans uit de schouder van zijn tegenstander en steekt deze in Dirk zijn dij.

Met een gil begint Dirk de energie uit Vlad te zuigen, die op een zeer on-Vladachtige manier begint te schreeuwen.

Uh-oh. Hoeveel pijn doet het energiezuigende gedoe? Ik kijk er niet naar uit om daar achter te komen.

Dirk rukt de lans uit zijn been, breekt hem

doormidden en gooit de stukjes opzij. Vlad springt naar hem toe en slaat zijn handen om Dirks keel.

Niet in staat om de vampier van zich af te schudden, teleporteert Dirk opnieuw.

In de hele kamer vallen de andere vampiers het als goochelaars uitziende Tartarus-gebroed aan.

Heph — de beerachtige — zwaait met zijn handen en een boog van blauwe energie omringt hem, waardoor zijn huid en kleding blauw glanzen.

"Houd hem tegen om meer schilden op te werpen!" schreeuwt Nostradamus.

Nero is er al mee bezig.

In een waas verschijnt hij voor de berenman — die op dat moment de blauwe energie naar Tartarus zelf werpt.

Shit.

Met mijn verbeterde gezichtsvermogen kan ik zien waar de blauwe energie is gebleven — een steen in de ketting die Tartarus draagt. Een steen die er net zo uitziet als de steen die tijdens de raadszitting als leugendetector is gebruikt.

Een steen die de kracht van een Cognizant kan bevatten.

Om mijn theorie te ondersteunen, schijnt en werpt de steen dezelfde glinsterende blauwe gloed over Tartarus die Heph omringt.

Nero's klauw haalt uit naar Heph in een gebaar dat ik al vele malen eerder heb gezien. Dit is de aanval van mijn draak die meestal resulteert in stukjes vlees die rondvliegen.

Maar deze keer niet.

Met een zenuwslopend geluid van spijkers op een schoolbord uit de hel, breken Nero's klauwen.

Ze groeien onmiddellijk weer aan, maar er is niet eens een kras op Hephs lichaam te zien.

Nero's klauwen kunnen niet door het krachtveldschild.

Met een beerachtig gegrom slaat Heph Nero in het gezicht. Nero vliegt terug en slaat tegen de *Punch-Out!!*-machine, waardoor de machine in kleine stukjes breekt.

Ondertussen valt een van onze vampiers Tartarus aan en ontdekt dat het schild daar net zo ondoordringbaar is als dat van Heph.

Tartarus richt zijn aandacht op zijn aanvaller door energie van hem op te zuigen, en al snel zit de vampier op zijn knieën te schreeuwen.

Dubbele shit.

Ik had gelijk. Die steen in de ketting van Tartarus maakt hem onkwetsbaar.

Hoe gaan we hem nu vermoorden? Oh, wacht. Nostradamus had gezegd dat het poortzwaard deze krachtschilden kan binnendringen.

Ik kijk naar Lilith, de persoon die momenteel het zwaard hanteert.

Ze zweeft net boven de vloer en heeft haar godinglamour in volle kracht.

Maar het helpt niet. In plaats van haar te aanbidden, valt het gebroed van Tartarus mijn moeder massaal aan, en terwijl ze dat doen, versnippert ze hen in stukjes.

"Help me om Tartarus aan te vallen!" schreeuwt Lilith tegen me.

Heeft ze net een paar van haar gelukskrachten mijn kant op gestuurd? Omdat op dat exacte moment Randy me een opening geeft, dus ik stomp door zijn borstplaat en doorboor zijn hart met mijn vuist.

Over het dode lichaam springend, ga ik naar Lilith, maar een nieuwe goochelaar staat me in de weg.

Eentje waar ik een seksspeeltje naar heb vernoemd.

David Copperfield zelf.

"Geef nu op, en in plaats van in de broedputten te belanden, kun je de mijne zijn," zegt de nep-Copperfield in een griezelige versie van de stem van de grote man.

"Nee, bedankt," grom ik en ik geef hem een kopstoot.

Meestal zorgt deze manoeuvre ervoor dat er sterren voor iemands ogen dansen, maar dat gebeurt niet bij mij.

Ik herstel me onmiddellijk en schop tegen Copperfields been en breek hem met een luid gekraak.

"Trut," gromt hij en wijst met zijn hand naar me.

Er stroomt energie van mijn lichaam in zijn hand en ik ontdek waarom iemand die zo stoer is als Vlad hierom schreeuwde.

De pijn is bijna gelijk aan die van de ceremonie. Het is een schroeiend en misselijkmakend gevoel dat elke cel in mijn lichaam lijkt te doordringen.

Meer dan wat dan ook, wil ik in een bal rollen en krijsend en huilend op de grond vallen.

Maar dat doe ik niet.

Ik strek mijn hoektanden en schiet naar voren om in Copperfields nek te bijten.

Het plezier van het drinken van het bloed van mijn vijand verzacht de pijn van de energie en al snel stopt hij met zuigen — wat het moment is dat ik zijn nek breek.

Het gekke is dat ik me nog steeds bewust ben van mijn omgeving.

Dirk teleporteert weer en wisselt wat klappen uit met Vlad voordat hij naar een nieuwe locatie springt.

Nero herstelt zich en slaat Heph tegen zijn borst. Het hoofd van de berenman slaat tegen de CRT-tv van de Pacman-machine, maar dankzij de krachtveldbarrière verwondt geen enkele glasscherf zijn huid.

De Tony Corinda-lookalike valt me aan en ik ruk zijn arm eraf, dan sla ik hem ermee en kanaliseer mijn innerlijke Lilith.

Tartarus verandert ondertussen een andere vampier tot een rozijn aan zijn voeten. Net als drie van zijn broeders was de arme stakker niet in staat om het schild van Tartarus binnen te dringen.

En over lichamen aan de voeten van mensen gesproken, Lilith heeft haar eigen macabere stapel — voornamelijk lichaamsdelen van goochelaars.

Dit weerhoudt het gebroed van Tartarus er niet van

om haar aan te vallen. Dus Lilith maakt van hen ook shish-kebabs.

Ik moet het mijn moeder nageven. In termen van schade aan vijandelijke krachten en stijl van de moorden, is ze veruit de meest succesvolle van ons.

Zoals afgesproken voor dit gevecht begon, haasten Nostradamus en Chester zich samen naar Lug.

Natuurlijk komen ze ander gebroed tegen op hun pad — dus ze moeten zich er doorheen vechten, en het is interessant hoe vergelijkbaar hun krachten zich in een gevecht manifesteren.

Nostradamus is dankzij zijn krachten als ziener in staat om elke klap te ontwijken, terwijl Chester elke klap ontwijkt omdat, neem ik aan, zijn geluk ervoor zorgt dat zijn aanvallers hun doel missen.

"Kun je me komen helpen?" schreeuwt Lilith naar me, haar stem gespannen.

"Ik doe m'n best!" schreeuw ik terug en ik ontwijk een aanval van nog een andere David — deze keer David Blaine.

De echte David Blaine heeft vastgezeten in een kubus ijs, is levend begraven, verdronken, heeft zichzelf met gigantische naalden gestoken, en de lijst gaat maar door. Vergeleken met hem is het gebroed van Tartarus voor mij een eitje. Als ik zijn sleutelbeen eruit ruk, schreeuwt hij met een schrille stem en valt flauw, en dan sla ik zijn schedel in om er zeker van te zijn dat hij nooit meer opstaat.

Tegelijkertijd bereiken Nostradamus en Chester

Lug, die de ziener grijpt en hem naar de nabijgelegen tv-muur gooit.

Het hoofd van Nostradamus slaat tegen een tv en breekt het scherm.

Hij glijdt dan op de grond en ligt daar onbeweeglijk. Wat?

Was dat het?

Aan de andere kant moet Lug het zienersvermogen van Nostradamus hebben beïnvloed, waardoor hij echt blind is.

De hoofdwond van Nostradamus bloedt hevig, wat niet goed kan zijn voor zijn gezondheid.

Verdomme. Hoorde dit bij zijn plan?

Het is mogelijk, want het afrekenen met Nostradamus heeft Lug enorm veel gekost. Chester maakt gebruik van het moment dat door Nostradamus zijn vlucht door de tv mogelijk is gemaakt, om een dolk te trekken en naar Lugs borst te steken.

Het geluk van Lug — of zijn martial arts-vaardigheden — moeten helpen, omdat hij erin slaagt om de steek in zijn onderarm terecht te laten komen.

Voordat Chester het wapen eruit kan trekken, schiet Lug de energieverslindende boog op hem af.

Ik draai me om om mijn pas gevonden broer te helpen, maar Lilith schreeuwt, "Nee! Kom hier."

Met tegenzin beweeg ik me naar haar toe — dat is het moment dat twee zonen van Tartarus, degenen die op Penn en Teller lijken, mijn weg blokkeren.

"Je bent zo dood," zegt Penn.

"Zo dood," echoot Teller.

De echte Teller praat niet; het maakt deel uit van zijn podium-/tv-persoonlijkheid. Achter de schermen, als goochelaar, kan hij echter prima praten — en deze man bootst zijn stem precies na, waardoor ik bijna aarzel voordat ik hem sla.

Met de nadruk op *bijna*.

Door de stuwkracht uit te voeren die Thalia in me had gedrild, sla ik Teller meteen neer — dan breek ik een paar botten van Penn voordat ik hem ook definitief op de grond leg.

Dirk en Vlad teleporteren naar de plek waar het bewusteloze lichaam van Nostradamus ligt.

Dirk verdubbelt de energieafvoer en terwijl hij dat doet, verandert Vlads schreeuw.

Hij klinkt helemaal niet meer als Vlad en op dat moment verandert hij in Kit.

Wacht, wat?

Was dat al die tijd al Kit?

Maar hoe —

Natuurlijk. Ze wilde met ons mee en ze ging toen 'Vlad halen'.

De persoon die terugkwam was Kit zelf. Ze moet Vlad verteld hebben dat ze in de aankomende aanvallen van rol wisselden.

Er is hier een groot probleem mee. Volgens de visioenen van Nostradamus is Vlad een cruciaal stukje van de delicate puzzel die *zou kunnen* leiden tot onze toch al onwaarschijnlijke overwinning.

Betekent dit dat we zonder Vlad geen kans maken?

Het lijkt er wel op.

Voordat ik er verder over kan flippen, doet Kit iets wat ik haar al eens eerder heb zien doen — en het is deze keer niet minder nachtmerrieachtig.

Ze verandert in een drekavac — een xenomorph-meets-dementor-schepsel.

Dirk moet de dapperste persoon van alle Andere Werelden zijn. In plaats van weg te rennen of te schreeuwen, pakt hij een scherf van het gebroken tv-scherm en gooit het naar drekavac/Kit.

De scherf snijdt de door puisten geteisterde huid van het monster, en de schreeuw die volgt is net zo lelijk als de drekavac zelf.

Kit negeert de pijn en reikt met vier verschrikkelijke ledematen naar voren.

Als ze Dirk aanraken, schreeuwt hij met een stem die niet herkenbaar is als afkomstig van een keel.

Krampachtig zakt hij in een hoop op de grond.

Kit hangt gewond boven haar slachtoffer.

Een afschuwelijk uitziende tong slingert langzaam uit de muil van de drekavac, en overal waar hij Dirks huid likt, smelt de huid weg, waardoor er rauw vlees achterblijft.

Bij de tweede lik zakt Dirk onderuit, waarschijnlijk blij dat hij dood is.

Kit verandert in haar gebruikelijke vorm en grijpt haar griezelig uitziende wond vast.

Ze zet dan een stap. Dan nog een. Dan valt ze op de grond.

HOOFDSTUK EENENDERTIG

Nee.

Niemand om wie ik geef, gaat vandaag dood.

"Iemand, geef haar bloed!" schreeuw ik tegen de vampiers in de kamer.

Een lange, slanke vampier die het dichtst bij Kit staat, haast zich om te doen wat ik vraag — alleen op dat moment gooit Lug een versuft uitziende Chester in de lucht en Chester vliegt recht op Kits redder af en hij snijdt per ongeluk zijn keel door met de dolk in zijn hand.

Ze vallen samen in een hoop op de grond, schijnbaar bewusteloos of erger.

"Ik denk dat ik wat meer geluk had," zegt Lug treiterend.

"En ik denk dat ik nog meer geluk heb," zegt Lilith terwijl ze Lug met het poortzwaard in twee gelijke stukken snijdt.

Dan, in plaats van Kit, Chester en de rest te helpen,

stuift Lilith naar de plek waar Tartarus en een paar vampiers het tegen elkaar opnemen.

Op mijn tanden bijtend, scheur ik Siegfried en dan Roy uit elkaar en vecht feller dan ooit tevoren.

Als ik Kit bereik, strek ik mijn hoektanden uit en snijd ik mijn vinger open.

Zodra mijn bloed Kits lippen raakt, begint haar wond te genezen. Ik probeer hetzelfde te doen voor de vampier die met Chester in de knoop zit, maar er gebeurt niets.

"Je kunt een vampier niet met vampierbloed genezen," roept Lilith. "Hij moet zelf herstellen."

Nou, dat is klote.

Dat betekent dat als ik gewond ben, een andere vampier mij ook niet kan genezen.

Ik ontwar de vampier van Chester en bereid me voor om hem wat bloed te geven.

"Het is genoeg geweest!" schreeuwt Lilith boos voordat ik de kans krijg om dat te doen. "Je bent hier niet om genezer te spelen. Je bent hier om Tartarus te doden. Dus doe dat. Als je verwekker, *beveel* ik het je."

Ik stop halverwege het gebaar terwijl het woord *'beveel'* in mijn hoofd komt.

In het heetst van de strijd ben ik helemaal vergeten om op bij Lilith in de buurt op mijn tenen te lopen — en nu heb ik me als een fatsoenlijk persoon gedragen, wat haar duidelijk kwaad genoeg heeft gemaakt om de stomme verwekkerband te activeren.

"Ik *beveel* je om Tartarus aan te vallen," herhaalt Lilith, terwijl ze elk woord duidelijk uitspreekt.

Mijn vrije wil wordt ergens diep in mij een gevangene als mijn lichaam met zombieachtige vastberadenheid begint te bewegen.

Hoewel ik mijn ledematen niet onder controle heb, merk ik nog steeds wat er in de kamer gebeurt.

Kit staat met knikkende knieën op en ze verandert zichzelf in een gigantische ork.

Lilith doodt nog een goochelaar.

Heph slaat Nero opnieuw, waardoor Nero woedend gromt terwijl hij hem van zich afschudt.

Dan doet Nero iets wat ik hem nog nooit heb zien doen. Hij ademt lucht in en spuugt dan vuur op Heph, zonder in een draak te veranderen.

Het probleem is dat stomme krachtveld.

Zelfs als hij met drakenadem wordt geraakt, wordt er geen haar op Hephs lichaam geschroeid.

Maar toch. Wauw. Zou Nero dat altijd kunnen doen? Nee, dat kan niet. Hij zou deze kracht eerder hebben gebruikt. Ik wed dat dit iets is wat hij dankzij dat tv-optreden heeft ontdekt.

Een Dunninger-lookalike blokkeert mijn weg naar Tartarus.

"Dood hem," beveelt Lilith terwijl ze zelf een andere aanvaller afmaakt.

Ik heb haar aansporing niet nodig.

Ik ontwijk de trap van de man en breek zijn kaak, dan zijn neus, dan sla ik een vuist tegen zijn slaap om hem voorgoed af te maken.

Ork/Kit verscheurt op weg naar Tartarus een andere goochelaar.

Tartarus begint energie uit haar te zuigen.

Kit zet haar enorme orktanden op elkaar en sluit de afstand tussen hen en slaat toe.

Haar groene vuist vangend, draait Tartarus haar arm om en gooit haar dan naar de muur.

Ze stoot haar hoofd, verandert weer in haar normale Kit-vorm en zakt onbeweeglijk neer.

Verdomme. Zo gemakkelijk bewusteloos raken moet een bijwerking zijn van het opzuigen van je energie.

Ik moet oppassen dat ik niet op m'n hoofd word geslagen.

Nero en Heph wisselen meer slagen uit terwijl ik voor Tartarus spring — die op dat moment energie uit Lilith zelf begint te zuigen.

"Hier," zegt Lilith moeizaam. "Dood hem hiermee."

Ze gooit het poortzwaard naar me toe. Terwijl ik hem vang, haal ik uit naar Tartarus zijn hoofd.

Hij ontwijkt me en slaat me dan in mijn gezicht.

Ik weet niet zeker of dit het voordeel van de verwekkerband is, of dat ik in het algemeen sterker ben, maar ik raak niet alleen niet buiten westen — ik voel niet eens de pijn van de klap.

Maar ik vlieg wel twee meter naar achteren.

In plaats van mezelf met mijn rug tegen de muur te laten slaan zoals de zwaartekracht zou vragen, gebruik ik mijn nieuw verworven vliegkrachten om in de lucht te zweven.

Dan, met mijn zwaard uitgestrekt, vlieg ik terug naar Tartarus.

De man is alleen heel snel.

Hij ontwijkt mijn manoeuvre op het laatste moment en uiteindelijk doorboor ik de vloer met het poortzwaard voordat ik met mijn gezicht de grond raak.

Tartarus grijpt mijn schouder vast en gooit me naar het nabijgelegen Tetris-spel.

Dit doet wel pijn, maar nog steeds niet zo erg als het zou moeten doen, gezien de scherven van glas en stukjes hout die hun best doen om me te steken.

"Ze is te zwak," gromt Lilith binnensmonds terwijl Tartarus haar energie weer aftapt. "Verdomde Raspoetin heeft haar te zwak gemaakt, en nu gaan we verliezen."

Als ik zie dat mijn moeder ontwapend en aangevallen wordt, rent een stelletje nog levend Tartarus-gebroed met hernieuwde kracht naar Lilith.

Mijn snijwonden en schaafwonden genezen — in het proces worden zelfs wat glasscherven in Wolverine-stijl uit mijn huid geduwd.

Ik strompel overeind en haast me nog een keer naar Tartarus — maar mis hem weer met het zwaard.

Als reactie slaat hij met zo'n kracht met zijn enorme vuist in mijn gezicht dat ik eindelijk sterren zie.

Nero had gelijk toen hij naar Atlantis wilde om me te trainen. Ik had nu wel schermlessen kunnen gebruiken — en ook wat lessen in hoe je gracieuzer een klap kunt ontvangen.

"Raak haar nog een keer aan en je bent dood," gromt Nero vanwaar hij het met Heph uitvecht.

Tartarus lacht en slaat me zo hard dat ik drie meter naar achteren vlieg en tegen de muur sla voordat ik mijn vliegvaardigheden kan activeren.

Snel herstellend, sta ik op en ren ik weer naar Tartarus.

Voordat ik mijn doel bereik, grijpt Nero Heph bij het bovenlichaam en gooit hem naar Tartarus.

Voor de goede orde, spuugt hij ook een stroom van drakenvuur naar Heph.

Geduwd door de vlam of de kinetische energie van Nero's worp, ramt Heph als een raket tegen zijn vader aan.

Bij de botsing vliegen ze in verschillende richtingen — Heph richting mij en Tartarus richting Nero.

"Haal uit!" schreeuwt Lilith en mijn arm gehoorzaamt zonder dat ik het zelfs maar registreer.

Het poortzwaard dringt Hephs krachtschild binnen als een zeepbel, en gaat dan moeiteloos door met zijn koers om de beerachtige man open te snijden.

"Nee!" schreeuwt Tartarus terwijl hij zijn meest veerkrachtige gebroed ziet sterven. Zijn gezicht vervormt van woede. "Daar zul je duizend keer voor boeten."

Zijn hand haalt boos uit naar Nero, en paarse energiebogen vliegen van Nero's lichaam naar de bastaard.

Nero probeert naar voren te vervagen, maar de pijn — of het energiezuigen zelf — zorgt ervoor dat hij veel langzamer beweegt dan normaal.

"Val aan!" schreeuwt Lilith naar me.

Ik spring naar Tartarus, maar wat blij om Liliths bevel te volgen.

Tartarus ontwijkt mijn zwaardslag en schopt me — en ik vlieg naar Nero, gooi hem omver en val boven op hem; mijn zwaard rolt naar de zijkant.

"Je moet opladen," zegt Lilith tegen me terwijl ze het hart uit de borst van nog een andere goochelaar rukt. "Drink Nero's bloed en je zult sterker zijn. Dan, als ik het zeg, zul je Tartarus opnieuw aanvallen."

Wacht, wat zei ze net?

Nero's bloed drinken?

Echt niet.

Het is alleen dat mijn lichaam nu niet naar mijn vrije wil luistert, dus mijn armen strekken zich uit en grijpen Nero's schouders vast.

Ofwel ze zijn niet zo dol op Liliths plan of ze maken gebruik van een kans, maar twee van Tartarus zijn volgelingen vergezellen hem in het aftappen van Nero's energie.

Met zijn energie die op drie manieren wordt opgezogen, gromt Nero en verslapt hij in mijn greep.

"Schiet op voordat er niets meer te drinken is," zegt Lilith. "Ik *beveel* het."

Ik voel me misselijk en leun naar voren, mijn hoektanden strekken zich al uit.

Nero kijkt me aan. "Ze heeft gelijk." Zijn stem is een hees gefluister. "Dit is misschien de enige manier."

Ik wil met hen beiden in discussie, maar ik heb nog steeds geen controle over mijn handelingen.

Dracula kanaliserend, gaan mijn hoektanden Nero's hals binnen en begin ik te zuigen.

"Ja," zegt Lilith ergens vandaan. "Drink het allemaal op. Ik *beveel* het."

Allemaal?

Nee, dat kan ze niet menen. Maar natuurlijk meent ze dat. Ze zei het zelf. Wanneer ze de kans krijgt om van een krachtige Cognizant te drinken, dan drinkt ze ze altijd tot de laatste druppel leeg om de voordelen te maximaliseren.

Nu past ze dezelfde logica op mij toe, haar wapen.

Net als in het visioen waarin ik mijn vrienden doodde, wil ik mijn mond bevelen om te schreeuwen, maar niets gaat langs mijn lippen.

Ik probeer mijn lichaam te dwingen om te stoppen, of te vertragen, maar niets werkt.

Wat het nog erger maakt, is het feit dat elke slok bloed van Nero een ongewenst orgasme met zich meebrengt.

Terwijl ik drink, doodt Lilith de twee nakomelingen die Tartarus hielpen om Nero's levenskracht uit te putten.

Geweldig. Nero zal langer leven voordat ik hem vermoord.

Zich realiserend dat ik een grotere bedreiging aan het worden ben, begint Tartarus energie van *mij* op te zuigen.

Ik ben bijna blij met *die* pijn.

De kwelling is een meer geschikte sensatie voor wat ik momenteel doe.

Het vreemde is, in plaats van af te zwakken omdat Tartarus mijn energie zuigt, voel ik eigenlijk het begin van een ongelooflijke kracht in me groeien.

Natuurlijk.

Nero's bloed is krachtig spul.

Het 'omgevallen bomen en kraters'-soort van krachtig.

Als ik kon praten, dan zou ik Lilith smeken om me te laten stoppen. Ik zou haar zeggen dat ik Tartarus waarschijnlijk al aankan, maar ik kan niet spreken en Lilith laat me niet op eigen initiatief stoppen.

Het tegenovergestelde zelfs.

Als ze ook maar enige traagheid in mijn drinken vermoedt, geeft ze het bevel om me te dwingen door te gaan, en door te gaan.

Al snel twijfel ik er helemaal niet meer aan.

Lilith zal me de man van wie ik hou laten doden.

HOOFDSTUK TWEEËNDERTIG

En dat doe ik. Ik hou van Nero. Ik weet niet waarom ik *deze* gruwel nodig had om te beseffen wat ik voel. En nu is het te laat. Het is onmogelijk om de verwekkerband te verbreken.

Tenzij... is liefde niet bedoeld om alles te overwinnen?

Het kan geen kwaad om dat eens te proberen. Ik zie mezelf voor me in een romantische film en visualiseer een montage van alle redenen waarom ik voor mijn baas en mentor ben gevallen. Het eindresultaat doet echter meer aan porno denken. Blijkbaar waren onze beste momenten voor boven de achttien.

Het montage-idee werkt niet, afgezien van het overtuigen van mijn gevoelens voor mijn zo meteen overleden geliefde.

Het maakt niet uit wat ik voel, de vervloekte verwekkerband blijft me Nero's bloed laten drinken.

In de donkere schuilplaats in mijn hoofd schreeuw ik als een banshee.

Als het mogelijk was om mijn hersenen te overbelasten door iets te wensen, dan zou ik voor de mijne een spalk nodig hebben, want zo hard wil ik mijn stomme gezicht van zijn hals trekken.

Maar het werkt niet.

Het is duidelijk dat mijn warme gevoelens voor Nero niet de manier zijn om de verwekkerband te verbreken.

Dan krijg ik een wanhopig idee dat ik eerder had moeten bedenken.

Lilith beheerst mijn lichaam, maar niet mijn geest; anders zou ik niet al deze gedachten hebben.

Wat dat betekent, is dat ik nog steeds in staat moet zijn om mijn hersengestuurde krachten te gebruiken, zoals kansmanipulatie en het voorspellen van de toekomst.

Ervan uitgaande dat ik ze terug heb.

Wat zo zou moeten zijn. Of in ieder geval zou ik dat snel moeten hebben, gezien het feit dat Nostradamus dacht dat we vanwege mijn drievoudige krachten konden winnen.

Vol hoop probeer ik me te concentreren om in Hoofdruimte te komen.

Het genot van Nero's bloed en de pijn van Tartarus die energie zuigt, weegt bijna tegen elkaar op, maar de paniek die ik niet kan onderdrukken maakt focussen bijna onmogelijk.

Wat nog erger is, omdat ik mijn lichaam niet onder

controle heb, kan ik mezelf niet dwingen om diep adem te halen en het langzaam naar buiten te laten komen, zoals Lucretia me heeft geleerd.

Nou, ik moet dit op de een of andere manier doen.

Misschien kan ik een mentaal equivalent van de langzame ademhaling doen.

Hoe onmogelijk het ook is, ik doe mijn best om te vergeten waar ik ben en wat ik doe, en stel me voor dat ik op een wolk zit die op die van mijn droomtherapie met Bailey lijkt.

Nee.

Dan zie ik mezelf in warm water drijven en Fluffster aaien. Dan Lucifur die nog een kitten was.

Het komt in de buurt.

Ik stel me voor dat Nero me kust en mijn rug streelt terwijl hij lieve dingen in mijn oor gromt.

Ja, daar gaan we. Met de focus bereikt, tuimel ik in Hoofdruimte.

———

Eindelijk!

Ik had nooit gedacht dat ik zo blij zou zijn om tussen de vormen te zweven — vooral degenen die *zo* verontrustend klinken.

Het is makkelijk te raden wat ze me zullen laten zien — Nero die langzaam aan het leegbloeden is.

Maar toch. Ik ben hier. Ik zal betere visioenen oproepen, één waarin ik die verschrikkelijke toekomst dwarsboom.

Op de een of andere manier.

Maar eerst moet ik erkennen hoe anders deze Hoofdruimtesessie is dan al mijn vorige sessies.

Om precies te zijn, is het niet Hoofdruimte die anders is. Het komt door mij.

Ik begrijp de vormen beter. Ik kan er details in zien die ik hiervoor niet had opgemerkt — de texturen, bij gebrek aan een beter woord.

Het is alsof iemand me een verrekijker heeft gegeven, die speciaal ontworpen is voor Hoofdruimte.

Dit moet de manier zijn waarop de door tv geboloste zieners zich manifesteren. Het is niet alleen dat mijn dagelijkse zienersap nu hoger is: alles wat met Hoofdruimte te maken heeft, is verbeterd.

Als de situatie niet zo ernstig was, dan zou ik enthousiast mijn nieuwe staat van zijn verkennen, maar zoals het er nu voor staat, moet ik me concentreren op wat ik moet doen.

Wat niet veel tijd kost, want er is maar één ding dat ik *kan* doen.

Ik moet een manier vinden om mijn kansmanipulatie te gebruiken om Nero's leven te redden.

Zodra ik me op die gedachte concentreer, verdwijnen de vormen om me heen en neemt een iets andere wolk hun plaats in.

De melodie die van deze jongens komt is nog steeds verontrustend, maar met mijn nieuwe bewustzijn kan ik zien dat er toch iets nuttigs in zit.

Ik kan nu zonder moeite alle visioenen in een keer

pakken — dus ik ontkiem mijn etherische dwaallichten en duik erin.

———

Ik vermoord Nero door zijn bloed te drinken.

Lilith vecht voor haar leven, en Tartarus zuigt van ons allemaal energie op.

Hoe kan ik mijn kansmanipulatie gebruiken om de verwekkerband te verbreken?

Nou, als er ook maar een kleine kans is dat iemand me van Nero kan wegrukken, dan kan ik dat voor elkaar krijgen.

Maar wie? En nogmaals, hoe?

Tot nu toe heb ik alleen geprobeerd de waarschijnlijkheid van een kaartspel te beïnvloeden.

Dus daar begin ik mee. Ik besluit de uitkomst van 'ruk me bij Nero vandaan' te behandelen als het totaal gesorteerde kaartspel, en de mensen in de kamer als kaarten, of de shuffles.

Als ik iedereen in gedachten heb, stel ik me voor dat iemand naar me toe rent, me bij mijn haar grijpt en me met een goede ruk van Nero wegtrekt.

De kleurrijke lijnen — de strengen van het lot — verschijnen sneller dan eerst voor me.

Dank je, tv-optreden.

Ik bekijk de strengen zorgvuldig en let daarbij goed op hun dikte.

Wat ik zie, voorspelt niet veel goeds voor me. Zelfs

de dunste streng is vele, vele malen dikker dan de dikste die ik met een spel kaarten kon beheersen.

Zoals eerder, voelen de dikkere strengen beter aan, maar ze vereisen meer energie, omdat ze gebeurtenissen met een lagere frequentie vertegenwoordigen.

Ik reik naar een streng die zo dik is als een stam van een sequoia-boom — hoe zeldzamer de gebeurtenis, hoe beter. Misschien vertegenwoordigt dit een mogelijkheid dat Tartarus zelf zijn moorddadige lusten zal gebruiken en me bij Nero weg zal trekken?

Ik probeer mentaal de stam van de boom te grijpen, maar het is als een gladde geest — volledig onbereikbaar, zelfs met mijn door de tv gebooste krachten.

Goed dan.

Ik kijk naar een van de dunnere en kies er willekeurig een. Hij voelt elastischer en winstgevender dan de boomstam, maar minder 'goed'.

Het zij zo.

Ik zet metafysisch druk op de streng in kwestie, en hij knapt.

In de verte staat Nostradamus langzaam op.

Ik denk dat er een mogelijkheid was dat hij op dat moment bij zou komen.

Hoe onwaarschijnlijk het ook was, het was mogelijk en ik heb ervoor gezorgd.

Het probleem is dat hij er nauwelijks levend uitziet.

Nostradamus bijt op zijn tanden en strompelt naar me toe.

Eén stap.

Twee.

Ik begin hoopvol te worden.

Misschien kan hij me bij Nero wegtrekken?

Maar wat als Lilith me mijn vampierkracht laat gebruiken om hem als een insect te verpletteren?

Nou dan, misschien kan hij het poortzwaard oppakken en me doden, en een einde aan deze nachtmerrie maken.

Maar, nee. Het is sowieso allemaal betwistbaar.

Tartarus ziet Nostradamus, trekt zijn driehoekige wenkbrauw op en stopt even met mij leeg te zuigen om in plaats daarvan met zijn hand naar Nostradamus te wijzen.

Nu de pijn is verdwenen, maakt het genot van Nero's bloed het me moeilijk om na te denken — maar ik ben me er op zekere hoogte van bewust dat Nostradamus in een rozijn verandert.

De verwekkerband dwingt me om te blijven drinken. En drinken en drinken — tot een paar helse minuten later, Nero eindelijk aan het bloedverlies sterft.

***

Ik probeer mijn kansmanipulatie te gebruiken om te stoppen met Nero's bloed te drinken. Concreet richt ik me op een kans dat iemand die momenteel bewusteloos is, weer bijkomt — of iets anders nuttigs in die richting.

Na wat mentale inspanning verschijnen de strengen voor me.

Ik slaag er niet in om er een met het formaat van een boomstam te activeren, maar een van de dunnere geeft toe aan mijn gebooste kracht.

In de verte klautert Kit overeind.

Tartarus stopt met me leeg te zuigen en richt zich in plaats daarvan op Kit.

Kit verandert in een witte duif en haast zich mijn kant op.

Een van de kinderen van Tartarus — degene die eruitziet als Lance Burton — stopt met Lilith aan te vallen en grijpt Kit uit de lucht.

Zodra ze in zijn greep is, probeert hij haar nek te breken.

De echte Lance Burton is beroemd om zijn duivenact en hij zou een vogel nooit zo behandelen.

Of dat hoop ik in ieder geval.

Voordat Lance de kans krijgt, verandert Kit in een boze neushoorn.

Tartarus springt naar hen toe.

De neushoorn/Kit ramt haar hoorn in de maag van Lance en doodt hem onmiddellijk.

Maar ze mist wanneer Tartarus bij haar komt en een verwoestende klap tegen de zijkant van het hoofd van de neushoorn geeft.

Het beest verandert weer in Kits menselijke vorm, ze valt op de grond en is duidelijk dood.

Een paar minuten later voegt een volledig leeggedronken Nero zich bij haar.

———

Ik PROBEER HET NOG EENS EN BRENG DE KANSSTRENGEN NAAR VOREN, dan kies ik er een die ik kan hanteren.

Onder me komt Nero bij en hij probeert zich terug te trekken.

Tot mijn afschuw hou ik hem als een koppige bloedzuiger vast.

Ik wou dat ik deze uitkomst niet geforceerd had. Nero vermoorden terwijl hij zichzelf probeert te bevrijden is erger dan toen hij me zijn bloed liet afnemen.

Kom op, Nero. Pak op z'n minst dat poortzwaard.

In plaats daarvan raakt hij weer buiten bewustzijn, al te uitgeput door mij en Tartarus.

Hij beweegt niet meer terwijl ik zijn leven eruit zuig.

———

Een kansstreng zorgt ervoor dat de Lance Burton-lookalike zijn doelen verandert. Dat neem ik tenminste aan, aangezien hij stopt met tegen Lilith te vechten en mijn kant op draait.

Hij kan echter nog niet eens een stap zetten.

Lilith gebruikt zijn afleiding voor een wrede aanval, en hij eindigt in een plas van zijn eigen bloed.

En Nero sterft nog steeds.

———

In het volgende visioen probeert een andere goochelaar/gebroed hetzelfde te doen, en Lilith doodt hem net zo wreed. Hetzelfde geldt voor een ander. Dan nog een.

In een andere reeks visioenen stopt een van de nog overlevende vampiers met het aanvallen van Tartarus en probeert hij mij te hulp te komen — maar dat geeft Tartarus de opening die hij nodig heeft, en hij breekt de nek van de vampier.

Hetzelfde gebeurt met een andere vampier. En nog een.

Ik geef het op om het met mensen te proberen en gebruik een kansstreng om de omgeving om me heen te beheersen.

Een stuk van het plafond boven me breekt af, en het puin slaat me op mijn hoofd.

Het heeft geen zin.

Ik genees onmiddellijk en ga verder tot het bittere einde om van Nero te drinken.

Ik span me in om een streng te vinden die ervoor zal zorgen ik Nero niet zal doden.

Met heel mijn wezen wensend, pak ik er een die iets dikker is dan wat ik denk dat ik aankan — en het werkt.

Het is alleen dat de kansmanipulatie mijn wens met een omweg uit laat komen.

Tartarus stopt met het aftappen van energie van mij, en kanaliseert in plaats daarvan zijn aandacht op Nero.

Een paar minuten later stopt Nero's bloedstroom en ziet hij eruit als een verschrompelde rozijn.

Ik denk dat in de strikte zin van het woord, ik niet degene was die hem heeft vermoord — Tartarus deed dat.

Maar dat verandert niets aan het feit dat Nero dood is.

———

ER VOLGT EEN REEKS VISIOENEN. Ten eerste gebruik ik geluk om mezelf in het bloed te laten stikken, maar dan herstel ik en hervat ik het drinken. In een andere krijgt een arcadespel kortsluiting en raakt me met een vonk van elektriciteit — wat niet echt veel meer doet dan mijn huid kietelen.

Alle visioenen eindigen op dezelfde manier.

Nero sterft.

HOOFDSTUK DRIEËNDERTIG

De visioenen eindigen en ik ben terug in de echte wereld.

In plaats van vergeefs kansmanipulatie te gebruiken, zoals ik talloze keren heb gedaan, spring ik weer in Hoofdruimte.

———

Daar zwevend, heb ik moeite om te begrijpen wat er net is gebeurd.

Ik was in staat om kansmanipulatie te gebruiken, maar het hielp niet — niet wanneer ik de mensen om me heen gebruikte, en ook niet als ik de omgeving zelf gebruikte.

Hoewel ik als ik eerlijk ben, niet heb geprobeerd om *iedereen* te gebruiken.

Er was geen visioen waarin Chester opstond om te

helpen, of waarin Lilith besloot om gewoon toe te geven.

Komt dat omdat ze ook kansmanipulators zijn?

Dat is in het geval van Lilith waarschijnlijk waar, maar als het om Chester gaat, dan is er een andere, duisterdere mogelijkheid. Misschien is hij niet alleen bewusteloos, maar ook dood?

Ik hoop het niet.

Nu ik net onze bloedbanden heb ontdekt, zou ik hem graag beter leren kennen, ondanks wat hij me in het verleden heeft aangedaan.

Wat moet ik nu dan doen?

Ik kan mezelf niet zomaar Nero laten vermoorden.

Als het moet, zal ik de uitkomst zoeken waarin mijn eigen vampierhart stopt — hoewel ik denk dat de kans dat dat gebeurt erg klein is, vooral gezien de kracht die ik van drakenbloed krijg.

Maar er moet een manier zijn.

Ik moet gewoon buiten de kaders denken, zoals het gezegde luidt.

Wacht.

Dat is het precies.

Wat ik heb geprobeerd was beperkt tot objecten en mensen in deze ene speelhal. Maar wat als er een manier is om een nieuwe variabele in deze vergelijking te trekken?

Iemand of iets van buiten het gebouw?

Wat als er op dit moment een drone over ons heen vliegt? Kan ik het defect laten raken en hem op mijn hoofd laten vallen?

Wacht, nee. Er zijn in deze wereld geen drones — alle technologie hier loopt tientallen jaren achter. Ik denk dat er een meer afschuwelijke versie van dit idee is. Als ik bereid zou zijn om onschuldigen te doden, dan kon ik een vliegtuig laten neerstorten, ervan uitgaande dat er een boven ons vloog.

Maar, nee.

Gezien Nero's verzwakte toestand, kan dat hem ook doden.

Het beste zou zijn als er een persoon kwam om hem te redden.

Maar wie? En hoe?

Ik denk dat ik kan beginnen met bij iedereen te kijken wat ze aan het doen zijn. Misschien is een van mijn vrienden net buiten deze speelhal en kan die gemanipuleerd worden om me bij Nero weg te halen?

Daartoe probeer ik de essentie van 'iedereen die ik ken' naar boven te halen. Dat doe ik door op het gevoel van vertrouwdheid te focussen.

Er gebeurt niets. Zelfs met door tv gebooste zienerskrachten kan 'iedereen' een te vaag doelwit zijn.

Er komt een idee bij me op en ik voer de mentale gymnastiek uit die nodig is voor kansmanipulatie.

Tot mijn schrik werkt het.

Naast de gebruikelijke vormen 'zie' ik ook strengen, hier in Hoofdruimte.

Wauw.

Kan ik de krachten van een bedrieger gebruiken om me als ziener te helpen?

Snel een streng lokaliserend die dun genoeg voor

me is om mee te handelen, breek ik hem en wacht op een uitkomst.

Even later verschijnt er een enorme wolk van vormen voor me.

Natuurlijk.

Wat had ik dan verwacht? In Hoofdruimte heb ik alleen met de vormen te maken.

Ach ja. In de hoop dat ik geluk heb als het om een van hen gaat, onderzoek ik de wolk zorgvuldig.

Waar meestal wolken van visioenen uit identiek uitziende vormen bestaan, is elke vorm in *deze* wolk uniek.

Bevindt degene die ik nodig heb zich onder hen? Met mijn verbeterde kennis van de werking van Hoofdruimte, onderzoek ik de wolk.

Erg interessant. Elk van deze verschillende visioenen zal van een andere persoon en plaats zijn, en sommige zullen zelfs op verschillende werelden plaatsvinden.

Oké.

Moet ik ze gewoon allemaal bekijken?

Normaal gesproken zou ik dat niet doen. Met zo veel, zou ik een tijdje in visioenen vastzitten. Wat nog belangrijker is, deze visioenen zullen de meeste, zo niet al mijn overgebleven zienersap opslokken — of althans dat is wat mijn verbeterde begrip van Hoofdruimte me laat denken.

Maar ja, wat is het alternatief?

Ik kan dit niet één voor één doen. Na elk visioen, zal ik naar de realiteit terugkeren van het drinken van

Nero's bloed. Zelfs als ik me een moment kan concentreren en terug kan komen, dan zal er een moment weg zijn. Als ik genoeg heen en weer ga, dan zal Nero al snel geen momenten meer hebben.

Dus het wordt hen allemaal, maar kan ik wel zoveel etherische dwaallichten ontkiemen?

Er is maar één manier om erachter te komen.

Ik rek me uit naar elke vorm en begin keer op keer naar ze te reiken.

Als het mogelijk was om zonder lichaam flauw te vallen van uitputting, dan zou ik daar nu aan toe zijn.

Zoals het er nu voor staat, raak ik eindelijk mijn laatste vorm aan, en beginnen de visioenen.

HOOFDSTUK VIERENDERTIG

Ik ben lichaamloos in de keuken van ons appartement.

Fluffster springt op de tafel en gooit de zak Meow Mix in een kom op de vloer.

Wanneer de kom met voldoende voedsel is gevuld, duwt Fluffster de zak terug in een rechtopstaande positie en kijkt met nieuwsgierigheid in zijn ogen naar beneden.

De kat staart hem aan met een blik die lijkt te zeggen, "Onze majesteit zal je weer sparen, chique knaagdier. Onze barmhartigheid kent geen grenzen. Nu zullen we eten, en jullie zullen stil zijn... of anders."

Lucifur loopt dan naar de kom en begint te eten.

Terwijl ik dit bekijk, realiseer ik me dat ik misschien niet specifiek genoeg was toen ik besloot om een visioen te zien over 'iedereen die ik ken.'

Aan de andere kant, als ik sterf nadat Nero is

leeggezogen — wat waarschijnlijk is — dan heb ik mijn huisdieren in ieder geval nog een laatste keer gezien.

Uiteindelijk stopt het visioen van het voeren van de kat, maar de volgende is net zo nutteloos. Ik zie Maya een cadeautje kopen voor Felix in een videogamewinkel op aarde.

En de nutteloze visioenen zijn pas net begonnen.

In de volgende, zie ik mijn vader met vrouw 2.0 lunchen. Het is leuk om te weten dat ze het zo goed met elkaar kunnen vinden en dat ze dol is op avocadobroodjes, maar ik zie niet in hoe dat op wat voor wijze dan ook zou kunnen helpen om de verwekkerband te verbreken.

In een ander visioen zie ik mijn moeder een videochat hebben met haar vriendin Zamantha, die ze in Parijs heeft bezocht. Mam legt haar uit dat ze Parijs zo plotseling verliet omdat ze een man heeft ontmoet.

Oh ja. Ze had mij hetzelfde verteld.

Voordat ik verontrustende details over mama's liefdesleven kan ontdekken, verdwijnt het visioen weer. Zijn mijn gelukskrachten misschien aan het werk?

Het volgende visioen begint schijnbaar veelbelovender dan de anderen. Het is van mijn nichtje, Roxy, die met haar vriendinnen/roedel/bijenkorf, Maddie en Ashley, op straat loopt.

De straat om hen heen is vervallen, en er zijn geen auto's te zien. Het *kan* degene zijn op de wereld waar ik nu ben.

Super onwaarschijnlijk, maar het zou kunnen.

Hoe geweldig zou het zijn als ze toevallig buiten deze speelhal waren? Hoewel het maar tieners zijn, zijn deze drie meisjes weerwolven en kunnen ze me waarschijnlijk overmeesteren als ze het echt proberen.

Natuurlijk, zou ik de slechtste tante in de wereld award winnen als ik Roxy in deze puinhoop bracht.

Het blijkt allemaal betwistbaar te zijn als ik het gebouw zie waar ze naar toe lopen. Het is zeker *niet* op deze wereld, want ze gaan naar Oriëntatie. Deze straat in Queens is heel erg toe aan modernisering.

Een ritje met de lift later, lopen ze de klas in, en kijk ik naar de andere kinderen. Dan komt er iemand binnen die ik nog nooit heb gezien en die zegt dat hij dr. Hekima zal vervangen.

De volgende visioenen blijken de meest nutteloze van allemaal te zijn. Ik zie mijn oude kinderarts aan wat papierwerk werken. Dan kijk ik naar elke tandarts die ik ooit heb bezocht. Dan ontdek ik wat elke handelaar en analist in Nero's fonds doet. Die spannende scènes worden gevolgd door die van mijn hoogleraren die toetsen nakijken, en ontelbaar veel meer die laten zien dat elke vriend en kennis uit mijn verleden de meest alledaagse dingen doen.

Jemig.

Wat is het volgende? Een visioen van mijn Facebook-feed?

Maar nee.

Het volgende visioen is interessanter — op een verontrustende manier. De bannik behaagt zichzelf met een foto van Lucretia in zijn hand. De dingen worden stomend — letterlijk — omdat hij het in het stoombad van de banya doet.

Het volgende visioen gebeurt niet op aarde, maar het is ook niet op de wereld die ik nodig heb.

Het is Gomorrah, althans dat neem ik aan. In dit visioen praat Bailey, de droomwandelaar, tegen een hologram van Itzel, de kabouter die me heeft geholpen om Raspoetin te redden.

"De nachtmerries zijn nog steeds erg," zegt Itzel. "Ik had gehoopt —"

Het visioen stopt en ik voel me schuldig. Itzels nachtmerries zijn ongetwijfeld het gevolg van toen ze mij had geholpen.

Het volgende visioen is in ieder geval op de juiste wereld gericht.

Ik zie Pada, de man die normaal gesproken gruwelijke moordscènes opruimt voor de Cognizanten in New York. Hij staat in de wei op het Pacman-eiland tussen de lokale Cognizanten met zijn schoonmaakhulpjes, Jik en Wen, aan zijn zijde.

"Ik weet dat het eten van de levenden smerig is," vertelt Pada hen plechtig. "Maar als alle wereldraden ons om een gunst vragen, dan doen we dat. Trouwens, de mensen van New York hadden toegezegd dat ze exclusief met ons zouden werken als een beloning, dus dat is er ook nog. We zullen als koningen eten en in een mum van tijd zwemmen we in het geld."

Nou, dat is op een andere manier verontrustend. Ik weet dat ik nu bloed drink, maar toch. Ik doe mijn best om bij de mentale beelden niet te kokhalzen en concentreer me op het interessante deel: het zijn niet alleen de Raden die in de strijd tegen het gebroed van Tartarus zullen helpen. Het is iedereen die de Raden kan omkopen en overtuigen.

Dat is goed.

Dat betekent veel meer hulp.

Het visioen van Pada valt weg, en in hey volgende ben ik terug bij de tv-studio waar we de superkrachtdemonstraties uitvoerden.

Vlad, Eric en Raspoetin staan naast een klok; volgens de klok vindt dit plaats slechts enkele minuten nadat Eric ons naar de vervloekte speelhal had gebracht.

Met andere woorden, zo ongeveer nu.

"Nee, ik ga met je mee," zegt Vlad tegen Eric. "Kit heeft mijn plaats ingenomen."

"Oh?" zegt Eric. "Waarom?"

"Ik heb het niet gevraagd," zegt Vlad. "Misschien heeft Nostradamus zijn visioen op het laatste moment aangepast, of misschien was het de beslissing van Sasha of Nero."

"Ja," zegt Raspoetin. "Het is mogelijk dat Nero die truc opnieuw probeert, zoals tijdens zijn oorlogscampagne op zijn thuiswereld. Hij liet Kit zich een tijdje voordoen als hem, en nu doet ze zich voor als jou."

"Ze is een veelzijdigere bondgenoot," zegt Eric. "Het is logisch."

"Nou, het maakt me niet uit waar ik vecht. En ik geef eigenlijk hier meer de voorkeur aan"— Vlad toont hen een katana die als Kits wapen was bedoeld — "dan aan die lans."

Dus Kit had hem gevonden en had zelfs van wapen met hem gewisseld voordat ze besloot om te liegen om bij het gevecht met Tartarus te zijn.

Als ik aan Kits wisseltruc denk, vraag ik me af of alles door haar zo fout is gegaan.

Misschien zou ik niet in deze situatie zitten als Vlad in dit gevecht zat, zoals Nostradamus had gewild.

"Klaar?" vraagt Eric, terwijl hij naar hun schouders reikt.

Ze knikken, en hij poeft met ze weg. Ze verschijnen dan weer op een gigantische parkeerplaats. Achter de auto's schuilt een leger van superhelden, allemaal in kostuums — Eric, Vlad en Raspoetin sluiten zich bij hen aan.

"Elk moment nu," zegt Raspoetin gespannen vanuit zijn schuilplaats. "Daar zal een poort opengaan." Hij wijst naar de plek waar iedereen ook heen staart — degene die iemand behulpzaam met krijt heeft omlijnd.

Het visioen eindigt voordat de poort daadwerkelijk kan verschijnen, en op het volgende moment zie ik Pozoj, de draak waar Claudia graag mee flirt.

Hij verstopt zich op een dak met een groep Cognizanten zonder outfits, en ze zijn ook allemaal naar een plek omlijnt met krijt aan het staren — waarschijnlijk de plek waar nu elk moment een andere poort zal openen.

Betekent dit dat er een aantal draken uit Nero's wereld hier zijn om te helpen? Als dat zo is, dan zou dat de kansen van de verdediging aanzienlijk moeten verbeteren, hoewel het niet met mijn situatie helpt.

Of wel?

Ik denk dat als een draak op het juiste moment boven de speelhal vloog, ik 'geluk' zou kunnen hebben en dat de betreffende draak op mijn hoofd zou vallen.

Het volgende visioen begint.

Felix heeft zijn pak aan en verschuilt zich achter een hoek van wat griezelig veel op het Kremlin lijkt. De rest van de omgeving ondersteunt dit. Het doet me aan het Rode Plein in Moskou denken, alleen groter en met meer paars en minder goud.

Naast Felix staat de gedrongen vrouw die tijdens de bijeenkomst van de Raden van de aarde een karmozijnrood gewaad droeg — de vertegenwoordiger van Sint-Petersburg. Degene die misschien Baba Jaga's oude mentor was of haar beste vriendin.

"Het begint," zegt Felix in het Russisch tegen de vrouw.

Hij heeft gelijk.

Er opent een poort, en het gebroed van Tartarus verspreidt zich eruit als hondsdolle kwartels.

Hmm. Merkwaardig. Voor mijn huidige, lichaamloze ziener-'zicht' zien ze er niet meer uit als goochelaars. In plaats daarvan zien ze eruit als gewone mensen van de straat.

"Defenders League, verzamelen!" roept Felix door de luidspreker in zijn pak.

De gedrongen dame rolt met haar ogen. "Hoelang

wacht je al om dat te zeggen? Ik wed dat het hele superheldengedoe jouw idee was."

Mijn vriend negeert haar terwijl hij zijn robotpak naar voren laat springen en Felix is niet alleen.

Een hele menagerie van Cognizanten springt uit hun schuilplaatsen rondom het pseudo Rode Plein.

De raadsvrouw van Sint-Petersburg wijst met haar hand naar de eerste persoon die uit de poort kwam — ongetwijfeld de teleporteur van de groep. Zwarte, vettige energie raakt haar doelwit en hij rot gewoon weg. Letterlijk, met maden en alles — in plaats van dat het proces weken of maanden duurt, gebeurt de degradatie alsof het was opgenomen en met hoge snelheid wordt afgespeeld.

Gatver. Deze dame staat op mijn lijst van mensen die ik nooit kwaad moet maken. Geen wonder dat Nostradamus zei dat Baba Jaga de aardige in die Raad was.

Dat is de onheiligste kracht die ik ooit heb gezien.

De mensen van Tartarus moeten het met mijn beoordeling eens zijn. Ze schreeuwen iets tegen elkaar en richten dan gezamenlijk hun handen op de dame.

Felix probeert haar uit de weg te duwen, maar hij is te laat.

In een oogwenk verandert ze in een rozijn.

Het focussen op slechts één persoon, hoe smerig haar kracht ook was, was een strategische vergissing voor de mensen van Tartarus, omdat het de andere Cognizanten de tijd geeft om ongehinderd aan te vallen.

Een lange, als een vampier uitziende kerel snijdt door twee van het gebroed met zijn zwaard.

Een andere, grotere vampier doodt er op dezelfde manier vijf.

Felix pakt een ander gebroed met de handschoen van zijn pak en gooit hem dan naar zijn broers of neven.

"Ja!" schreeuwt hij als de worp ze omvergooit als bowlingkegels. "Je knoeit niet met Neo Golem."

Vanaf Felix zijn rechterkant begint een van de indringers zijn energie te zuigen, maar dat duurt niet lang. Een man met een rond gezocht die ik niet ken, reikt met een arm in de borst van het gebroed die faseert zoals die van een chort.

Nee, niet 'zoals'. Gezien het traditionele Russische shirt van deze man, *moet* dit een chort zijn. Ik denk dat degenen die met Woland werkten niet de enigen van die soort waren.

In het volgende moment stolt de arm van de chort terug en het doodt de indringer onmiddellijk.

"Bedankt," zegt Felix tegen de chort en slaat dan een van Tartarus volgelingen in zijn buik, waardoor de man drie meter de lucht in vliegt.

Itzel heeft geweldig werk geleverd met het pak.

De rest van de handlangers van Tartarus moet zich realiseren dat het pak ook een probleem is, omdat een stel van hen samen energie van Felix beginnen op te zuigen.

Felix schreeuwt.

De borst van de Golem opent zich. Op de plaats

waar de tepels van een persoon zouden zijn, verschijnen twee gigantische geweren — en ze vuren op de idioten die samenklonteren.

Twee explosies later, zijn de tegenstanders van Felix er niet meer.

Dit is zo cool. Ik wed dat Felix het pak met zijn technomancer-kracht bestuurt.

De rest van het gevecht duurt nog een paar minuten, en als er niet meer van het gebroed van Tartarus over is om te doden, lopen Felix en zijn overgebleven bondgenoten naar de poort.

"Het zou nog een tijdje stabiel moeten zijn," zegt Felix onzeker en dan, tot mijn grote verbazing, stapt hij de poort binnen.

Zijn bondgenoten volgen.

Ik vraag me af waarom ze dat doen, maar voordat ik erachter kan komen, valt het visioen weg.

———

Dit volgende visioen vindt plaats in een park met de kloon van de Eiffeltoren in de verte.

Worden architectonische ontwerpen van wereld naar wereld gestolen zoals de comic book-ideeën? Te veel patronen lijken zich te herhalen.

Hier is de poort al open, en de gevechten moeten al minstens een minuut aan de gang zijn.

Ik herken slechts een paar mensen van onze kant: Thalia, die dit gevecht duidelijk een goede reden vond om haar gelofte te breken om de aarde niet te verlaten, en Sparkles—a.k.a. Sir Lightning.

Terwijl ik naar Thalia kijk, realiseer ik me dat ze zich tijdens onze training inhield. Hier beweegt ze zich als de dood in eigen persoon — elke beweging van haar dunne armen haalt minstens één, maar meestal twee of drie tegenstanders tegelijk onderuit.

In de tussentijd schiet Sparkles bliksem naar links en rechts — wat er erg indrukwekkend uitziet en ik vraag me af of hij dat altijd heeft kunnen doen, of dat het tv-optreden zijn vaardigheden in deze mate heeft vergroot.

Net als het team van Felix gaan ze, wanneer Thalia's kameraden al het broed hebben afgemaakt, de poort binnen en geven me een idee van wat ze in gedachten hebben.

———

Het volgende visioen laat me zien wat er op een gigantisch strand in de buurt van een prachtige oceaan gebeurt.

Mensen die tactische uitrusting dragen en automatische wapens vasthouden, staan naast dr. Hekima en staren naar de poort die voor hen materialiseerde.

"Ik zorg ervoor dat ze jullie niet kunnen zien," zegt dr. Hekima. "Vuur op mijn bevel."

De rest van het visioen laat me zien hoe gevaarlijk een illusionist kan zijn.

Terwijl het gebroed van Tartarus uit de poort stroomt, raakt Hekima hen met een boog van zijn energie, en van daaruit doen ze inderdaad alsof de tot de tanden gewapende mensen niet bestaan.

"Nu," zegt Hekima als er een paar seconden voorbijgaan zonder dat er iemand anders uit de poort komt.

De soldaten openen het vuur.

De kinderen van Tartarus staan daar maar en nemen het. Hekima moet het geluid van de schietpartij blokkeren, evenals de aanblik van hun gevallen broeders.

Binnen een paar minuten is de strijd — of beter gezegd, de executie — voorbij.

Als je vergeet wat Tartarus en zijn bende op deze wereld kwamen doen, dan lijkt dat bijna onsportief.

Hekima stapt over de dode lichamen en loopt alleen de poort binnen — wat waarschijnlijk betekent dat zijn bondgenoten mensen uit deze wereld waren die geen poorten voor Cognizanten kunnen betreden.

———

Het volgende visioen is bijna identiek aan de vorige, behalve dat het Jaylen is die met zijn illusionistische krachten een heel leger verbergt.

Alleen zijn haat voor deze groep zorgt ervoor dat Jaylen een macabere draai aan het hele proces geeft.

Hij moet zijn vijanden een soort illusie laten zien waardoor ze tegen elkaar gaan vechten — wat ze ook gaan doen op hetzelfde moment dat ze doorzeefd worden met kogels.

———

In het volgende visioen doorboort Lucretia het hart van een indringer met haar degen. Rechts van haar onthoofd een bekende seksbom van een vrouw een ander met een zwaard.

Is dat de zus van Pamela Anderson? Maar nee. Dit is Lola, een nimf die een relatie op basis van een seksverslaving had met Kit.

Een gehuil laat iedereen naar links kijken.

Het is een roedel weerwolven, hun muilen schuimen en hun gebrul is zo luid dat het niet-bestaande haar in mijn niet-bestaande nek rechtop gaat staan.

Ik herken er drie. De grootste is Obo, de man die me in het hotel had aangevallen. Een iets kleiner exemplaar is Eduardo, de alfa van de New Yorkse roedel die Nero in de oorlog tegen de drakenwereld had geholpen. En de kleinste van de drie — maar nog steeds op gelijke voet met de rest van de roedel — is Marius, het 'hulpdier' van Nostradamus.

De weerwolven negeren de zielige pogingen van Tartarus zijn mensen om energie te zuigen en scheuren ze in stukken.

Lola, Lucretia en alle anderen kijken in geschokte fascinatie naar het bloedbad.

Wanneer het allemaal stopt, veranderen allen

behalve Marius weer in naakte mannen en vrouwen, en ze lopen dan vastberaden naar de poort.

"Je hebt een aantal serieuze problemen," zegt Lucretia tegen Marius als hij langs haar loopt. "Als dit allemaal voorbij is, kan ik je misschien een paar therapiesessies geven?"

Marius knikt met zijn harige hoofd en stapt dan de poort binnen — en de rest volgt.

———

EEN GROEP TANKS ONTMOET DE HANDLANGERS VAN TARTARUS IN HET VOLGENDE VISIOEN, waar een poort zich opent naast wat op een oude schroothoop lijkt.

Een dozijn pantserdoorborende kogels later zijn alleen de tanks over.

———

IN HET VOLGENDE VISIOEN OPENT DE POORT ZICH IN EEN WOESTIJN, en zodra het volk van Tartarus erdoor komt, raakt een ballistische raket die plek, die ze allemaal wegvaagt.

———

Soldaten van de Special Forces vallen het gebroed van Tartarus aan die naar een militaire basis gaan. Ze worden door een andere Cognizant ondersteund die Nero heeft geholpen om de bezetter omver te gooien, een vrouw die dieren kan beheersen — in dit geval een enorme wolk van vogels die op kraaien lijken.

Zodra ze hebben gewonnen, loopt ze de poort binnen.

———

Een andere groep menselijke soldaten rekent met een poort af die opengaat in wat op de rip-off van Jeruzalem van deze wereld lijkt. Bij hen is de elfachtige man die Nero pas heeft geholpen.

De soldaten en de elf decimeren de geschrokken nieuwkomers en de elf springt de poort binnen.

———

In het volgende visioen worden de gevechten voornamelijk door de leden van de Raad van New York gevoerd.

Ik zie Tatum — de succubus die tijdens een recente vergadering had gesproken — haar 'charmes' op de indringers gebruiken. Verbijsterd en absoluut geil, zijn het makkelijke doelwitten voor Albina, het raadslid die met witte stromen van energie materie kan oplossen.

Al snel zijn er geen vijanden meer over en springen de Cognizanten in de poort.

———

IN HET VOLGENDE VISIOEN ZIE IK CLAUDIA, Nero's zus. Ze verandert in haar drakenvorm, die bijna net zo groot is als die van Nero.

Aww, hoe schattig. Zelfs als draak heeft ze de wolkvormige moedervlek op haar wang.

Claudia's bondgenoten weten wat er gaat gebeuren. Ze rennen weg van de poort terwijl ze de lucht in gaat en vuur op de kinderen van Tartarus blaast voordat ze er zelfs maar aan kunnen denken om iemands energie op te zuigen.

Een seconde later is het allemaal voorbij. De poort is nu omgeven door gesmolten botten en verschroeide aarde.

Terwijl ze landt en terug verandert in een prachtige vrouw, stapt Claudia de poort binnen.

———

Het volgende gevecht vindt plaats in het gigantische treinstation waar Lilith en ik uit de hub zijn gestapt.

Colton — het 'onderkruipsel' van de stam der reuzen — heeft twee van de handlangers van Tartarus in zijn enorme handen. Dan slaat hij hun hoofden tegen elkaar en vermorzelt ze als pompoenen.

In de buurt is Ariël te zien, ze draagt vol trots haar strakke en sexy Sugar Glider-pak.

Ze slaat één vijand tegen zijn oog. De man vliegt een meter omhoog, crash-landt dan op de grond en beweegt niet meer.

Ariël haalt een pistool tevoorschijn, schiet hem leeg

in een andere man, en gooit dan haar zakmes in de borst van weer een andere.

Drie van de nakomelingen van Tartarus omringen haar voordat ze haar pistool kan herladen. Twee beginnen haar energie te stelen, terwijl de derde — een enorme kerel — haar in het gezicht slaat.

De pijn en de energieafvoer laten Ariël struikelen, waardoor de grotere aanvaller haar benen onderuit kan trappen.

Ariël valt neer, stoot haar hoofd op de granieten vloer van het station en raakt buiten westen.

Dat maakt het officieel.

Het energie zuigen zorgt ervoor dat mensen vatbaarder zijn om knock-out te gaan. Ariël is te hard dat een paar klappen haar normaal gesproken niet zo zouden beïnvloeden.

Als ze haar zien vallen, richten de energiezuigers hun aandacht op Colton, maar degene die Ariël in het gezicht sloeg, is nog niet klaar met haar.

Hij begint keer op keer tegen Ariëls bewusteloze lichaam te schoppen.

Zelfs met haar tv-versterkte superkracht, breken zijn slagen haar botten, dat kan ik zien.

Plotseling schiet er een stroom van gouden energie vanuit de achterkant van het station in Ariëls onbeweeglijke lichaam.

Ik volg de boog naar het zwenkwiel en herken haar meteen. Het is Isis, de genezer die op Nero's loonlijst staat.

De helende energie doet meteen zijn werk. Ariël

opent haar ogen en vangt de voet van haar aanvaller voordat deze de volgende trap kan geven.

Met een wrede draai breekt Ariël de enkel van de man en springt ze overeind.

De man schreeuwt moord en brand, maar niet voor lang. Ariël slaat hem zo hard tegen zijn slaap dat zijn schedel, als een eierschaal, zichtbaar barst.

Dat moet door de tv-boost komen. Ze was altijd al sterk, maar niet *zo* sterk.

Ariël neemt dan wraak op de twee energiezuigers die haar in die precaire situatie hebben gebracht. Na met hen te hebben afgerekend, helpt ze Colton en de anderen om de rest te doden.

Nu de vijanden zijn uitgeroeid, stappen mijn huisgenoot en haar bondgenoten in de poort.

In tegenstelling tot mijn eerdere visioenen eindigt deze niet hier, maar volgt hij Ariël naar haar bestemming.

Erg interessant.

Ik ga eindelijk zien wat al die mensen die de poorten binnengaan van plan zijn.

HOOFDSTUK VIJFENDERTIG

ARIËL STAPT EEN WERELD IN MET TWEE ZONNEN AAN DE HEMEL, elk van hen kleiner dan normaal. Plekken met sneeuw en kort gras bedekken het toendra-achtige landschap en er is geen teken van een beschaving te zien.

Een leger begroet Ariël, een leger dat uit vrijwel iedereen uit mijn andere visioenen bestaat, maar ook enkele spelers die ik nog niet heb gezien, zoals de squadrons centauren, slangdraken en reuzen — die er allemaal bekend uitzien, waarschijnlijk omdat ze Nero's bondgenoten waren geweest in zijn missie om zijn wereld terug te winnen.

Ariël bekijkt ze allemaal. Dan valt haar blik op een groep zogenaamde sterke mannen, die heel weinig kleding dragen en veel op de cast van *300* lijken.

Ariël glimlacht dankbaar en schreeuwt iets tegen hen in wat als Grieks klinkt.

Heeft ze net een stel kerels na staan roepen? Het zou me niet verbazen als ze dat deed.

De cast van *300* spant collectief een hoop spieren aan en grijnst naar Ariël en antwoordt dan in dezelfde taal.

"Hé," zegt Felix van achter haar. "Hoe is het leven als een superheldin?"

"Gast, stop met me te cockblocken," zegt Ariël en draait zich naar hem toe. "Ik zat op een date te hopen, maar nu zullen ze denken dat ik van robots houd."

"Zijn deze jongens hetzelfde type Cognizant als jij?" vraagt Felix terwijl hij de perfecte buikspieren en andere symmetrische eigenschappen van de strijders bekijkt.

"Dat zijn ze," zegt Ariël, die verlangend naar de groep terugkijkt. "Ze zullen erg nuttig zijn als het om het doden van de rest van het volk van Tartarus gaat."

Felix tilt de voorplaat van zijn pak op en onthult de serieuze uitdrukking die eronder zit. "We gaan ze niet *allemaal* vermoorden," zegt hij. "Sommigen zullen hun glamour uitschakelen — of hoe het ook heet — en zich tussen de mensen verstoppen. Wat nog belangrijker is, we zijn hier niet om genocide te plegen. *Ik* niet in ieder geval."

Ariël trekt haar blik weg van de heerlijkheid van de sterke mannen en trekt haar perfecte wenkbrauw op naar Felix. "Heb je het deel over broedputten gemist?" vraagt ze. "Waarom zouden we een van deze klootzakken in leven willen laten?"

"Kijk, ik ben er helemaal voor om de gevangenen

uit die kuilen te bevrijden," zegt Felix. "Daarom ben ik hier. Maar als een van de mensen van Tartarus zich overgeeft, dan blijven ze leven. Nero heeft het zelf gezegd."

"Sasha heeft Nero soft gemaakt. Waarom zou je dit doen? Wat houdt deze jongens tegen om op een dag krachten op te bouwen en ons weer aan te vallen?"

"Misschien kent Nero de geschiedenis," zegt Felix. "Wat je voorstelt, is op een gegeven moment bijna met de draken gebeurd. In ieder geval zijn de grondverzetters uit de jaren tachtig niet voor niets bij ons. Zij zullen de grond de poorten laten opslokken die van en naar deze wereld leiden. Aangezien alle teleporteurs van het Tartarus-ras nu dood zijn, zal niemand ooit nog problemen buiten deze wereld veroorzaken."

"Goed dan," moppert Ariël. "Het enige wat ik kan zeggen is dat deze klootzakken geluk hebben dat ik niet degene ben die de leiding heeft. *Ik* zou ze volledig hebben geëlimineerd."

"Nou, je bloeddorstige wens kan nog steeds van nature gebeuren," zegt Felix. "Zonder toegang tot andere werelden moeten ze leren hoe ze op een duurzame manier energie van mensen kunnen aftappen, zoals vampiers dat doen. Als ze falen, zullen ze zonder mensen komen te zitten en uitsterven."

"Dat zou klote zijn voor de mensen," zegt Ariël.

"Nogmaals, het is onmogelijk om de mensen van deze jongens te scheiden, dus of we doden iedereen op de planeet of we bevrijden de Cognizanten uit de broedputten en vertrekken. Bij het laatste plan hebben de mensen in ieder geval een kans."

"Misschien zullen de mensen ze uitroeien," zegt Ariël. "Genocides komen veel voor in hun geschiedenis, dus waarom zou er deze keer geen nuttige zijn?"

"Herinner me eraan dat ik nooit aan jouw slechte kant kom te staan." Felix laat de voorplaat van het robotpak zakken.

"Ik heb geen slechte kant." Ariël maakt een strakke paardenstaart en strekt zich een paar keer uit. "Kom op, de mars staat op het punt te beginnen."

———

ER BEGINT EEN NIEUW VISIOEN — ik ben nog steeds op de planeet met twee zonnen.

Deze nieuwe locatie lijkt veel op de vorige. Ik denk niet dat ze ver gelopen zijn. Het enige verschil is dat er in de verte een kasteel te zien is.

Oh, en het leger.

Twee legers, als je Ariël en haar bondgenoten meetelt.

De krachten staan tegenover elkaar op het plateau, met het gebroed van Tartarus dichter bij het kasteel in de verte.

"Is dat is een hele wereld aan energiezuigers?" mompelt Felix door zijn vizier. "Ik dacht dat er meer zouden zijn."

"Ik wed dat de meeste troepen van Tartarus bij de

aanval op de wereld van de jaren tachtig zijn gestorven," zegt Ariël, naar het vijandelijke leger starend. "Dit zijn waarschijnlijk bewakers die werden achtergelaten om ervoor te zorgen dat de arme stakkers uit de broedputten niet ontsnappen."

"Als dat waar is, voel je dan vrij om ze allemaal zonder spijt te doden," zegt Felix.

"Oh, dat ben ik ook van plan." Ariël knakt met haar knokkels.

Met een oorlogskreet rent het leger van Tartarus op hen af.

Met een veel luidere en hardere kreet als antwoord rennen de centauren, de slangdraken en de reuzen naar voren, met de rest van de Cognizanten op hun hielen.

De legers knallen in elkaar.

De mensen van Tartarus lijden een gruwelijk aantal slachtoffers en beginnen zich terug te trekken.

Om de een of andere reden laten onze jongens dat toe, wat een slecht idee blijkt te zijn, nu het gebroed van Tartarus energie van veraf begint op te zuigen.

Al snel zitten Felix, Ariël, de reuzen, de centauren en de rest grommend van de pijn op hun knieën.

Dat is wanneer ik me realiseer waarom ze de terugtocht lieten gebeuren.

Het was toch geen vergissing.

Het gebrul van een draak laat de grond waarop iedereen staat schudden.

Terwijl de slechteriken opkijken, zien ze Claudia en een hele hemel vol draken.

"Ja!" schreeuwt Ariël opgewonden. "Dit gaat echt pijn doen."

De draken moeten deze volgende manoeuvre geoefend hebben. Voordat het kroost zijn energiezuigende aandacht naar de hemel kan richten, duiken ze als één naar beneden en bedekken de grond met drakenadem, waarbij ze niets dan as achterlaten.

HOOFDSTUK ZESENDERTIG

De visioenen stoppen eindelijk.

Ik ben terug in de speelhal, Nero aan het vermoorden.

Tartarus zuigt nog steeds energie van Lilith en mij en doodt de laatste van onze vampierbondgenoten.

Lilith vecht tegen de laatste handlangers van Tartarus.

Verdomme.

Al die visioenen en ik heb nog steeds geen idee hoe ik deze situatie kan veranderen.

Ik probeer terug te keren naar Hoofdruimte, maar het werkt niet bij de eerste, tweede of derde poging.

Dat is het dan. Ik moet geen zienersap meer hebben.

Ugh. Waarom heb ik met mijn geluk al die visioenen gekregen?

Aanvankelijk dacht ik dat het me een uitweg zou tonen. Maar nu vraag ik me af of het doel van de visioenen was om me te laten sterven wetende dat mijn vrienden op zijn minst hun deel van de strijd zullen winnen, en de aarde het zal overleven. Nero had gelijk wat dat betreft. Zelfs als Tartarus hier wint, zal hij geen leger meer hebben om op te vertrouwen en het is daarom onwaarschijnlijk dat hij de aarde snel zal aanvallen.

Maar nee.

Er moet een visioen in die groep zitten dat ik kan gebruiken.

Op de een of andere manier.

Dan herinner ik me iets.

Ja. Het zou kunnen werken. Maar wat zijn de kansen?

Daar kom ik zo achter.

Ik breng mezelf in de gemoedstoestand van kansmanipulatie, maar deze keer concentreer ik me alleen op het onwaarschijnlijke scenario waar ik net aan dacht.

Er verschijnt een enkele streng. Een bekende zo dik als een redwood-boomstam.

Shit. Dit bewijst dat dit idee inderdaad onwaarschijnlijk is.

Maar ik moet het toch laten werken. Er is geen andere optie.

Wensend dat ik mijn lichaam genoeg kon beheersen om op zijn minst op mijn tanden te bijten, grijp ik metafysisch naar de streng om hem vervolgens door mijn metafysische vingers te laten glijden.

Oh nee, dat dacht ik even niet.

Ik grijp er weer naar.

Die stomme streng ontglipt me weer.

"Ik ben de krachtigste kansmanipulator op deze planeet," zeg ik tegen de streng en probeer mezelf het te laten geloven. "Als iemand dit kan laten gebeuren, dan ben ik het."

Iets lijkt slechts een fractie op te geven, dus ik hernieuw mijn inspanningen langs dezelfde lijnen, mentaal als een banshee naar de streng schreeuwend.

Gezien het feit dat deze strijd niet fysiek is, doe ik alsof ik in Hoofdruimte ben en dat er etherische dwaallichten uit me zullen komen, zodat ik ze als een boze octopus om de streng kan wikkelen.

Ik weet niet zeker of het deze laatste visualisatie is, of de kansmanipulatie-ervaring die ik in mijn visioenen heb opgedaan, maar de streng kraakt als een omgehakte boom als hij breekt.

Mijn kansmanipulatiegedeelte voelt nu leeggezogen aan, zoals een van de lijken die Tartarus achterlaat. Geen manipulatie meer vandaag. Om te testen of ik gelijk heb, probeer ik het lot weer onder controle te krijgen en faal ik jammerlijk.

Alles hangt er nu van af of die streng doet wat ik had gehoopt.

En een seconde later gebeurt het.

Eric, Vlad en Raspoetin materialiseren zich tussen mij en Lilith in, terwijl Vlad zijn katana vastpakt en Raspoetin geschokt om zich heen kijkt.

Ja! Dit is waar ik op had gehoopt. Ik zag ze naar een

parkeerplaats teleporteren en vroeg me af of ik Eric in plaats daarvan hierheen kon laten komen.

"Wat voor de duivel?" zegt Eric, terwijl hij rondkijkt. "Dit is niet waar ik naartoe wilde teleporteren."

"Een teleporteur." Tartarus stopt met het aftappen van energie van mij en Lilith, doodt de laatste vampier waar hij tegen vocht, en gaat op Eric af. "Je zult me hieruit halen."

Shit. Dit is een fout in mijn plan. Nostradamus stond erop dat er geen teleporteurs ter plaatse mochten zijn om Tartarus geen kans te geven om te ontsnappen.

Maar het is een risico dat ik moest nemen. Nero moet gered worden, ook al leidt dat tot de vrijheid van Tartarus.

Eric kijkt naar de naderende Tartarus als een konijn naar een slang.

Als ik kon praten, dan zou ik roepen dat Eric mij weg moest teleporteren van Nero.

"Niemand teleporteert ergens naar toe," gromt Lilith, terwijl ze haar spiegelende ogen op Erics gezicht richt. "Niet bewegen. Begrepen?"

"Ja," zegt Eric met een betoverde stem.

Voordat Tartarus haar weer kan leegzuigen, maakt Lilith snel de Lance Burton-lookalike en twee van zijn laatste kroost af.

Tartarus is bijna bij Eric tegen de tijd dat ze in die richting suist.

"Houd dit vast." Vlad steekt zijn katana in

Raspoetins hand en bukt zich om het poortzwaard bij mijn voeten op te pakken.

Dit is een risico.

Als Lilith het me beveelt, zal ik Vlad aanvallen. Het goede nieuws is dat Lilith het te druk heeft met Eric.

"Wat is Sasha aan het doen?" vraagt Raspoetin aan niemand in het bijzonder. "Waarom vermoordt ze Nero?"

"De verwekkerband," gromt Vlad en activeert het zwaard. "Ze zou dit niet uit eigen beweging doen. Geloof me."

Een masker van steen lijkt over het gezicht van Raspoetin te komen.

Lilith bereikt Eric een fractie van een seconde voordat Tartarus dat doet — en scheurt met haar hoektanden in de keel van de arme teleporteur.

Tartarus ziet de teleportatiekans door zijn vingers glippen, stopt, staart Lilith dodelijk aan en wijst met zijn beide energiezuigende handen naar haar.

Ze stuiptrekt van de pijn, maar blijft Erics bloed zuigen, waarschijnlijk in de hoop dat het een deel van de energieafvoer zal tegengaan.

Raspoetin kijkt naar mij, dan naar Lilith, dan weer naar mij.

Vlad springt naar Tartarus, met het poortzwaard opgeheven.

"Ja, pak hem," sist Lilith en tilt haar hoofd op. "Ik zal je helpen als —"

Met trillende handen, zwaait Raspoetin met de katana.

Het scherpe mes hakt in Liliths nek en komt dan aan de andere kant tevoorschijn en scheidt haar hoofd van haar schouders.

Wat. Is. Er. Net. Gebeurd?

Een fontein van bloed stroomt uit Liliths hals, die Raspoetin van top tot teen bedekt. Haar hoofdloze lichaam draait zich op zijn hiel om en slaat hem zo hard in zijn gezicht dat hij in de *Donkey Kong*-machine crasht die in de buurt staat.

Serieus, is dit een nachtmerrie?

Ik verwacht half dat Liliths lichaam haar hoofd uit de lucht rukt en weer terugzet, maar ze is niet echt een godin. Met haar laatste beweging voltooid, stort haar hoofdloze lichaam in.

Het hoofd zelf rolt over de vloer en komt met het gezicht naar boven tot rust, met Liliths blauwe ogen die de bewusteloze Raspoetin beschuldigend aankijken totdat de laatste vonk van het leven in hen vervaagt.

Ik vraag me af of ze in haar laatste momenten de ironie zag. Ze had Raspoetin ontmoet om mij te baren om te voorkomen dat ze door de hand van Tartarus zou sterven — en het heeft gewerkt. Dankzij mijn kansmanipulatie en Raspoetins vastberadenheid, hoeft ze zich nooit meer zorgen te maken over Tartarus.

Ik knipper uit eigen beweging en realiseer me dat de verwekkerband weg is.

Ik ruk me weg van Nero.

Nu mijn hart weer onder mijn controle is, begint het tegen mijn borst te kloppen alsof het bezeten is door een leger van hyperactieve eekhoorns.

Onder mij ziet Nero er bleker uit dan een vampier.

Is het te laat?

Oh alsjeblieft, laat het niet te laat zijn.

Met trillende handen zoek ik naar de hartslag aan de ongebeten kant van zijn nek.

Hij is zo zwak dat ik hem nauwelijks kan voelen.

Ik snijd in mijn duim met een van mijn hoektanden, knijp er een druppel bloed uit en steek de vinger in Nero's mond.

Zijn tong raakt de druppel, en hij wordt iets minder bleek. Ik betwijfel of ik de verandering zonder mijn verbeterde zicht had opgemerkt.

"Gaat het?" fluister ik tegen hem. "Wees alsjeblieft in orde."

Nero antwoordt niet, dus ik trek mijn duim eruit en zie het probleem. De wond is al genezen. Ik doorboor de vinger weer, knijp er meer bloed uit, en stop hem in zijn mond.

Nero's hartslag wordt wat sterker.

Ja. Ik ben op de goede weg.

"Het *moet* goed komen," zeg ik tegen hem. "Omdat ik ook van jou hou."

Ik denk dat dit laatste echt helpt.

Het zou zeker romantisch zijn als dat zo was.

Ongeacht de reden, slaagt Nero erin om een oog te openen en zelfs een beetje een wenkbrauw op te tillen.

Ik vermoed dat als hij in een toestand was om te praten, hij zou zeggen, "Dit is wat ik moest doorstaan om je eindelijk toe te laten geven wat je voelt?"

Ik vecht tegen de drang om in een opgeluchte plas

te smelten en geef hem nog een druppel van mijn bloed.

"Tartarus," fluistert hij met een schorre stem. "Ga. Ik overleef het wel."

Dit is het moment dat ik me bewust word van wat er nog meer in de kamer gebeurt.

Vlad haalt met het poortzwaard uit naar de keel van Tartarus, zijn bewegingen wazig snel.

Ja! Onthoofd die klootzak!

Maar in plaats van het vlees van Tartarus, hakt het mes in de steen die het krachtveld voedt dat hem beschermt.

Brullend van woede pakt Tartarus Vlads pols en rukt het poortzwaard uit zijn greep.

Niet goed.

Ik spring naar de katana naast Liliths onthoofde lichaam en gooi hem naar Vlad. Dan ren ik naar hen toe.

Het krachtveld van Tartarus flikkert en sterft.

Vlad vangt de katana en snijdt nu in de ontblote buik van Tartarus.

Tartarus weert af met het poortzwaard — dat door het metaal van de katana snijdt alsof het van mist is gemaakt. Vlad zet de zwaai voort met de resterende scherf van het zwaard, maar maakt alleen een kras op de huid van Tartarus.

Het mes van Tartarus vertraagt niet.

"Nee!" schreeuw ik, sneller rennend tot ik bijna wazig ben. Maar ik ben te laat.

Het poortzwaard gaat het lichaam van Vlad binnen en snijdt van schouder tot lies door hem heen.

Met een grom valt Vlad op zijn knieën aan de voeten van Tartarus.

Als ik hen bereik, sla ik een vuist in het gezicht van Tartarus.

Hij vliegt door de kamer en vernietigt twee arcadespellen voordat hij tegen de muur slaat, terwijl er overal om hem heen gipsplaat regent.

Wauw. Nero's bloed maakt me echt krachtig.

Hoewel ik weet dat ik Tartarus moet aanvallen voordat hij herstelt, kniel ik in plaats daarvan naast Vlad.

Hij ziet er niet goed uit. De gapende snee lijkt niet te genezen.

"Je kunt niets voor me doen. Ga gewoon," zegt hij hees, bloed ophoestend. Een gelukzalige glimlach verlicht zijn bleke gezicht terwijl zijn blik naar het plafond gaat. "Rose, lieverd, ik kom eraan. Ik kom eindelijk naar je toe." En met een laatste adem, gaan zijn ogen dicht, zijn lichaam zakt op de grond.

Ik voel me verdoofd.

Nero is half dood.

Mijn biologische moeder, met al haar fouten, is weg, vermoord door mijn biologische vader.

Raspoetin, Chester en Kit zijn allemaal knock-out, of erger.

En nu Vlad.

Ik had Rose beloofd om voor hem te zorgen — en heb op de slechtst mogelijke manier gefaald.

Mijn handen ballen zich tot vuisten.

Als ik Vlad niet kon beschermen, dan zou ik hem op zijn minst kunnen wreken.

Ik vlieg naar het plafond en duik dan naar waar Tartarus in het puin ligt.

Het is tijd om de profetie van Nostradamus over mij voor eens en altijd te vervullen.

HOOFDSTUK ZEVENENDERTIG

MET MIJN TANDEN OP ELKAAR GEKLEMD, VLIEG IK IN EEN houding waar Superman trots op zou zijn, met mijn vuisten voor me uitgestrekt.

Voordat ik bij het puin kom, springt Tartarus overeind en haalt met het poortzwaard naar me uit.

Snel bewegend ontwijk ik de aanval en sla hem tegen zijn kaak.

Hij vliegt twee meter omhoog en landt dan in een flipperkast van *Evel Knievel*, waardoor er overal glasscherven rondvliegen.

Ik haast me om zijn zwaard te pakken terwijl hij weer overeind springt.

Als hij ziet wat ik van plan ben, haalt hij in een brede boog uit met het wapen en het plasmablad suist een centimeter langs mijn nek.

Ik haal uit naar zijn benen.

Hij springt en stoot naar me met het zwaard.

Ik stap opzij en pak dan de pols van zijn zwaard zwaaiende arm in een ijzeren greep vast.

Hij slaat me met zijn andere vuist in het gezicht.

Ik zie sterren, maar slaag erin om op mijn voeten te blijven staan en mijn gespleten lip geneest onmiddellijk.

Hij slaat me weer, deze keer in mijn buik. Er scheurt van binnen iets, dan geneest het bijna net zo snel als de lip.

Ik pak zijn andere pols.

Hij geeft me een kopstoot.

Auw.

Mijn schedel barst, en de huid op mijn voorhoofd scheurt open van de impact. Maar deze wonden zijn ook van korte duur, net als de anderen — bedankt, tv-optreden en Nero's bloed.

Het voorhoofd van Tartarus bloedt daarentegen nog steeds. Het lijkt erop dat zijn aanval hem meer kwaad heeft gedaan dan mij.

Hij probeert uit mijn greep te komen, maar ik ben sterker.

Met veel moeite duw ik de hand met het zwaard naar hem toe.

Er verschijnt paniek in zijn ogen en hij deactiveert het poortzwaard.

Hard trekkend draai ik zijn pols om en het wapen klapt op de grond.

Grommend draait Tartarus zijn andere hand om met zijn vingers naar me te wijzen, en ik voel de krachtige energieafvoer beginnen.

Zijn volle kracht is nu alleen op mij gericht, en de pijn is zo duizelingwekkend dat ik vecht om er niet door flauw te vallen.

Maar twee kunnen dit spel spelen. Mijn hoektanden slaan uit, ik trek hem naar me toe en bijt in zijn hals.

De smaak van zijn bloed zou verachtelijk moeten zijn, maar in plaats daarvan is het hemels. Gulzig begin ik het op te slokken en voel ik mijn energieniveaus zich aanvullen.

Hij begint als een vis aan een haak te spartelen, maar ik zuig gewoon harder.

De pijn van de energieafvoer is dof tot het op de pijn lijkt die ik bij de ceremonie had ervaren.

De strijd van Tartarus wordt heviger. "Ik zal je levenskracht eruit krijgen voordat je me droog kunt drinken," sist hij. "Dan vermoord ik iedereen die je —"

Voordat hij de dreiging kan afmaken, knijp ik zo hard in zijn polsen dat ze breken, en vlieg ik als een raket omhoog.

We slaan tegen het plafond, scheuren erdoorheen, en barsten dan door het dak terwijl we de lucht in torpederen.

Tijdens dit alles blijf ik het bloed van die klootzak drinken, en hij blijft mijn energie wegzuigen.

Als we een paar honderd meter hoog zijn, duik ik naar beneden als een havik die naar een prooi duikt, met Tartarus onder me.

Hij beweegt zich harder terwijl we naar de grond schieten, maar ik voel zijn worstelingen nauwelijks.

We slaan met supersonische snelheid tegen het dak van de speelhal, waarbij de crash elk botje in mijn lichaam laat schokken. De rug van Tartarus krijgt het het zwaarst te verduren als we door het dak slaan, dan door het plafond, en dan door de vloer.

Hijgend kruip ik van hem af — en realiseer me dat we een krater in de arcadevloer hebben gemaakt.

Het is officieel. Ik en Nero's bloed staan gelijk aan overal kraters maken.

In de krater lijkt het lichaam van Tartarus onherstelbaar gebroken te zijn, maar ik neem geen enkel risico.

Ik hink naar het poortzwaard, pak hem op, activeer het zwaard en keer terug naar de krater.

Tartarus begint zich te bewegen.

Dus hij was niet dood.

"Dit is voor Vlad," zeg ik grimmig terwijl ik hem halveer. "En dit is voor Chester." Ik hak hem door zijn romp. "En dit is voor alle miljarden mensen die je hebt vermoord."

Ik hak weer.

En weer.

HOOFDSTUK ACHTENDERTIG

DE GEDACHTE AAN NERO HAALT ME UIT MIJN BLOEDDORST. Terwijl ik mijn griezelige klus stop, haast ik me naar hem toe en zie dat hij er nog steeds als een geest uitziet.

"Hier." Ik kniel, snijd in mijn vinger en hou hem aan hem voor.

Hij schudt met zijn hoofd. "Vampierbloed zal me niet verder genezen. Ga in plaats daarvan de anderen helpen."

Ik ben terughoudend om hem achter te laten, maar hij heeft gelijk. De anderen hebben hulp nodig.

Ik spring overeind, scan snel de kamer en sprint naar Chester — die al dan niet in leven is.

Als ik mijn vingers op zijn pols druk, is hij aanwezig.

Geluksvogel. Hij is toch gewoon buiten westen.

Ik geef hem wat van mijn bloed, en hij opent meteen zijn ogen.

"Hebben we gewonnen?" vraagt hij met een hese stem, terwijl hij rechtop gaat zitten.

"Tartarus is er niet meer," zeg ik somber en ik kijk naar het lichaam van Vlad.

"Oh," mompelt Chester als hij Liliths lijk zonder hoofd ziet.

Ik volg zijn blik, mijn borst wordt strakker.

Ondanks wat ze was en wat ze me bijna liet doen, doet dit verlies nog steeds pijn. Betekent dat dat er iets mis met me is? Of niet?

Monster of niet, ze *was* mijn biologische moeder.

Over biologische ouders gesproken, ik haast me naar Raspoetin en geef hem een druppel van mijn bloed.

Even later komt hij weer bij en kijkt dan naar Liliths lijk. Zijn gezicht betrekt van de pijn voordat het een onleesbaar masker wordt. "Is het afgelopen?" vraagt hij onstabiel. "Heb je hem te pakken gekregen?"

Ik wijs naar de Tartarus-tartaar in het midden van de kamer en Raspoetin knikt plechtig.

Vervolgens ren ik naar Kit en geef haar een druppel bloed.

"Dat is fijn," zegt ze en opent haar ogen. "Mag ik nog wat meer?"

"Nee," zeg ik streng. "Je hebt geen nieuwe verslaving nodig."

"Spelbreker," mompelt ze, terwijl ze rechtop gaat zitten.

Ik genees vervolgens Eric, loop dan naar Nostradamus en aarzel om hem ook te genezen. Hij hoest, gaat rechtop zitten en wrijft over de littekens die in de plaats van zijn ogen blijven zitten. "Dus." Zijn stem is hees. "Het is je gelukt."

Hij zegt het als een verklaring, niet als een vraag, alsof er al die tijd geen twijfel over bestond.

Ik wil hem over het hele gebeuren ondervragen, maar nu is niet het moment.

Ik laat hem achter en loop naar Vlad.

Zijn lichaam ligt onbeweeglijk, zijn open ogen dof en nietsziend.

Mijn borst knijpt zich pijnlijk samen en mijn ogen lopen vol tranen.

Vlad is weg.

Echt weg.

De laatste draad die me met Rose verbond is gebroken.

"Je kunt later om hem rouwen." Nostradamus legt een hand op mijn schouder. Hij moet me hierheen gevolgd zijn. "Ik heb de toekomst gezien. Nero heeft je nodig. Zijn toestand is nog steeds —"

Hij hoeft niets meer te zeggen.

"Eric, breng ons naar de hub," zeg ik dringend, terwijl ik de teleporteur vastpak en me naar de nog steeds bleke Nero haast.

Nog half versuft poeft Eric ons toch naast de exacte poort die ik nodig heb om deze wereld te verlaten.

"Bedankt," zeg ik tegen hem. "Ga nu met het komende gevecht helpen."

Want de visioenen die ik had toen ik op zoek was naar een manier om de verwekkerband te verbreken, waren van een toekomst die nog moest komen. Alle veldslagen die ik zag staan op het punt zich te ontvouwen, en zijn misschien al aan de gang.

Eric poeft weg, en ik pak Nero op in die bruidspositie die hij zo graag bij mij gebruikt. Hoewel zijn ogen gesloten zijn, komt er een zwakke glimlach om zijn lippen, en hij slaat een zware arm om mijn nek terwijl ik ons allebei de poort in vlieg.

Zodra we aan de andere kant naar buiten komen, ga ik direct naar de volgende poort. Dan nog een en nog een.

Het is maar goed dat ik de route van Lilith heb onthouden toen ze me had ontvoerd.

Ik vlieg in snelle opeenvolging van poort naar poort tot we op aarde zijn. Hier heb ik twee opties: naar ons werkgebouw gaan, waar zijn lokale schat aan schatten is, of hem meenemen naar de drakenwereld, waar de keizerlijke voorraad zich bevindt.

Ik kan op aarde niet openlijk vliegen, dus dat betekent taxi's en verkeer. En als het verkeer erg genoeg is, kan het sneller zijn om Nero door al die poorten te vliegen en rechtstreeks naar het drakenkasteel op zijn wereld te gaan — waar de schat van de keizerlijke schat veel groter is.

Aldus besloten, haast ik me naar een andere poort en begin het pad naar Nero's thuisland te volgen.

Als ik bij Jaylens wereld kom — degene die Tartarus en zijn verwanten al hadden droog gezogen — verlaat ik het vliegveld, ga de lucht in en bereik in recordtijd de andere hub. De andere poorten vervagen totdat ik de drakenwereld bereik; dan vlieg ik weer als een straalvliegtuig omhoog, op weg naar Godiva.

Ik vraag me af of ik altijd zo snel kan vliegen, of dat het een tijdelijke bijwerking is van Nero's bloed.

Eenmaal in het kasteel haast ik me naar de achterkant, ga de trap af die naar de schatkamer leidt en leg Nero op een bed van gouden munten.

Onmiddellijk keert zijn hartslag terug naar normaal, en de kleur keert terug naar zijn wangen. Hij opent zijn ogen en ontmoet mijn blik. "Dank je," zegt hij met zijn grommende stem terwijl ik een haarlok van zijn voorhoofd veeg. Dan trekt hij me naar zich toe, drukt een harde kus op mijn lippen en gaat rechtop zitten.

"Wat ga je doen?" vraag ik knipperend.

"We moeten terug om Claudia en de anderen te helpen."

Ik frons. "Heb je geen helende slaap in drakenvorm nodig om volledig te herstellen?"

"Het is goed," gromt hij, terwijl hij gaat staan. "Ik zal nu in staat zijn om te vliegen. Hoe zit het met jou? Ben je te moe om te vechten?"

"Nee. Ik loop nog steeds op jouw bloed," zeg ik. "Laten we gaan."

Hij knikt en we gaan naast elkaar het kasteel uit. Dan verandert hij in een draak, en ik zweef omhoog naar een plek op zijn rug.

Deze keer is de rit bijna leuk. Het helpt echt om te weten dat als ik val, ik zelf zal kunnen vliegen.

Tegen de tijd dat we terug zijn in de jaren tachtigwereld, is de strijd in het treinstation voorbij, maar de tijdelijke poort naar de wereld van Tartarus is er nog steeds.

Nero verandert in menselijke vorm om ze niet te waarschuwen voor de drakenaanval die later komt, en we springen erin.

We verlaten de wereld van Tartarus en vervagen naar de plaats waar de legers tegenover elkaar staan en sluiten ons met een oorlogsschreeuw bij de strijd aan.

Met handen die veranderen in klauwen, versnippert Nero het gebroed van Tartarus in stukjes, en in een gepast griezelig eerbetoon aan Lilith, dood ik elke vijand op verontrustende creatieve manieren totdat ik bedekt ben met bloed en gorigheid.

Dankzij onze bijdrage geven een aantal kinderen van Tartarus zich over in plaats van zich terug te trekken en blijven daardoor in leven.

De rest volgt het script dat ik in mijn visioen zag. Ze trekken zich terug, alleen om laf energie van een afstand van ons op te zuigen, en dan worden ze in een gecoördineerde drakenaanval verbrand.

En zo zijn de overblijfselen van de troepen van Tartarus verdwenen.

HOOFDSTUK NEGENENDERTIG

In de nasleep van de strijd verzekeren Nero en ik ons ervan dat iedereen in orde is en besluiten dan niet te blijven hangen voor de volgende fase — de vrijlating van gevangenen uit de broedputten en de vernietiging van poorten die naar deze wereld leiden.

Onze bondgenoten zijn meer dan in staat om dat zelf af te handelen.

In plaats daarvan geeft Nero Eric de opdracht om ons naar de nog intacte hub te teleporteren. Wij drieën gaan door een paar poorten voordat Nero Eric laat gaan. Als we alleen zijn, verandert Nero in een draak en vraagt me om verder te gaan.

We vliegen door de Andere Wereld dat ik al snel herken als Atlantis — de wereld waar de sterke mannen vandaan komen.

Na een paar minuten een eiland te hebben omcirkeld, landt Nero op een belachelijk romantische klif waar een majestueuze, verweerde berg op de blauwe oceaan uitkijkt.

Nero verandert in een naakte man en maakt het uitzicht nog beter.

"Ik dacht dat je wel een vakantie kon gebruiken," zegt hij met zijn blauwgrijze ogen die glinsteren. "De tijd gaat hier snel voorbij, dus je kunt er zo lang over doen als je nodig hebt om te herstellen en thuis zou niemand het merken."

Ah, ja. Dit is onze kans om te praten.

Terwijl ik Nero's blik vasthoud, haal ik diep adem. "Thuis." Ik houd mijn hoofd schuin. "Waar is dat voor jou precies?"

Hij fronst.

"Ben je van plan om de drakenwereld te gaan regeren?" verduidelijk ik. "Is dat waar je thuis nu is? Omdat de mijne op aarde is, zie je, waar mijn ouders —"

Hij trekt zijn wenkbrauwen op. "Maak je de dingen nu onnodig ingewikkeld?"

Bij mijn gebrek aan uitdrukking zucht hij en legt zijn grote handen op mijn schouders, terwijl hij lichtjes in mijn gespannen spieren knijpt. "Het was nooit mijn bedoeling om mijn fonds en de rest van het leven dat ik op aarde heb opgebouwd, in de steek te laten. Jij en ik kunnen een deel van onze tijd in New York doorbrengen, en deel uitmaken van mijn wereld. Het zou nooit het een of het ander worden."

Terwijl hij praat, valt er een gewicht van mijn schouders. Waarom heb ik niet aan dit idee gedacht?

Het is letterlijk het beste van twee werelden. Het is perfect.

"Wat je ouders betreft," vervolgt hij. "Vertel ze gewoon dat je een promotie hebt gekregen en dat je nu een deel van je tijd in ons kantoor in Japan moet doorbrengen."

"Nu we het daar toch over hebben." Ik grijns. "Ik denk niet dat ik nog voor je kan werken. Ik ga niet graag met mijn baas naar bed en zo."

Een glimlach raakt zijn ogen. "In dat geval denk ik dat ik je eindelijk zal toestaan om ontslag te nemen."

"Zo gul, bedankt."

Zijn glimlach breidt zich uit tot een grijns. "Je hebt een pensioen verdiend, als dat is wat je wilt. Als alternatief, nu je de Raad hebt gepest om je je illusies te laten uitvoeren, stel ik me voor dat je *dat* zou kunnen gaan doen — en op meerdere werelden, als je dat wilt.

"Dat wil ik doen," zeg ik. "Ik ben van plan om een begrip op aarde te zijn en je hofgoochelaar op de drakenwereld. Net als Merlijn, alleen heter."

"Nee." Hij legt zijn handpalm over mijn kaak. "Op mijn wereld zal je bekend staan als mijn koningin."

Ik stik bijna in mijn eigen speeksel.

Was dat een soort van aanzoek?

Ik staar naar Nero's harde gezicht.

Hij staart zonder te knipperen terug.

Ja, dat was het zeker.

Shit. Ik ben niet bereid daar zelfs maar aan te denken.

We hebben technisch gezien nog niet eens een

relatie. Er zijn stappen om deze dingen doen, en het samen redden van werelden telt niet.

Aan de andere kant, ik heb mijn zienerskracht niet nodig om te weten dat ik enorm van alle stappen zal genieten, en als alles goed gaat, dan zullen we wel zien. Voorlopig kan ik maar beter van onderwerp veranderen.

"Kunnen we in de wintermaanden uit New York weggaan?" vraag ik. "Hoe is het in die tijd van het jaar in Godiva?"

Hij trekt een wenkbrauw op. "Overwinteren in een Andere Wereld? Als je van het mooie weer wilt genieten, dan is *dit* de plek." Hij gebaart naar onze pittoreske omgeving.

Ik adem de zoute bries in en laat mijn blik de horizon volgen. "Je hebt gelijk. Laten we hier een jaar doorbrengen. Of twee."

"Zo lang als je nodig hebt," zegt hij serieus. Zijn duim streelt over mijn lip. "Met jouw zienerskracht zul je weten of iemand ons hier durft lastig te vallen — en ik zal ze doden voordat ze zelfs maar het idee krijgen om te komen."

"Afgesproken," zeg ik en voel me plotseling moe, de gebeurtenissen van de dag halen me allemaal tegelijk in.

Alsof hij mijn stemmingsverandering voelt, pakt Nero mijn gezicht met zijn beide handen vast en staart hij aandachtig in mijn ogen. "Hoe *gaat* het met je, Sasha? Echt?"

"Ik weet het niet." Mijn stem breekt. "Moe.

Verdoofd. Blij dat we nog leven. Maar Lilith en Vlad en —"

"Ik weet het," zegt hij zachtjes. "Daarom heb je tijd nodig."

"Ja." Ik voel een druk achter mijn ogen en mijn kin begint te trillen.

Verdomme. Sta ik echt op het punt om als een watje in tranen uit te barsten in plaats van de supermachtige vampier-bedrieger-zienerhybride te zijn die ik ben geworden?

Ja, oké. Misschien.

Voordat ik de kans krijg, trekt Nero me echter tegen zich aan en neemt me in zijn armen, en het ergste van het geprikkel achter mijn ogen neemt af. Hij houdt me zo voor wat als een paar dagen aanvoelt vast, en tegen de tijd dat we uit elkaar gaan, voel ik me goed genoeg om de oceaan in te vliegen.

Eenmaal daar, trek ik onmiddellijk mijn kleren uit en Nero voegt zich snel bij me in de golven. Al snel creëren we tsunami's en vieren we het leven op de best mogelijke manier.

———

Uren later, terwijl ik in een staat van postcoïtale gelukzaligheid in zijn armen op het strand lig, kijk ik lui of mijn zienersvermogens terug zijn gekomen en ontdek dat dat zo is.

Mooi. Ik ben nieuwsgierig naar de toekomst. In het bijzonder *onze* toekomst.

In Hoofdruimte springend, roep ik vakkundig de benodigde vormen op en duik ik erin.

———

Ik zie mezelf in de Madison Square Garden in New York optreden, met Nero, mam, pap en Raspoetin die vanaf de eerste rij trots naar me kijken.

Het is een show die ik heb uit honderden uitvoeringen heb gepolijst, en het is de beste tot nu toe.

Dat kan maar beter zo zijn, want het wordt opgenomen voor een special op Netflix.

———

In een echo van het vorige visioen zie ik een gigantisch theater op de drakenwereld — een theater dat speciaal voor dit doel is gebouwd, met valluiken en andere stiekeme zaken die ik persoonlijk heb ontworpen.

Op een wereld zonder tv ben ik het beste vermaak dat deze mensen ooit hebben gezien, en zelfs de draken zijn onder de indruk als ze komen.

———

In het derde visioen leiden pap en Raspoetin — die ik steeds vaker papa noem — me naar het altaar.

De locatie is The Palace, het favoriete hotel van mijn vader in New York.

Alle Cognizanten die ons tijdens de strijd met Tartarus hebben geholpen zijn hier — tenminste degenen die er menselijk genoeg uitzien om op aarde toegelaten te worden. De anderen woonden mijn eerste bruiloft op de drakenwereld bij.

En over de eerste bruiloft gesproken, de draken vonden het zo leuk dat ze deze ook bijwonen.

Ik kijk naar waar mijn familie zit en iets vreemds trekt mijn aandacht. De persoon naast mam wordt verondersteld de mysterieuze man te zijn met wie ze uitgaat. Omdat ze 'eindelijk serieus werden', is vandaag de dag dat ze hem aan ons voorstelt.

Het is alleen dat ik hem al ken. Ik ken hem te goed.

Het is Nostradamus.

Ik knipper naar de blinde ziener terwijl alle stukken op hun plaats vallen.

Mam heeft haar man tijdens haar bezoek aan Parijs ontmoet, waar Nostradamus gewoonlijk verblijft. Hij had haar nodig in New York als onderdeel van het plan dat erin eindigde dat ik een vampier werd, dus hij moest een ontmoeting met haar hebben geregeld, en ik denk dat de dingen vanaf daar zijn geëscaleerd.

Het is verleidelijk om bruidzilla te worden, maar dat doe ik niet. Maar toch, wie doet zo'n stunt op iemands trouwdag? Het draait allemaal om mij — en Nero, denk ik — maar vooral om mij.

De koninklijke bruiloft op de drakenwereld ging over Zijne Keizerlijke Majesteit.

Na afloop van de festiviteiten zullen Nostradamus en ik even een woordje wisselen. Misschien zal Nero ook iets bijdragen — afhankelijk van wat mama me over hun relatie vertelt.

"Ik wist niet hoe ik je dat moest vertellen," fluistert Raspoetin als hij mijn blik volgt. "Voor wat het waard is, ze is in elke toekomst die ik heb gecontroleerd gelukkig."

"Dat kan maar beter zo zijn," sis ik terug. "Als hij haar pijn doet, dan vermoord ik hem."

Nostradamus zwaait naar me. Hij moet dit voorzien hebben. Soms heb ik het gevoel dat elk moment in mijn leven lang voordat ik geboren werd door de man is geschreven.

Maar als dat waar is, moet ik hem dan misschien bedanken? Het heeft hier toe geleid.

Als we dichter bij het altaar komen, kijk ik naar de bruidegom zelf. Gekleed in een Stuart Hughes Diamond Edition-pak van een miljoen dollar, ziet Nero er net zo goed uit als in zijn traditionele koninklijke uitrusting op zijn thuiswereld.

Zijn limbale ringen worden groter als hij me in zich opneemt. Ah, ja. Hij is dol op mijn jurk, wat logisch is. Het is eigenlijk mijn superheldenoutfit in het wit, dus er is veel — en ik bedoel veel — huid te zien.

Ik voer het tempo op totdat ik zo snel loop als mijn twee vaders bij kunnen houden, en dan ben ik eindelijk daar, samen met Nero voor Chester — die ons op de een of andere manier heeft overtuigd om hem de ambtenaar in deze ceremonie te laten zijn. Hij ziet er ondeugend uit, hoewel Nero hem heeft verteld geen geintjes uit te halen op straffe van de dood.

Ariël, Kit, Claudia, Lucretia, Maya, Roxy en Thalia dragen bruidsmeisjesjurken en staan rechts van ons. Ariël is ook mijn getuige — een eer die ze min of meer eiste, wat me bewijst dat mijn vampieraard haar niet langer zo stoort.

Felix, die eruitziet als een piraat met Fluffster op zijn schouder, staat met de rest van de bruidsjonkers aan de linkerkant. Die groep omvat ook Pozoj — die nu officieel Claudia's liefje is — een paar staatshoofden, verschillende religieuze leiders, enkele beroemde miljardairs en nog een paar mensen die Nero strategisch eerde.

"Er is me gevraagd om dit kort te houden," zegt Chester met een kwaadaardige grijns. "Dus daar gaat ie. Als iemand een reden heeft om deze twee niet te laten trouwen, spreek dan nu en bereid je voor om te sterven."

Niemand is suïcidaal genoeg om zelfs maar een piepje te laten horen.

Chesters grijns wordt breder. "Dat dacht ik al. Neem jij, Nero, Sasha tot je wettige echtgenote en koningin?"

"Dat doe ik," gromt Nero.

"En neem jij, Sasha, Nero tot je wettige echtgenoot en koning?" vraagt Chester met een knipoog.

Ik pauzeer voor een dramatisch effect en wacht dan nog een seconde, zoals een goede artiest zou moeten doen. Als ik de absolute en onverdeelde aandacht van iedereen heb, bekijk ik Nero van top tot teen, alsof ik hier echt goed over na moet denken. En dan, wanneer de spanning in de kamer ondraaglijk is, zeg ik ceremonieel, "Ja, dat doe ik" — en de kamer barst in applaus uit.

"Jullie mogen elkaar nu kussen," zegt Chester, terwijl hij een kussend gezicht trekt, en dat doen we.

Ik kom met een glimlach op mijn gezicht terug op het huidige moment op het strand.

Het lijkt erop dat Nero me inderdaad zover krijgt om op een bepaald moment in de toekomst met hem te trouwen. En niet één keer, maar twee keer.

Nou, zoals met elke visioen, nu ik weet wat de toekomst zou kunnen inhouden, is het aan mij om het te laten gebeuren... of niet.

Alles hangt af van iemands goede gedrag.

Ik adem Nero's warme, oceaanzachte geur in, streel zijn gespierde biceps en zucht tevreden.

Wie neem ik in de maling?

De toekomst die ik net zag is net zo onvermijdelijk als een voorspelling van Nostradamus. Net als arme Tartarus, heeft Nero geen keus als het om zijn lot gaat.

Hij is van mij.

En we zullen anderen voor eeuwig en altijd samen in elkaar slaan.

VOORPROEFJES

Bedankt voor je deelname aan de reis van Sasha! Haar verhaal eindigt hier.

Wil je van mijn nieuwe releases op de hoogte worden gehouden? Meld je aan op www.dimazales.com/book-series/nederlands/ voor mijn e-maillijst!

OVER DE AUTEUR

Dima Zales is een *New York Times*- en *USA Today*-bestsellerauteur van sciencefiction en fantasie. Voordat hij schrijver werd, werkte hij in de softwareontwikkelingsindustrie in New York, zowel als programmeur als als leidinggevende. Van hoogfrequente handelssoftware voor grote banken tot mobiele apps voor populaire tijdschriften, Dima heeft het allemaal gedaan. In 2013 verliet hij de software-industrie om zich op zijn carrière als schrijver te concentreren en verhuisde hij naar Palm Coast, Florida, waar hij momenteel woont.

Bezoek www.dimazales.com/book-series/nederlands/ voor meer informatie.